März im Schuh

Wolfgang Deubelius

Impressum

Bibliografische Information der Deutschen
Nationalbibliothek:
Die Deutsche Nationalbibliothek verzeichnet diese
Publikation in der Deutschen Nationalbibliografie;
detaillierte bibliografische Daten sind im Internet
über dnb.dnb.de abrufbar.

© 2021 Wolfgang Deubelius
Herstellung und Verlag: BoD – Books on Demand,
Norderstedt
ISBN: 978-3-7534-9589-7

1

Beim Öffnen der Tür, nein genauer gesagt im
Moment des Berührens des Türgriffs, erinnert
er sich jäh der anderen Tür, die sich ihm –
letzte Nacht? – geöffnet hat, wie von selbst
oder fast wie von selbst, bei dieser kaum
wahrnehmbaren Geste der Hand zum
Türgriff, wenn es denn überhaupt einen
Türgriff gegeben hat, das weiss er jetzt gar
nicht mehr. Er steht vor dem Haus, einem
alten, niedrig wirkenden Haus, es ist
dämmrig, er geht darauf zu, etwas zieht ihn zu
dem Haus, es wirkt bekannt und doch auch
nicht, die Tür öffnet sich, er tritt ein und steht
im Flur vor einer imposanten Treppe, die nach
oben führt, aus hellem Holz, die Treppe sieht
aus wie neu und passt gar nicht zu dem von
Aussen so unscheinbar wirkenden Haus.

Hell ist es in dem Flur, viel heller als draussen,
von irgendwoher flutet Licht herein, ein
natürliches Licht, kein künstliches. Er geht zur
Treppe, bewundert die Maserung des Holzes,
atmet den Geruch ein, steigt langsam Tritt für
Tritt nach oben, ruhig bleibt das Holz, flösst
Vertrauen ein, keine Stiege knarrt, eine gute
Arbeit ist das, wer diese Treppe gebaut hat,
versteht etwas von seinem Fach, sie führt viel
steiler nach oben als es von unten den
Anschein hatte, die Umgebung des

Treppenhauses kommt ihm fremdartig und doch auch sehr vertraut vor. Er nimmt das zur Kenntnis, zerbricht sich nicht weiter den Kopf darüber. Oben angekommen zieht es ihn sofort weiter, er geht einige Schritte seitlich nach links, dort steht eine Tür offen, gut möglich, dass es noch andere Türen gibt, die auch offen stehen, ohne zu zögern geht er direkt auf diese Tür links zu. Ein grosser leerer Raum tut sich vor ihm auf, ein kleiner Saal mit Holzfussboden, auch dieser wirkt neu in dem milden weichen Licht, das von irgendwoher einfällt, auf der linken und der vorderen Seite gibt es eine Reihe von Fenster. Auf eines dieser Fenster geht er zu und bemerkt dabei, dass sich auf der den Fenstern gegenüberliegenden Seite eine dunkle Holzwand befindet, eine Art Wandvertäfelung vielleicht oder ein Regal, so genau kann er das im Moment nicht ausmachen.

Alle Fenster sind zweiflügelig und in Quadrate aus hellem Glas unterteilt, er ist neugierig, was draussen zu sehen ist, kann aber durch das Glas nur undeutliche Formen und Farben unterscheiden und möchte deshalb das Fenster öffnen, als hinter ihm die Tür ins Schloss schnappt. Eiskalte Luft umgibt ihn, dringt von allen Seiten gleichzeitig in ihn ein, kühlt ihn im Nu aus. Es ist Nacht geworden, im Licht der Strassenlaternen wirbeln Schneeflocken, die so trocken sind, dass sie von den vorbeifahrenden Autos wie Staub von der Strasse gefegt werden. Besonders im Nacken setzt sich die Kälte fest, die Haare hier sind noch etwas feucht, als ob die Kälte ihn festklammere, verharrt er auf der Stelle, dabei sind es nur wenige Meter zur Haltestelle. Oder er geht zurück durch die Tür in die Wärme des Bades, wo er die Stunden des Nachmittags verbracht hat.

Der Tag hat noch recht mild begonnen, deutlich kühler zwar als die vorhergehenden, wo es schien, als habe sich der Frühling schon endgültig ins Mark der Erde gesaugt, mit einer solchen Wende zu winterlicher Eiseskälte fast Mitte März hat er nicht mehr gerechnet, in der Nacht wird die Temperatur weit unter Null fallen, eine solche Nacht trifft ihn heute unerwartet, er hatte anderes im Sinn. Nun gilt es, diese Nacht und diese Kälte zu schultern.

Weiter steht er regungslos vor der Tür, die Nacht und die Kälte vor sich, hinter sich die Wärme des Bades und des Nachmittags. Stundenlang hat er warmes Wasser, finnische Blocksauna, römisch-irisches Dampfbad genossen, sich vollgesogen mit Wärme. Aus dem Dampf gerinnt eine Frau, die anscheinend unschlüssig wohin direkt vor ihm stehen bleibt, ihr Geschlecht zum Greifen nah ihm vorgaukelt, ein fernöstliches Gespinst aus schwarzer Seide, das gut die Falte verbirgt, er verfolgt mit pochendem Herzen die bläulichen Schatten dahinter, wo etwas dunkler schimmert, als mit einer leichten Drehung das Gespinst sich auflöst im Dunst, im Nebel, im heissen Dampf. Es gelingt ihm gerade noch die aufkommende Schwellung zwischen seinen Schenkeln aufzufangen und dort festzuhalten. Er schwitzt aus allen Poren, sein Herz pocht bis in den Hals, sein Gesicht glüht vor Scham, er kommt sich vor wie ein fünfzehnjähriger Bub, seit Wochen ist ihm das nicht mehr passiert.

Dann hat er sich den Bart gestutzt, ins Dunkelgrau mischt sich immer mehr Weiss, dafür hält sich in den Haaren ein Rest von Schwarzgrau. Einmal in der Woche im Bad achtet er dieses Ritual, um halbwegs gepflegt auszusehen. Beim Rasieren und Haarestutzen hat er sich auf das Nachtlager gefreut, er hat einen guten Platz gefunden, ungefähr eine Stunde Fussmarsch vom Stadtzentrum entfernt, vorher muss er sich noch seinen Rucksack im Schliessfach im Hauptbahnhof holen.

2

Wie unter Zwang löst sich sein Körper aus der
Starre, schüttelt den Klammergriff der Kälte
im Nacken ab, geht die paar Schritte zur
Haltestelle, um so rasch wie möglich wieder
ins Warme zu kommen. Er nimmt die
nächstbeste Bahn, lässt sich in einen Sitz fallen,
wo sein Körper sofort anfängt, unkontrolliert
zu zittern. Sein ganzer Rücken schmerzt, als
ob er einen Schlag mit einer Eisenstange
übergezogen bekommen hätte, alle Kraft
scheint aus ihm gewichen zu sein. Keine
Sekunde kommt ihm zu Bewusstsein, dass er
gar keinen Fahrschein gelöst hat, dass
vielleicht eine Kontrolle kommen könnte, so
ganz ist er seinem Körper und diesem Zittern
ausgeliefert. Zum Glück ist die Bahn nahezu
leer, so dass niemand auf ihn aufmerksam
werden könnte. Die Bahn fährt Richtung
Stadtmitte, er weiss nicht, wohin er jetzt soll,
dafür weiss es sein Körper ganz genau, er
steht auf und verlässt die Bahn an einer
Haltestelle kurz vor dem eigentlichen
Zentrum. Schon beim Aussteigen nimmt seine
Nase Witterung auf nach einem bestimmten
Geruch, dem Duft gebratenen Fleisches, denn
ein ungeheurer Hunger nagt plötzlich in
seinem Inneren und verstärkt das Zittern, das
sich jetzt besonders in den Händen festgesetzt
hat. Es sind nur wenige Schritte bis zu einem

Döner-Restaurant, genau dieser spezielle
Dönerfleischgeruch hat ihn hierher gelockt, er
geht hinein und bleibt orientierungslos stehen,
betäubt von der Wärme und dem Dampf des
Fleisches, der sich wie eine Dunstglocke um
ihn legt. Wieder halten sich nur wenige
Menschen in dem Raum auf, das ist das Erste,
was er mit Erleichterung feststellt.

Irgendwie gelingt es ihm zu bestellen und zu
bezahlen, ohne dass seinem Zittern und
Gehabe besondere Aufmerksamkeit geschenkt
wird, dann verzieht er sich mit dem Teller in
eine abgelegene Ecke des Raumes, möglichst
weit von der Eingangstür entfernt. Mit einer
unbezähmbaren Fressgier macht er sich über
das Fladenbrot her, beisst, kaut, schlingt in
einer wie gleichgeschalteten Gleichzeitigkeit,
hilflos, willenlos dem Geruch des Fleisches,
dem Zittern, dem nagenden Hunger, der
teigigen Wärme des Restaurants ausgeliefert.
Nicht kann er sich entsinnen, jemals einen
solchen Hunger, eine solche gewaltsame Gier
nach Fleisch in sich verspürt zu haben, er, der
manchmal tagelang auf Wanderschaft
gewesen ist mit Nichts als ein paar Nüssen,
einem Apfel und einigen Schluck Wasser.

Das Zittern hat sich etwas gelegt, der Hunger
auf Fleisch noch nicht. Er holt sich eine zweite

Portion, gut, dass er noch etwas Geld dabei hat. Noch einmal überkommt ihn der Rausch des Bratenduftes, mit jedem Bissen aber verlangsamt sich das Kautempo, zum Schluss gelingt ihm sogar ein fast entspannter Rhythmus aus Beissen, Kauen und Schlucken. Auch seine Hände halten das Brot jetzt sicher und ruhig, aus dem unkontrollierten Zittern im Körper ist ein feines Vibrieren oder Brummen geworden, das aus der Nierengegend zu kommen scheint. Wieder gibt er sich wie am Nachmittag im Bad der Wärme hin, die ihn trägt und träge macht. Leute kommen und gehen, immer hält sich ein Pegel von etwa einem halben Dutzend, nie werden es so viele, dass sich an der Theke eine Schlange bilden würde. Im Schatten seines Eckplatzes sitzt es sich gut, aber die Zeit naht zu gehen, fragt sich nur wohin.

Längst schon hätte er seinen Rucksack im Bahnhof geholt, wäre eine Stunde lang marschiert zu jenem bestimmten Platz, wo er gut versteckt sein Zelt hatte aufbauen können, darin ist er geübt. Diese unvorhergesehene Eiseskälte nötigt ihn jetzt zu etwas anderem. Natürlich gibt es da die Notunterkunft, sein Geld würde sogar reichen, aber solche Sammelunterkünfte hat er schon immer gemieden, zu viel Gegrunze, zu viel Geklaue, zu viel Gestank. Auch die Abluftschächte der Kaufhäuser sind nicht sein Ding, zu gross ist das Risiko, angepöbelt zu werden, auch wenn er sich zu wehren weiss, noch hat er Kraft und Mumm in den Knochen, ein Baum von Mann wie er, da wagt sich keiner so leicht ran, aber heute schafft er das nicht.

Da fällt ihm ein, dass Einer mal etwas davon gesagt hat, im Hauptbahnhof am Ende von Gleis 1 gäbe es eine Aufwärmbude für die Gleis- und Rangierarbeiter, die sei immer beheizt und selten besucht, die Türe nie verschlossen, da das Schloss seit Jahren total verrostet sei. Das ist mindestens schon ein halbes Jahr her, aber eine Möglichkeit. Also wird er sich auf den Weg dorthin machen, zum Hauptbahnhof sind es etwa zwanzig Minuten zu Fuss, das müsste er schaffen. Mit jedem Schritt zur Tür nimmt die Schwere in seinem Körper zu, eine Last breitet sich auf seinem Rücken aus, die aus der Lendengegend aufsteigt, sich auf den Schultern festsetzt und ihm schier den Atem nimmt.

Er öffnet die Tür, für einen kurzen Moment hat er das Gefühl, von einem grossen Fenster aus hinunter auf eine grüne, blühende Landschaft zu blicken, als die Kälte ihn wieder völlig in ihre Gewalt nimmt. Das

Schneetreiben hat sich eher noch verstärkt, eisige Böen fegen durch die Strassen, treiben die Flocken vor sich her, benehmen einem den Atem, wenn man direkt in eine solche Böe hineinläuft. Seine Kleidung ist von guter Qualität, darauf hat er immer geachtet, ein gefütterter, knielanger Parka, eine Hose aus bestem Cordsamt und robuste Stiefel, alles gebraucht und abgetragen zwar, aber sauber. Sein Körper übernimmt wieder das Kommando, je mehr die Kälte in ihn eindringt, bald fühlt er seine Füsse nicht mehr, setzt mechanisch Schritt für Schritt. Kein Mensch begegnet ihm, auch der Verkehr hat deutlich nachgelassen.

So geht er langsam seinen Weg zum Bahnhof im Schnee, in der Kälte, im Wind, und das Mitte März. Oft ist er um diese Zeit losmarschiert, sollen die Anderen auf wärmeres Wetter warten, seine Zeit kommt im März, nicht erst im Mai oder Juni. Ich habe noch viel März im Schuh, sagt er seit jeher, seit damals als er sich zum ersten Mal auf den Weg machte, anfangs manchmal auch mit dem Zug, doch dann je länger je lieber nur noch zu Fuss. Sommer kann jeder, alle haben gerne den Sommer im Schuh, aber ich ziehe den März vor, ich habe den März im Schuh. Also wird er auch dieses Mal seinen Weg im März gehen, er wird sich diesen März, diese Nacht, diese Kälte auf den Rücken laden und alle drei schultern, mag der Rücken noch so weh tun, mag die Kälte ihn noch so lähmen, mag der Wind ihn noch so am Atmen hindern und ihm Brust und Kehle zuschnüren.

Angestrengt Schritt vor Schritt setzend erreicht er den Hauptbahnhof, unwirklich lang hat es gedauert, mit dem Körpergefühl hat er auch das Zeitgefühl verloren. Noch herrscht Betrieb im Bahnhof, ein reges Kommen und Gehen. Sein Körper verlangt Wärme, wieder steigt das Zittern in ihm, er kauft sich einen Becher Glühwein, tut sich gütlich daran, ja nicht auffallen, besonders nicht den patrouillierenden Polizisten. Sobald er etwas zu Kräften gekommen ist, begibt er sich mit anderen Reisenden zum Gleis 1, tappt gemächlich bis ans Ende, wo sich eine Reihe Rangiergleise anschliesst, erspäht das Wartehäuschen, das ganz im Dunkeln liegt, tappt zurück in die Ankunftshalle, wo er sich einen zweiten Becher Glühwein kauft.

3
Schluck für Schluck flösst er sich die Wärme ein, doch statt Wärme breitet sich in seinem Körper eine Schwäche aus, die sich irgendwo am unteren Ende des Rückens festgesetzt hat,

deutlich fühlt er das Brummen dort, das
Zittern nimmt wieder von seinem ganzen
Körper Besitz. Nachdem der letzte Zug von
Gleis 1 abgefahren ist, begibt er sich dorthin
zurück in der Hoffnung, niemandem mehr zu
begegnen. Jeder Schritt ist eine Qual, doch die
Langsamkeit seiner Bewegung gibt ihm das
Gefühl eines schattenhaften Dahingleitens, als
ob seine Wahrnehmung der Aussenwelt
eingeschmolzen sei auf den Wechsel von Licht
und Schatten, und dass der Schatten es gut mit
ihm meine und mit jedem Schritt es schaffe,
ihn zu bergen, ihn zu schützen vor dem Licht
der Neonlampen. So beschützt erreicht er
ungesehen das Kabuff der Bahnarbeiter und
findet wie vorausgesagt die Tür
unverschlossen.

Drinnen herrscht dieselbe Kälte wie draussen,
lange schon scheint der Raum von niemandem
mehr genutzt worden zu sein, wozu also
heizen. Wenigstens bietet er einen gewissen
Schutz gegen den eisigen Wind. Erleichtert
lässt er sich in einen der etwa fünf grauen
Plastiksitze fallen, er nimmt den, der völlig
beschattet ist, macht sich selbst so zum
Schatten und damit unsichtbar für einen
zufällig Vorbeikommenden. Sofort nimmt ihn
die Kälte zur Gänze in Beschlag, sie dringt
ungehindert von den kalten Plastikschalen

durch seine Hose und seinen Parka in ihn ein, nicht einmal im Ansatz kann er zwischen Kleidung und Haut einen Hauch von Wärmeempfindung erzeugen. Der kalte Betonfussboden tut ein Übriges, bis zu den Knien scheinen seine Füsse wie abgestorben.

Hemmungslos gibt er sich dem Zittern seines Körpers hin jetzt, da niemand ihn sehen kann und keine Gefahr besteht aufzufallen. Minutenlang schlagen seine Kiefer aufeinander, so sehr ist er diesem Zittern und Kieferschlagen hingegeben, dass er das dabei erzeugte Klappergeräusch mehr fühlt als hört. Eher aus Schwäche ebbt der Schüttelfrost nach einiger Zeit ab, um dann mit vermehrter Kraft wieder zurückzukommen. In den Pausen spürt er um so deutlicher das Brummen, das sich links und rechts aus der unteren Rückengegend bemerkbar macht und in seinem Kopf einen merkwürdigen Schwindel erzeugt, der Hand in Hand mit einer zunehmenden Übelkeit einhergeht.

Instinktiv macht sein Körper alles richtig. Bevor er selbst eine Entscheidung trifft, hat ihn schon sein Körper aus der Plastikschale gerissen, so schafft er es gerade noch hinaus, um sich geduckt in die schattige Kante des Kabuffs zu erbrechen. In mehreren aufeinanderfolgenden Wellen, die ihn ganz ausser Atem kommen lassen und sogar einen Schweissfilm auf seiner Haut erzeugen, gibt sein Magen die noch unverdauten Döner- und Glühweinreste von sich. Kaum beruhigt sich der Magen, handelt sein Körper wieder für ihn. Bevor er einen Gedanken fassen kann, knöpfen seine eiskalten zitternden Finger die Hose auf und ziehen Hose und Unterwäsche nach unten, als sich sein Darm in einem schmerzhaften Krampfanfall mit lautem Getöse entleert. Endlos scheinen sich diese Anfälle zu wiederholen, bis zum Schluss er das Gefühl hat, flüssige Tropfen von Feuer auszustossen.

Für einen Moment glaubt er, auf einem glühenden Stein zu sitzen, der eine Welle heisser Lust in sein Geschlecht jage, doch beim Befühlen mit den eisigen Fingern zeigt sich alles wie abgestorben, taub, kalt. Irgendwo in einer der Parkataschen finden sich Papiertücher, mit denen er sich reinigt so gut es geht. Erleichtert stellt er fest, dass er augenscheinlich seine Kleidung nirgends beschmutzt hat. Seine Ausscheidungen würden am Morgen gefroren sein, auch dieser Gedanke beruhigt ihn. Er geht zurück ins Kabuff auf seinen Plastikplatz, das Schwächegefühl weicht einer Müdigkeit, auch das Zittern verstummt, nur das Brummen irgendwo tief innen, irgendwo tief unten bleibt.

Die Kälte innen und die Kälte aussen scheinen ihren tiefsten Punkt erreicht zu haben und sich darauf zu verständigen, ihm ein Minimum an körpereigener Restwärme zu lassen und den Blutkreislauf irgendwie in Gang zu halten. Am Morgen, dessen ist er sich sicher, wird er seinen Rucksack aus dem Schliessfach holen und sich endlich auf den Weg machen den Rhein entlang nach Norden. Obwohl schon bald nah an den Siebzig, ist er noch immer gut zu Fuss. Er kann lang und ausdauernd gehen, zehn Stunden und mehr, wenn es sein muss, bis zu fünfzig Kilometer schafft er so an manchen Tagen. Lieber aber lässt er sich Zeit, er hat keine Eile, noch hat er etwas Geld. Auch jetzt im zeitigen Frühjahr findet sich immer irgendwo etwas zu tun, er scheut keine noch so schwere Arbeit, ausserdem kann er geschickt mit Holz umgehen. Die Franzosen schätzen solche Leute wie ihn, die für ein paar Tage oder Wochen bleiben, grobe Arbeiten verrichten, nach einiger Zeit aber wieder weiter wollen, die Deutschen weniger. In der Erntezeit gibt es sowieso alle Hände voll zu tun, am liebsten ist er da im Elsass zur

Weinernte, auch da kennt man und schätzt
ihn.

4

Mit jedem Schritt kommt die Kraft zurück, die
Sonne scheint, noch ist die Luft kalt am
Morgen, aber bis Mittag wird es richtig warm
werden. Sein Atem dampft, von einer kleinen
Anhöhe aus sieht er auf das Rheintal, die
Bäume sind noch kahl, aber das Grün des
Grases gewinnt schon Farbe. Dampf steigt aus
den Wiesen, legt sich nebelhaft über die
Landschaft. Er hat den Eindruck, hinter einer
beschlagenen Fensterscheibe zu stehen,
tatsächlich versucht er immer noch das Fenster
zu öffnen, doch es will nicht. Da nun
überhaupt nichts mehr von einer Landschaft
zu sehen ist, wendet er sich wieder dem Raum
zu, in der dunklen Vertäfelung nimmt er
plötzlich eine Tür wahr, die er vorher gar nicht
bemerkt hat. Er geht zu der Tür, öffnet sie
völlig geräuschlos und betritt einen ähnlich
aussehenden leeren Raum mit grossen
Fenstern und Holzfussboden. Wieder wundert
er sich über die Grösse des Hauses, das riesig
sein muss, da kein Ende der Räume abzusehen
ist.

Eines der Fenster sieht aus wie nur angelehnt,
er geht darauf zu, um es zu öffnen, bemerkt

beim Näherkommen, dass es eher einer japanischen Papiertüre ähnelt, die man nur leicht zur Seite schieben muss, um durchgehen zu können. Er kommt auch tatsächlich in ein anderes Zimmer, das er von irgendwoher kennt. Dieses Zimmer ist eingerichtet wie ein gewöhnliches Wohnzimmer und hat auch einen Holzfussboden, der aber dunkel und abgetreten wirkt und teilweise mit Teppichen belegt ist. Im Gegensatz zu den anderen Räumen wirkt das Licht hier schummrig, draussen scheint es schon zu dämmern. Plötzlich öffnet sich eine Tür, ein Lichtstrahl fällt auf ihn und eine Frauenstimme sagt, David? Ach hier bist du, ich habe dich gar nicht kommen hören, heute habt ihr aber lange gemacht. Ja, es gab Probleme mit dem Einsetzen des Fensterrahmens, das hat länger gedauert, aber wir haben es geschafft. Möchtest du noch etwas essen? Die Kinder und ich haben schon gegessen. Ja, ich komme in die Küche. Sie dreht sich um, er folgt ihr zögernd. Am Eingang zur Küche bleibt er stehen und schaut von dort zu, wie seine Frau Kathrin mit einigen raschen Handgriffen ihm ein Abendbrot bereitet, im letzten Licht des Tages wirkt ihr zu einem Pferdeschwanz gebundenes Haar dunkler, ihr Gesicht dafür seltsamerweise heller, als ob es aus sich heraus leuchtete. Fasziniert schaut er den

Schaukelbewegungen ihres Rockes zu, sie hat
eine besondere Art sich in den Hüften zu
bewegen. Und?, fragt sie in die Stille. Er tritt
hinter sie, umfasst ihre beiden Brüste, die rund
und fest genau in seine Hände passen. Für
einen Moment hält sie inne in ihrem Tun. Ihr
Körper weist eine eigentümliche Zweiteilung
auf, ein fast mädchenhaft schlanker
Oberkörper thront auf einer breit ausladenden
Hüfte, eine Besonderheit, die sich infolge der
beiden Geburten womöglich noch verstärkt
hat, genau diesen Kontrast aber liebt er an ihr.
Rasch entwindet sie sich ihm, er weiss, sie mag
es nicht, wenn er unrasiert ihr Gesicht streift,
und er hat sich schon zwei Tage lang nicht
mehr rasiert.

Die Kinder? Sind draussen noch am Spielen,
aber ich gehe sie jetzt gleich holen, es ist ja
schon fast Nacht. Er hört sie Silvi! Bernd!
rufen, öffnet eine Flasche Bier, isst die Brote.
Die Kinder stürmen lärmend zu ihm, doch
Kathrin scheucht sie weg. Lasst Papa erst in
Ruhe essen, ab ins Bad und dann ins Bett.
Vom Bett aus rufen die Kinder nach ihm,
Papa, eine Geschichte, ein Lied, etwas
vorlesen. Am liebsten albert er mit den
Kindern herum, wird selbst wieder zum Kind,
aber Silvia, der Grossen, wird das bald zu
blöd, sie möchte etwas Richtiges hören. Mal

überlegen. Das ist ihr abendliches Ritual, er zögert noch, um die Aufmerksamkeit und Ungeduld zu steigern. Bernd schlägt vor, Ich träumt'. Ah gut, also, Ich träumt' ich säh' in Marokko, ein Kamel sich schminken auf dem Damenklo, dabei war es nur ein dummer Floh, auf Mamas grossem Arschpopo. Popo wird von allen dreien laut gebrüllt. Noch eins. Noch eins? Aber nur noch eins, dann seid ihr dran. Nein, du bist dran. Also, wie war das. Ich träumt' ich säh' im alten Rom, im Zirkus einen ollen Dom, dabei schwebte auf der Blumenvase, nur eine riesengrosse was wohl? Osterhase, schlägt Bernd vor, aber Silvia lacht ihn aus, es muss eine die sein, sonst muss es ein rie-sen-gro-sser Osterhase heissen. Eine riesengrosse Sei-, schlägt David vor, und wieder skandieren alle drei im Chor, Sei-fen-bla-se.

5
Bevor sie zu Bett gehen, rasiert er sich doch noch, ihr Anblick in der Küche in dem Dämmerlicht hat die Lust in ihm geweckt. Da es eine laue Sommernacht ist, hat sie sich nur einen leichten Unterrock übergezogen, er schläft sowieso das ganze Jahr über nackt. Obwohl schon fast eingeschlafen, kommt sie ihm mit ihrem kräftigen Hinterteil entgegen, sie teilt sein Begehren, so geht alles ganz

leicht, fedrig leicht gelingt die Vereinigung, Liebster, murmelt sie beim Eindringen, er legt seine Hand auf ihre seidige Scham, so nimmt der Schlaf sie in seine sanften Arme.

Eng umschlungen gehen sie die noch feuchten Wege hinaus Richtung Wald, dem noch das Grün fehlt, aber lauschige Plätze finden sich immer. Heute ist der erste richtige Vorfrühlingstag, pünktlich gekommen zum ersten März. Sie haben sich schon mehrmals getroffen, es zieht sie zueinander, Kathrin und David, beide haben die Mitte Zwanzig überschritten, sie ist sogar noch ein Jahr älter als er, sind also nicht mehr ganz taufrisch und haben so ihre Erfahrungen gemacht. Weißt du, beim letzten Mal habe ich mir geschworen, der Nächste das wird der Richtige. Der Richtige? Ja, richtig ein Paar sein mit Kindern und allem. Und du? Ja, schon auch, klar. Hast du dir das noch nie gewünscht? Bisher nicht wirklich, wahrscheinlich hat's einfach nicht gepasst. Ja, bei mir genauso. Und jetzt? Sie bleiben stehen und schauen sich an. David wirkt mit seinen gut einsachtzig und seinen breiten, kräftigen Schultern zwar grösser, aber so viel kleiner ist Kathrin gar nicht, auch sie ist gross, auch sie hat Kraft in den Armen. Beide lieben es, kräftig anzupacken, er als gelernter Schreiner, dessen handwerkliches Geschick sich aber auf vielerlei Weise äussert und sich schon sehr segensreich für die LPG ausgewirkt hat, sie als Traktoristin und Pflanzenexpertin. Ich möchte nicht mehr aufpassen müssen, ich möchte, dass es möglich ist. Was? Schwanger zu werden, ein Kind zu bekommen, jetzt, hier, heute. Heute? Ja, ich denke, heute könnte ein guter Tag sein. Weisst du, mein Zyklus verläuft recht präzise, und demnach könnte es passen. Sie lacht.

Es ist nicht nur ihr federnder Schritt, der ihren Hüften diesen besonderen Schwung gibt, so dass er immer wieder etwas hinter ihr zurück bleibt, um ihren Gang zu bewundern, vielleicht ist es der aus dem feuchten Erdreich aufsteigende besondere Geruch, nein, es ist ihr Geruch, der Geruch ihrer Haut, ihres Haares, ihres Geschlechts?, der ihn entschieden Ja und Ja und immer wieder Ja, Ja, Ja Ja sagen lässt. Sie küssen sich, sie lachen, sie rennen los bis zu jenem magischen Platz voll winterlichem Gestrüpp, der genügend Schutz bietet und der Sonne genügend viel Raum lässt, damit zwei nackte Körper warm und beschützt sich aufrichtig und inbrünstig ihrer Lust freien Lauf lassen können.

Der dunkelblaue Wollrock gibt zusätzliche Wärme von unten, erst nackt zeigt Kathrin ihre ganze Pracht. Nie noch, dessen ist David sich ganz sicher, hat er eine schönere, begehrenswertere Frau vor sich gehabt. Ihre nahezu kreisrunden Brüste mit grossen, dunklen Warzen in der Mitte, die sich vor Lust schon ganz hart machen, passen genau in seine Hände, wie er lachend zeigt. Siehst du, wie bestellt, passt ganz genau. Doch auch sie hat ihr Mass und weiss zu messen, mit beiden Händen umfasst sie sein stämmiges Glied. Siehst du, passt auch wie bestellt. So also misst die Liebe mit dem ihr ganz eigenen Mass, fügt zusammen, was passt, und erkennt sich staunend in diesem Messen und Fügen.

Schamlos offen zeigt sich ihm ihr Geschlecht, schamlos und schutzlos zugleich, wie er mit einer Art Schrecken erkennt, ausgeliefert ihm, seinem Blick, seiner Berührung, seiner Lust. Die Welt um ihn schrumpft zu diesem feinst gewobenen Gespinst, das vibriert vor inbrünstigster Lebenslust, ein Schmetterling, der zitternd gerade seine Flügel entfaltet, eine Blume, am ehesten vielleicht eine Tulpe, geschlossen noch am Morgen, die sich nun dem Licht der Sonne entgegenstülpt. Er küsst die zarten Flügel, die seidig weichen Blütenblätter, eine Orgie aus Rottönen überflutet ihn, immer neue Varianten und Schattierungen überraschen ihn aus Perlmutt,

Lachsrot, Karmesin, immer neuen Faltungen forscht er nach aus nie gesehenen Farbmischungen, bis sich in die äussersten Faserungen und Fältchen in das Rot Braun- und Grautöne mischen, die die Vielfalt des Rot noch intensiver leuchten lassen. Dieses Rot geht nahtlos über in das Schamhaar, das dunkel und dicht die Blüte, den Schmetterling bekränzt, umschattet, umwölkt. Im Leuchten der Sonne nimmt es die Farbe einer frisch aufgeplatzten Kastanie an, verströmt deren Geruch nach Himmel und Erde, ein ölig glänzendes Vlies aus feinstgewobener Seide, es ist dieses ölig seidene Schamhaar, das David auch später immer wieder aufs Neue faszinieren und erregen wird.

6

Die Welt um sie schrumpft auf die Mitte ihrer Körper ein, die dafür sich immer mehr ausbreitet, ausweitet, ausdehnt, bis ein Kosmos ganz eigener, nie dagewesener Art entsteht mit neuartigen Sternenhaufen und Spiralnebeln. Kathrin zieht den immer noch staunend bewundernden Mann zu sich, auf sich, in sich. Mit diesem Akt, mit diesem Augenblick beginnt für David etwas, an das er sich später nur undeutlich erinnern kann, als sei sein Bewusstsein durch eine Scheibe aus Milchglas getrübt, als hätten sich die herkömmlichen Gesetze von Raum und Zeit verflüssigt, verflüchtet, in einem nebligen Nirgendwo verloren. Als Kathrin ihn mit ihren Beinen umschlingt, gibt er einem fast automatischen Drang nach, sich in die Tiefen ihres Geschlechts hineinzubohren, hineinzustossen nach einem wie einprogrammierten männlichen Schema. Doch aus dem Stossen wird ein Gleiten, das an einer bestimmten geheimnisvollen Stelle ihres unergründlichen Körpers sich aufspreizt zu einem unglaublich lustvollen Reiben, das ihn im einen Moment reizt und lockt zur höchsten Verzückung, um im nächsten Augenblick durch einen fast schmerzhaften Griff, er hat keinerlei Vorstellung welches intimen Organs oder Muskels, abgeblockt zu werden. Dieses ständige Hin und Her von lustvollem Locken und lustvoll schmerzlichem Packen und Blocken löst in einer ihm bisher unbekannten Region seines Körpers am unteren Ende des Rückens ein Zittern aus, das allmählich seinen ganzen Körper ergreift und immer wieder wellenartig über ihn hinwegrollt, bis jenseits dieses Spiels er das Gefühl hat zu schweben in einer Art von körperloser Leichtigkeit, ja vollkommener Schwerelosigkeit. Ein beseligender Glücksrausch ergreift ihn, der ihn wie eine Feder sacht nach oben schweben lässt. Unter sich sieht er die beiden vereinigten

Körper, nur dass seltsamerweise Kathrin diejenige ist, die oben liegt, und er derjenige ist, der sie mit seinen Beinen umschlungen hält. Ja beinahe scheint es so, als sei sie mit ihrem Glied in ihn eingedrungen, deutlich fühlt er das Pochen und die Berührung an jener geheimen intimen Stelle, die ihn unglaublich verzückt und erregt, so sehr, dass die nächste Welle ihn mitreisst in einen glucksenden, quirligen Strudel aus Lust, in dem er sich wie ein Ball dreht und dreht, untertaucht und wieder auftaucht, ein beständiges Kreiseln um die eigene Achse, das einen eigenartig summenden Ton erzeugt, wie er plötzlich gewahr wird.

Auch dieses Summen scheint aus jener geheimen ungewissen Stelle seines? ihres? Körpers zu kommen, von dort, wo beide Körper wissend und wollend ineinander schmelzen, und es scheint, als erzeuge dieses Summen jenes eigenartig beglückende Gefühl von körperloser Leichtigkeit, ja gänzlicher Schwerelosigkeit. Mit jeder Welle gibt ein Schoss einen Strom von Lust von sich, den der andere Schoss ekstatisch zuckend in sich aufnimmt und zurückgibt. Unentscheidbar bleibt, welcher Schoss zu welchem Körper gehört.

Als langsam das Bewusstsein seines Körpers in ihn zurückkehrt, nimmt er als erstes den starken erdigen Geruch wahr, der dem feuchtwarm aufgewühlten Boden entströmt, auf dem sie liegen, und als zweites den wandernden, sich ständig verlängernden Schatten, der den herannahenden Abend ankündigt. Zögernd und ungern lösen sich ihre Körper voneinander, fallen in ihre je eigene Schwere zurück mit jener damit verkoppelten Gewichtung des Ich. Die Kühle des Abends zwingt sie in ihre Kleider und ihre individuelle Wirklichkeit zurück. Nur ihr Bewusstsein scheint sich noch Zeit lassen und in der gemeinsam erzeugten Ekstase verharren zu wollen. So oft David später in Gedanken zu diesem Nachmittag zurückkehrt, fehlt ihm die bewusste Erinnerung an den Rückweg und was an dem Abend weiter sonst geschehen ist. Eng umschlungen vermutlich und schweigend wohl sind sie den Weg zurück gegangen, beide in einer Art Trance befangen, auch Kathrin kann sich an nichts mehr erinnern, kein Wort, keine Geste, kein Tun, so stark wirkt dieses ekstatische Erlebnis nach, dass nur die beseligenden Momente schwerelosen Glücks bleiben und sein Blick von oben auf die beiden vereinten Körper.

Erst am darauf folgenden Morgen kehrt sein Bewusstsein wieder vollständig in ihn zurück mit der Wahrnehmung einer übermässigen, fast krampfartigen Härte und Steifigkeit seines Glieds, die erst nach Stunden nachlassen wird, doch auch danach noch wirkt sein Glied unnatürlich gross, gummiartig aufgequollen und ist völlig gefühllos. Auch kann er sich im Nachhinein nicht an einen oder mehrere Höhepunkte mit der lustvollen Ausspritzung von Samen erinnern. Eher scheint es so gewesen zu sein, dass verbunden mit dem Summen in seinem Körper wie in einem nicht enden wollenden Strömen sein Samen aus ihm gequollen ist zu jener weichsten und intimsten Stelle in Kathrins geheimer Schatzkammer mit ihren vielverschlungen Fältelungen, von wo ihre gemeinsam erzeugte Lust ihn sicher dorthin schwemmte, wo er so sehnsüchtig erwartet wurde.

Kathrins Ahnung hat nicht getrogen, sie ist schwanger, in der Hingabe des gemeinsamen Ja, im Glück der gemeinsam erzeugten Lust, in der über sie hinwegrollenden Welle der ekstatischen Verschmelzung zeugt sich neues Leben, schenkt sich neue Geburt. Einmalig aber und unwiederholbar bleibt diese Erfahrung, dieses Geschenk, so empfindet es David. Oft liegen sie eng beieinander, seine

Hand schwer auf ihrer Scham mit dem seidigen, öligen Haar, das ihn so sehr erregt, sein Glied eingekuschelt in ihr Geschlecht. Oft schlafen sie so vereint ein, einmal noch zeugen sie auf diese Weise ein Kind.

Während er zufrieden mit dem ist, was sein handwerkliches Geschick ihm an Erfüllung bietet, und er nach und nach sich eine kleine Werkstatt einrichten kann, um Holz- und Schreinerarbeiten zu verrichten, entwickelt Kathrin aus ihrem unbestritten vorhandenen Organisationstalent einen deutlich ausgeprägteren Drang, sich für Leitungsaufgaben zu qualifizieren. Sie geniesst die Aufmerksamkeit, die sie zunehmend in gewissen Funktionärskreisen bekommt, gleichzeitig geniesst sie unverhohlen auch ihre weibliche Ausstrahlung, die sie bei gewissen Männern aus diesen Kreisen erregt. Oft kommt sie erst spät am Abend heim, ungewiss ob aus beruflichen oder persönlichen Gründen. Dass sie der einen oder anderen Werbung gerne nachgibt, bleibt zwischen ihnen unausgesprochen, bedarf keiner besonderen Begründung oder Entschuldigung.

Am liebsten verbringt er die Abende allein, manchmal mit den Kindern, die bald schon

ihrer eigenen Wege gehen werden. So
gewöhnt er sich ein Schweigen an, raucht,
trinkt einige Gläser Wodka, nie zuviel, und
schaut in die Sterne, in die Wolken, in den
Regen. Zweimal in all den Jahren geht auch er
fremd, beide Male in stark alkoholisiertem
Zustand, Zufallsbegegnungen aus Gier und
Einsamkeit, Irrtümer, die er schamhaft
verbirgt.

7

Als Silvia aus dem Haus geht, um zu
studieren, beantragt Kathrin die Scheidung,
sie hat eine feste Beziehung, möchte heiraten,
eine Partnerschaft auf Augenhöhe, wie sie
meint. In diesem Sommer trifft er auf Petra,
ein Mädchen kaum älter als seine Tochter,
auch sie möchte studieren, vor allem aber
möchte sie weg, nach Westen. Angeblich ist sie
verlobt, ihr Verlobter jedenfalls wüsste schon
wie, gemeinsam würden sie es schaffen.
Immer wieder taucht sie plötzlich in seiner
Werkstatt auf, sie ist fasziniert von seinem
gelassenen, präzisen Arbeiten, hilft ihm unter
allerlei Vorwänden. Als sie einmal am Abend
gemeinsam die Werkstatt verlassen bemerkt er
staunend ihren wiegenden Gang, der ihn
sofort leidenschaftlich erregt. Sie ist kein
besonders hübsches Mädchen, ihr Gesicht ist
übersät mit Pickeln und Pusteln, viel zu gross

ihr Mund mit den aufgeworfenen Lippen, was ihr ein etwas dümmliches Aussehen gibt, dabei ist sie hoch intelligent. Ihre strähnigen dunkelblonden Haare wirken immer ungewaschen und wie fettig. Aber sie verbreitet eine vibrierende Lebendigkeit, die ihm gut tut, in der er sich richtig gehend badet und nach der er sich zu sehnen beginnt, wenn sie einmal einen Tag lang nicht kommt.

Besonders die russische Literatur hat es ihr angetan, sie wirft mit Namen und Titeln um sich, von denen er kaum je etwas gehört hat, sie hat intensiv Russisch, diese Kacksprache, gelernt, gerechtfertigt einzig wegen ihm, dem Genie aller Genies, ihrem Halbgott Dostojewski, von dem David noch nie eine Zeile gelesen hat. Dostojewski ist anders, total anders als alle anderen. Aber er schreibt auch nur Romane, was haben Romane mit dem wirklichen Leben zu schaffen? Genau das ist ja der Unterschied, bei Dostojewski lebt jeder einzelne Mensch sich selbst, das sind keine Romanfiguren, die einfach hin und her geschoben werden, das sind wirkliche Menschen, weil jeder auf seine Weise einzigartig und besonders ist. Das hört sich aber sehr versponnen und geheimnisvoll an, der Mensch braucht nun mal auch die Gemeinschaft. Nein da gibt es gar nichts

Geheimnisvolles, alles liegt offen zutage,
solange es um den Einzelnen geht, es sind die
Religionen, Sozialismus, Wissenschaft,
Philosophie, die alles kompliziert machen mit
ihrer Moral, mit ihren Wertungen,
Dostojewski lässt ja gerade jedem einzelnen
Menschen seine Würde, seinen eigenen
inneren Wert, er wertet überhaupt nicht. Dann
kann also jeder machen, was er will, dann
gäbe es ja nur noch Mord und Totschlag.
Genau das ist ja die Falle, in die alle gehen,
nur eben Dostojewski nicht, er ist überhaupt
der Einzige, der diese Falle erkennt und
benennt, es geht nicht um eine von Aussen
übergestülpte Moral, genau die führt zu Krieg
und Mord, weil sie die Menschen einteilt in
Gut und Böse. Und was ist dann die Lösung?
Raus aus der Falle, Sozialismus oder Barbarei,
Gott oder Teufel, das ist doch alles
Schwachsinn, weißt du, die Logik des zwei
und zwei ist vier. Er lacht, was sonst soll zwei
und zwei sein, drei oder fünf? Ich bin
jedenfalls froh um diese Logik, ohne sie
könnte ich kein Fenster oder eine Tür bauen.
Klar, weil du es bist, der als Mensch sie in
seiner Arbeit verwendet, problematisch wird
es dann, und darum geht es Dostojewski,
wenn diese Logik als Massstab an den
Menschen selbst angelegt wird, siehe die
Nazis. Aber worauf läuft das dann alles

hinaus, ich bin nun mal ein eher praktischer Mensch. Das muss wahrscheinlich jeder für sich selbst herauskriegen, bei Dostojewski jedenfalls ist jeder Mensch, sie zögert einen Augenblick, Wie soll ich sagen, gross? Es geht dir also um deine ganz individualistische Selbstverwirklichung, deshalb willst du in den Westen. Schon möglich, ich glaube aber nicht, eher weil hier alles so unecht, wie erstarrt ist, hier bleibt jeder klein, jeder soll eben nach der Logik des zwei und zwei macht vier funktionieren, das widert mich an, ich möchte raus aus dieser Logik, aus diesem System, das mir immer schon im Voraus vorschreibt, was und wie ich zu denken und zu leben habe. Und im Westen, glaubst du, ist das nicht so? Zumindest besteht eine gewisse Möglichkeit, dass es anders sein könnte, ich jedenfalls hoffe auf diese Möglichkeit und glaube an sie. Also doch wieder ein Glaubensbekenntnis. Ja, aber ich glaube an mich, an meinen inneren Wert, vielleicht auch an eine Art innere Bestimmung, das würde mich wirklich interessieren, ob es so etwas gibt, das treibt mich irgendwie ständig um, darüber lohnt es sich wirklich nachzudenken, und dabei hilft mir Dostojewski wie kein anderer.

Er ist es nicht gewohnt, solche Gespräche zu führen, und es erstaunt ihn, mit welcher

Leidenschaft und Leichtigkeit Petra immer
wieder aufs Neue in endlosen Variationen sich
darüber auslassen kann, so dass es ihm
manchmal auf der Kopfhaut zu kribbeln
beginnt, wenn er ihren Gedanken nicht mehr
folgen kann, und er dann froh ist, dass seine
Hände sich mit einem konkreten Stück Holz
beschäftigen, dessen Maserung er fühlt und
dessen Geruch er riecht.

8
Der Sommer legt doch noch zu, es folgen
einige heisse Tage, die er nutzt, um einen alten
maroden Geräteschuppen wieder instand zu
setzen, er hat Mass genommen und Bretter
zurechtgeschnitten, die er jetzt Stück für Stück
austauscht, danach will er noch das schadhafte
Dach reparieren. Am späten Nachmittag
stöbert ihn Petra bei dieser Arbeit auf,
anscheinend hat sie schon Feierabend, statt
der gewohnten Jeans trägt sie ein recht kurzes
ärmelloses Kleid aus dünnem grauem
Baumwollstoff. Sie hilft ihm so gut sie kann,
plappert wie immer drauflos, er antwortet
einsilbig, verstummt bald ganz, die viele
nackte Haut macht ihn dumm, ein leises
Zittern ergreift von ihm Besitz, Schauer laufen
über seinen Rücken, trotz der Hitze bekommt
er eine Gänsehaut, sein Mund trocknet aus,
wird rau und pappig, es hilft alles nichts, jede

Faser seines Körpers begehrt diese junge Frau,
er sieht ihre Brüste mit den grossen Warzen
sich unter dem Stoff abzeichnen, möchte sie
fassen, streicheln, sie lecken, beissen, lutschen.

Petra hat zu seiner Überraschung ein Vesper
und ein paar Flaschen Bier mitgebracht,
Komm wir gehen rüber zu den Bäumen und
machen dort im Schatten ein Picknick. Sie geht
barfuss, tollt durch das fast trockene Gras, er
zittert ihr hinterher, sein Blick ganz im Bann
dieser vor ihm auf und ab wogenden Hüften.
Kaum im Schatten angekommen und noch
etwas ausser Atem finden ihre Münder sich
schon im leidenschaftlichen Kuss, er weiss
nicht zu sagen wie das geschehen ist, auch
nicht, wie ihnen die Kleider vom Leib
kommen. Genauso plötzlich wie der Kuss
geschieht diese Nacktheit.

Sie löst sich von ihm, tritt einen Schritt zurück,
betrachtet ungeniert ihn, seine Nacktheit, seine
prangende Männlichkeit, ganz verlegen macht
ihn dieser Blick. Der hat, wie soll ich sagen, ja,
der hat was ganz eigenes, der weiss, was er
will. Sie tritt zu ihm, umfasst mit jeder Hand
einen Hoden, als ob sie sie wiegen wolle,
streichelt und knetet sie in einer gekonnt
spielerischen Art, die ihn ungemein erregt,
Hart und fordernd und doch so weich, rund

und kugelig. Ich möchte ihm gerne einen Namen geben, nur fällt mir nichts ein. Einen Namen, wozu denn das? Einfach einen Namen, der zu ihm passt, Pimmel, Schwanz, Penis, klingt doch alles bescheuert und doof, es sollte etwas Witziges, Freches, Ungezogenes sein, so schaut er mich nämlich an, witzig, frech, ungezogen und verspielt, dass ich ihm gleich einen dicken Kuss geben muss. Sie nimmt das kugelige Ende in den Mund, lässt es gut befeuchtet wieder herausgleiten, richtet sich auf und deutet nach unten, schau sie dir an, was erzählt sie dir, und dann suchen wir einen passenden Namen für die beiden.

Sein Blick folgt ihrer Hand, die zu ihrer Körpermitte hin zeigt. Ein wirres Geflecht aus, wie es scheint, recht groben Haaren eines unbestimmbaren, verwaschenen Blond bedeckt ihr Geschlecht, franst ungleichmässig nach allen Richtungen aus, verliert sich im Unbestimmten. Plötzlich hat er den Eindruck, als rege sich etwas unter diesem Geflecht, als sei etwas lebendig geworden. Erst traut er seinen Augen nicht so recht, doch dann wird er Zeuge eines Schauspiels, das ihn über die Maßen erregt. Ein Tropfen löst sich und rinnt langsam an ihrem linken Oberschenkel hinunter, dem ein weiterer und noch einer und immer noch mehr folgen, so dass ein richtiggehendes Rinnsal entsteht. Zitternd beugt er sich hinunter und leckt Tropfen für Tropfen auf, bis er die Quelle erreicht. Ein salziger, öliger Geschmack füllt seinen Mund, der ihn so vollständig von sich einnimmt und ihn derartig erregt, dass die Welt um ihn herum wie in ein Nichts versinkt, bedeutungslos wird.

Als er das struppige Haargeflecht zur Seite schiebt und seine Zunge weiter der Salzflut folgt, begrüsst ihn kein Schmetterling, auch keine Tulpenblüte, etwas Dunkleres, Urtümlicheres erwartet ihn, halb Pflanze, halb Tier, etwas Unterseeisches, der Mund einer uralten Muschel oder Seeschnecke mit breiten fleischigen Lippen, vollkommen glatt, nicht die Spur eines Fältchens, in der Farbe bräunlichen, rostigen Rots wie aus gebranntem Ton, völlig symmetrisch breiten sich die Lippen beidseitig aus, an der Spitze, dort wo sie zusammenlaufen, gekrönt von einem Rubin, pulsierend, elastisch, hart.

Und, was sagt sie dir? Ihre Stimme lässt ihn für einen Moment auftauchen, wieder zu Bewusstsein kommen. Was meinst du? Seine Stimme zittert, Sie ist unglaublich schön, einzigartig schön, sie kommt mir vor wie eine Muschel, die tief im Meeresgrund eingegraben liegt, und ihre Schätze nur dem preisgibt, den sie für würdig erachtet. Wirklich? Das gefällt mir, aber sag jetzt bloss nicht Muschi, das würde ich dir nie verzeihen. Nein, bestimmt nicht, dazu ist sie viel zu eigen und besonders, und, wenn ich sie mir jetzt noch einmal genauer anschaue, zwinkert sie mir zu, ich glaube, sie hat es faustdick hinter den Ohren, ist eine kleine glitschige Schelmin, die am liebsten lostollen möchte wie eine junge ausgelassene Katze, die ständig ihren Schwanz jagt. Ah, das ist eine gute Idee, ich habs, jetzt weiss ich, was zu den beiden passt. Kennst du die lustige Geschichte von Wilhelm Busch über die zwei ungezogenen Hunde Plisch und Plum? David schüttelt den Kopf. Na egal, aber die Namen passen, mir gefallen sie, hier der wilde starke Plum und da die glitschig weiche salzig süsse Plisch.

Unersättlich saugt er, schlürft die Salzflut, einzig hingegeben diesem Genuss, unermüdlich quillt es aus tief verborgenen Kammern. Die Lust zittert, vibriert in ihnen, drängt sie zueinander, ineinander. Bevor David sich aber auf sie legen kann, dreht Petra ihn sacht auf den Rücken, Ich mag's lieber auf dir zu liegen, Plisch stülpt sich über Plum, schlürft ihn, saugt ihn ein, nicht nur die Namen passen, sondern alles andere auch, wie sich jetzt zeigt, wie massgeschneidert. Öffne deine Beine, fordert Petra ihn auf. Was? Spreiz deine Beine, als wenn du eine Frau wärst. Er tut ihr den Gefallen, es geht tatsächlich, im selben Moment schliesst Petra ihre Beine, Jetzt bin ich der Mann. Schling deine Beine um mich, ja so, herrlich, wunderbar. Nun ist er ganz ihrem Tun ausgeliefert, doch es ist Plisch, die auf eine ungewöhnliche, ihm völlig unbekannte Art aktiv wird und Plum anmacht, einlädt, auffordert zum Tanz. Beide entwickeln ein Eigenleben, das er zuerst staunend und dann mit wachsender Erregung wahrnimmt, eine Erregung, die seine Lust wie in eine andere Dimension katapultiert.

Eindeutig ist Plisch diejenige, die Regie führt. Unerschöpflich scheint ihr Vorrat an immer neuen Ideen und Einfällen zu sein, mit Plum zu spielen, mit ihm zu tanzen, mit ihm Mutwill zu treiben. Sie kost ihn, lockt ihn, packt ihn mit unglaublicher Kraft, um ihn dann wieder von sich zu stossen, ihm die kalte Schulter zu zeigen, ihn wie mit einem Reibeisen zu striegeln. Doch Plum spielt diesen Tanz begeistert mit, traumwandlerisch sicher weiss Plisch, was Plum gerade will, was seine Erregung ins schier Übermässige steigert, um sie dann wieder zu dämpfen, zu besänftigen, ihn wieder zu Atem kommen zu lassen. Stundenlang scheinen die beiden so zu tanzen, sich auf jede nur erdenkliche Weise zu vergnügen, jedes Zeitgefühl kommt David abhanden.

9

Erst später, als sie in der Dunkelheit Arm in Arm nebeneinander liegen, kommt ihm die Erinnerung an jenes erste Mal, als er mit Kathrin vereint war und er unter sich die beiden Körper liegen sah, sie oben, er unten, und er Kathrin genauso mit den Beinen umschlungen hielt, wie jetzt eben Petra, oder ist das damals schon Petra gewesen? Petra weckt ihn aus seinen Gedanken mit der plötzlichen Feststellung, Weißt du, dass du phänomenal gut bist? Wie meinst du das? Nun du als Mann, dein Plum, der hat irgendwie eine wahnsinnig intensive Ausstrahlung, das war einfach genial, Mann oh Mann, einfach genial. Ich glaube, das liegt mehr an deiner Plisch, hört er sich sagen, ihre freimütige Sprache hat ihn mutig gemacht, ich habe so etwas noch nicht erlebt, so eine Kraft, so eine Lust, so eine lustvolle Kraft, ja, das ist es. Witzig, und für mich ist es dein Plum, der mich ganz verrückt gemacht hat, manchmal dachte ich, der platzt jetzt vor Energie, sie lacht.

In den noch verbleibenden Tagen und Wochen des Sommers treffen sie sich fast täglich, lieben sich, sooft es möglich ist, am liebsten irgendwo draussen eingebettet in die Weite der Landschaft und des Himmels, leicht ist diese Liebe, leicht entflammbar sein Begehren, Petras Plisch ist eine Offenbarung, ihre Lust, ihre Freude am Spiel, ihre unendliche Neugier, ihr geheimnisvolles Wissen wecken seine Sinnlichkeit auf eine völlig neue Weise, die er beglückt und staunend zur Kenntnis nimmt. Die warmen Tage enden abrupt in einem lang anhalten Schauerwetter, genauso plötzlich kommt der Tag des Abschieds. Dann wirst du also studieren gehen, Russisch, dein Lieblingsfach, meint er spöttelnd. Sie schüttelt den Kopf, schaut ihn lange mit ihren graublauen Augen an, zögert die Antwort hinaus. Ich habe dir nicht ganz die Wahrheit gesagt, Joachim, mein Verlobter, ist schon im Westen, er studiert jetzt Architektur, und, sie stockt einen Moment, auch ich werde bald gehen, es gibt da eine Möglichkeit, mehr kann ich nicht sagen, Architektur würde mir, glaube ich, auch gut gefallen, ich werde mich aber ganz bestimmt einmal bei dir melden, diesen Sommer mit dir werde ich nie vergessen, für mich bist du ein ganz besonderer Mann.

Wie gewohnt verrichtet er seine tägliche
Arbeit, trotzt dem Mangel und Verfall so gut
er kann. Kaum ist Petra weg, erlischt sein
Begehren, auch dies ein Rätsel, das er nicht
lösen kann oder will. Etwas ändert sich aber
doch in seinem Leben, er beginnt zu lesen,
besorgt sich nach und nach all die Bücher, von
denen Petra so begeistert erzählt hat,
Puschkin, Tolstoi, vor allem natürlich
Dostojewski. So sitzt er manchen langen
Abend allein, oft nur wenige Zeilen lesend,
vieles versteht er nicht, aber dann hört er Petra
sprechen, holt sich in seine Erinnerung zurück,
was sie gesagt hat, und bewundert einmal
mehr die Klugheit dieses Mädchens. Kathrin
und die Kinder sieht er immer seltener, es geht
ihnen gut, er hat seine Pflichten erfüllt, es gibt
keinerlei Erwartungen mehr, die Welt und die
Menschen um ihn sind wie fremd, fast
fünfzigjährig schaut er zurück auf sein Leben,
findet keinen Anlass zur Klage, im Gegenteil,
vieles ist sehr schön gewesen.

Dann geschieht das Unvorstellbare,
Unerwartete, die Mauer fällt, die Grenzen
öffnen sich, Deutschland feiert sich friedlich
nach all den blutigen Schlachten. Als diese
Nachrichten David erreichen, weint auch er
wie viele vor Rührung, vor Freude, vor Glück,
er weiss es nicht zu sagen. Er quält sich gerade

durch Dostojewskis „Karamasow", vieles ist ihm unerträglich, besonders die Geschichte mit dem Grossinquisitor, es sind Stellen, wie diese, wo Iwan in der Maske des Inquisitors sein schreckliches Glaubensbekenntnis verkündet: Am Abend seiner Tage gelangt er mit aller Klarheit zu der Überzeugung, dass nur die Ratschläge des grossen, furchtbaren Geistes den Zustand dieser schwächlichen Rebellen, dieser unfertigen, gleichsam nur zur Probe hergestellten, zum Hohne geschaffenen Wesen einigermassen erträglich gestalten könnten. Und nun, da er davon überzeugt ist, sieht er ein, dass man nach der Weisung des klugen Geistes, des furchtbaren Geistes des Todes und der Zerstörung, verfahren und sich zu diesem Zwecke der Lüge und der Täuschung bedienen und die Menschen mit Bewusstsein zum Tode und Untergange führen und sie dabei auf dem ganzen Wege betrügen müsse, damit sie nicht merken, wohin sie geführt werden, und damit diese armseligen Blinden sich wenigstens auf dem Wege für glücklich halten.

Sätze wie diese erschlagen ihn, saugen ihm alle Kraft aus den Gliedern, machen ihn ganz und gar mutlos. Was wohl würde Petra dazu sagen?

10

Aus dieser Zeit des monatelangen Schweigens und Lesens bleibt ihm später nur ein Traum in Erinnerung, der ihm wie eingebrannt im Gedächtnis haftet, alles andere, die Abwicklung seiner LPG, die neuen demokratischen Freiheiten, das neue Geld, verschwimmt in einem farb-, geruchs- und emotionslosen Dunst. Ihm träumt, er gehe an einem strahlenden Sommertag durch eine sattgrüne blühende Wiese. Als er Wasser plätschern hört, glaubt er, ein Bach sei in der Nähe, doch beim Weitergehen erkennt er, dass es sich um einen kleinen Fluss handelt. Je näher er diesem Fluss kommt, desto breiter erscheint er ihm. Beim Erreichen des Ufers erweist sich der Fluss sogar als breiter, träge dahin fliessender Strom. Am Ufer liegt ein alter Kahn, allerdings ohne Paddel oder Ruder, so dass er sich aus einem grossen Haselnussstrauch einen möglichst langen Ast zum Stochern abreisst, um den Kahn wenigstens etwas steuern zu können. Erst beim Einsteigen bemerkt er ein schlafendes Mädchen, das in dem Kahn liegt. Sofort treibt der Kahn in die Mitte des Stroms und von der Bewegung des Boots geweckt setzt sich das Mädchen auf eine Bank ihm gegenüber. Er schätzt sie auf etwa sechzehn Jahre, sie trägt ein einfaches sandfarbenes Kleid, auch ihre

Haut weist einen wie verdunkelten Sandton auf, sie hat lange glatte Haare, die ebenfalls ins Sandfarbige gehen vermischt mit einem rötlichen Schimmer. Von ihrer ganzen zarten Gestalt, aber besonders von ihren grossen braunen Augen, geht eine Art bernsteinschillerndes Leuchten aus, das er sich nicht erklären kann, das ihn aber vollkommen bezaubert. Der Strom fliesst Richtung Westen, je länger sie so auf dem Wasser treiben, desto dunkler scheint ihre Haut zu leuchten wie in Bronze getaucht, vielleicht liegt das aber auch an der untergehenden Sonne. Diese Sonne taucht jetzt helle Felsen, die plötzlich links und rechts am Ufer des Stroms erscheinen, in ein wie feurig loderndes Licht. Dieses Schauspiel erinnert ihn an Bilder vom Donaudurchbruch, die er einmal gesehen hat. Nachdem sie durch diesen Durchbruch, immer in der Mitte des Stroms treibend, hindurch sind, erscheint in der Ferne auf der rechten Seite eine altertümliche Stadt mit mehreren Brücken. Noch weit von der Stadt entfernt treibt die Strömung den Kahn plötzlich ans rechte Ufer. Auf der ganzen Fahrt haben sie noch kein Wort gewechselt, überhaupt ist alles still bis auf das sanfte Glucksen des Kahns im Wasser. Die ganze Zeit über versucht er sich zu erinnern, woher er das Mädchen kennt, denn er ist sich sicher, dass er sie schon einmal

gesehen hat und von irgendwoher kennt.
Doch so sehr er sich auch bemüht, es fällt ihm
nichts zu dem Mädchen ein. Als sie das Ufer
erreichen, steht er ganz selbstverständlich auf
und springt aus dem Boot ans Ufer. Beim
Hinausspringen stösst er das Boot wieder ins
Wasser zurück, das schnell auf die Mitte des
Stroms zutreibt und rasch seinen Augen
entschwindet. Erstaunlicherweise verspürt er
keinen Abschiedsschmerz oder ein Bedauern,
ganz im Gegenteil geht er mit einem nie
gekannten Glücksgefühl mit fast fliegend
leichtem Schritt auf die Stadt zu. Wie ein Kind
beginnt er zu hüpfen, immer leichter geht er
dahin, immer höher hüpft er, bis aus dem
Hüpfen ein richtiggehendes Fliegen wird, das
er nach dem ersten Schrecken mit kindlich
übermütigen Lachen und Jauchzen feiert. Es
ist dieses Gefühl übermütiger Fröhlichkeit, das
ihn noch lange danach begleitet und sein
Leben mehr bestimmt als all die grossen
Veränderungen und Umbrüche um ihn
herum.

11

Wie es einem einsamen Sonnenstrahl
manchmal gelingt, die Herbstnebel für einen
Moment zu blenden, erreicht ihn eines Tages
ein Brief von Petra und bricht den Dunst, das
Schweigen, die kalte Gleichgültigkeit. Es gehe

ihr gut, sie sei jetzt mit Joachim verheiratet, in der Tat habe es mit dem Architekturstudium geklappt, Joachim sei schon beinahe fertig damit, er habe auch schon einen Job bei einer Firma, die Fertighäuser baue, die könnten immer gute Handwerker wie ihn brauchen, also wenn er Interesse habe, sie würde sich freuen, etwas für ihn tun zu können, die Bezahlung sei sehr gut, nur mobil müsse er sein, da die Firma im ganzen Bundesgebiet tätig sei, sie hoffe, es gehe ihm gut.

Die Postleitzahl zeigt einen Ort in Norddeutschland an irgendwo in der Nähe von Bremen. Besser als der Dunst, der ihn seit Monaten umgibt, dünkt ihm das Angebot alle Mal, auch hat der Brief die vielen lustvollen Momente mit Petra wieder in seine Erinnerung gerufen, obwohl seine Erwartungen in dieser Hinsicht recht gedämpft sind, sie ist ja jetzt verheiratet. Trotzdem meldet er sich nicht sofort unter der angegebenen Telefonnummer, sondern wartet noch einige Tage ab. Es ist Frühling, das Wetter sonnig und mild. Vielleicht deswegen kommt ihm plötzlich der Gedanke, nicht in den nächstbesten Zug zu steigen, sondern die Sache langsam anzugehen, indem er die ganze Strecke, gute vierhundert Kilometer, zu Fuss gehen könnte. Je länger er darüber nachdenkt, desto besser gefällt ihm diese Vorstellung, dreissig Kilometer pro Tag wird er sicher schaffen, so dass er höchstens zwei Wochen unterwegs wäre. Auf keinen Fall möchte er in Hotels übernachten, sondern so unabhängig wie möglich sein, also benötigt er ein Zelt und einen Schlafsack, was die Last seines Gepäcks erhöht, dafür braucht er aber sonst nicht viel. Seine wenigen Habseligkeiten kann er einstweilen hier lassen, alles Weitere wird sich finden.

Statt zu telefonieren, schreibt er einen entsprechenden Brief an Petra, worin er ihr seinen Plan und die ungefähre Ankunftszeit mitteilt. Von Kathrin und den Kindern verabschiedet er sich nur telefonisch, alle drei zeigen sich von den Verlockungen des Glaspalastes dermassen in Bann gezogen, dass sie sein einsiedlerisches Schweigen möglichst gemieden haben und jetzt erleichtert sind über seine Entscheidung. Offensichtlich hat auch er die Zeichen der Zeit erkannt und nutzt die Chancen, die ihm die Marktwirtschaft verheisst. Gerne lässt er sie in ihrem Glauben, vor allem, weil er selbst nicht recht weiss, warum er das macht, ausser dass ihn etwas zu Petra zieht, das Arbeitsangebot selbst bleibt sehr unbestimmt, darunter kann er sich gar nichts vorstellen, Bauen von Fertighäusern.

Es ist Mitte März, als er losmarschiert.
Kleidung und Stiefel sind von bester Qualität,
daran hat er nicht gespart, zum Glück, wie
sich bald herausstellen wird. Zelt und
Schlafsack sind zwar etwas angestaubt und
jahrelang nicht mehr gebraucht worden, dafür
aber noch gut erhalten. Trotzdem packt er
noch eine grosse Plastikfolie ein als Überdach,
falls es einmal stärker regnen sollte, man weiss
ja nie. Am ersten Tag ist das Wetter noch ganz
auf seiner Seite, es ist frühlingshaft mild, auch
wenn die Sonne sich immer seltener zeigt.
Schon nach wenigen Kilometern überströmt
ihn ein starkes Glücksgefühl, das er sich nicht
erklären kann, das einfach aus seinem Gehen,
aus jedem Schritt, den er setzt, zu kommen
scheint. Statt abzunehmen, steigern sich die
Kraft und die Lust an dieser Art der
Fortbewegung mit jedem Kilometer, mit jeder
Stunde, so dass er erst weit nach Mittag seine
erste Rast macht.

Um mit möglichst wenigen Hauptstrassen in
Berührung zu kommen, hat er sich
Wanderkarten mit einem grossen Massstab
gekauft. So bleibt er in der Regel auf
Feldwegen und Nebenstrecken oder geht ganz
einfach querfeldein, sofern er sich seiner
Orientierung sehr sicher ist. Deshalb begegnet

er nur wenigen Menschen, Spaziergänger zumeist aus umliegenden Ortschaften. Das Glücksgefühl überströmt ihn manchmal so stark, dass er am liebsten laut schreien oder singen möchte, noch schämt er sich aber und traut sich nicht und beschränkt sich auf ein gelegentliches Pfeifen.

Am Abend baut er sein Zelt zwischen eine kleine Baumgruppe, geschickt die ineinander geschachtelten Äste als zusätzlichen Schutz nutzend. Schutz gegen Wind und Wetter, aber auch Schutz gegen unerwünschtes Gesehenwerden. Mit dem Aufbau des Zeltes wartet er solange, bis die Schatten der Bäume so dicht stehen, dass niemand aus der Ferne bemerken kann, was er da tut. Da die Wolken zum Abend hin doch schwärzer werden und Regen ankündigen, legt er auch noch das Überdach über das Zelt. Schon immer hat er es geliebt, in der Abenddämmerung draussen zu sitzen und rauchend und Wodka trinkend dem Spiel aus Licht und Schatten zuzuschauen, das für ihn etwas Erotisches hat, ein Liebesspiel, wo die Nacht mit ihrem ständig länger, dichter und dunkler werdenden Haupt- und Schamhaar den Tag bezaubert, umgarnt, verhüllt, einrollt in ein unsagbar süsses schmelzendes Verglühen. Erregt wartet er auf jenen einen, einzigen, einmaligen Augenblick, wo wie bei der verlöschenden Glut einer Zigarettenkippe ein letzter Rest verglimmt und sich der Dunkelheit ergibt. Oft verpasst er diesen einen Moment, weil ihn gerade da etwas ablenkt, aber manchmal gelingt es ihm und dann erlebt er selbst ein tiefes, orgastisches Glücksgefühl mit Schauern, die seinen Rücken überlaufen.

Wie erwartet beginnt es in der Nacht zu regnen, das Geräusch der auf die Plastikplane fallenden Tropfen dringt kaum in sein Schlafbewusstsein durch, und wenn doch, dann nur, um das ihn einhüllende Gefühl von Geborgenheit noch zu verstärken. Gegen Morgen, kurz vor dem Erwachen, träumt er, er trete aus einer bewaldeten Anhöhe hinaus ins Freie, wo eine blühende Wiese sacht in ein Tal abfällt. Irgendwo plätschert Wasser, er geht diesem Geräusch nach, bis er zu einem Bach mit klarem Wasser kommt. Da er das Bedürfnis hat, sich die Hände und das Gesicht zu waschen, kniet er sich am Rande des Baches nieder und taucht seine Hände in das Wasser, das wohltuend kalt ist. Als er sich mit seinem Kopf vorbeugt, um sein Gesicht zu waschen, blitzt es für einen Moment im Wasser auf, zeigt aber zu seinem Erstaunen die Züge eines ihm völlig fremden Gesichtes. Erst im Laufe des Tages fällt ihm dieser Traum

wieder ein, sooft er aber versucht, dieses
Gesicht zu erkennen, nie will es ihm gelingen.

Im Regen, der weich und stetig fällt, baut er
das Zelt ab, immer darauf bedacht, alles
möglichst trocken einzupacken, die nasse
Plane stopft er in eine Plastikhülle. Dieser
Regen, mal stärker, mal schwächer, wird von
nun an ein ständiger Begleiter auf seiner
weiteren Wanderung sein. Jetzt zeigt es sich,
wie gut er seine Ausrüstung gewählt hat,
Rucksack und Parka sind aus wasserdichtem
Material, gegen die Kälte hat er vorgesorgt mit
Unterwäsche aus Angora, zwei Paar dicken
Wollsocken und gepolsterten Handschuhen.
So zieht er tagelang durch eine
regenverhangene Landschaft, deren
Eigentümlichkeit verschwimmt in einem
gleich bleibenden dunstigen Grau in Grau,
dessen Gleichförmigkeit ihn wie ausscheidet
aus einem bestimmbaren Bezugspunkt aus
Raum und Zeit, ihm aufgrund dieser
Unbestimmbarkeit Namen, Rang und
Gewichtung nimmt, ihn als Person auslöscht
und gleichzeitig mit einer ungeheuren Weite
und Fülle an Bewusstheit beschenkt, als seien
der Regen, die Landschaft, die Wolken ein
untrennbarer Teil von ihm, als sei nicht er es,
der da sich seinen Weg durch Raum und Zeit
bahnt, sondern als bildeten sein Bewusstsein

und Raum und Zeit ein einziges
unentflechtbares Knäuel, das unaufhörlich
sich aus- und wieder einrollt, eine Art Jojo, wie
es Kinder lieben, stundenlang damit zu
spielen und dabei alles um sich herum zu
vergessen.

Je dauerhafter es regnet, desto kühler wird es,
in die Regenschauer mischen sich immer
wieder Graupel- und Schneeschauer, die die
Perspektive der Landschaft noch mehr
schrumpfen lassen. Nur manchmal hält er
kurz inne, wenn ihn auf freier Ebene eine Böe
frontal schneidet und ihm den Atem nimmt.
Noch zwei weitere Male gelingt es ihm, das
Zelt und seine Habseligkeiten beim Aus- und
Einpacken nahezu trocken zu halten, doch
dann erfasst eines Morgens genau in dem
Moment, wo er die Plastikplane rasch vom
Zelt nimmt und einrollen will, ein Windstoss
das Zelt, das sofort in sich zusammenfällt, weil
er alle Heringe schon gelöst hat, und nun
schutzlos den Wassermassen ausgeliefert ist.
So schnell er kann, wickelt er es ein, doch
zuviel Nässe ist schon in den Stoff
eingedrungen, der sich durch das
Zusammenpressen nur noch mehr voll saugt.
Er wird sich wohl damit abfinden müssen, in
der kommenden Nacht in einem nassen Zelt

schlafen zu müssen, wenigstens hat er seinen
Schlafsack noch trocken einpacken können.

Anderen Menschen ist er wegen des
schlechten Wetters schon lange nicht mehr
begegnet, aber die kalte Nässe weckt in ihm
ein nicht unterdrückbares Verlangen nach
etwas Heissem, das so stark wird, dass er von
seinem ursprünglich gefassten Vorsatz, auf
dem Weg liegende Ortschaften möglichst zu
umgehen, abweicht, und einmal am Tag einen
Gasthof aufsucht, um eine heisse Suppe zu
essen und einen heissen Kaffee zu trinken. Die
heisse Mahlzeit gibt ihm neue Kraft, und am
Abend stösst er auf einen gut erhaltenen,
anscheinend nicht mehr genutzten Schuppen,
wo er trocken schlafen und das nasse Zelt
etwas auslüften kann.

Trotz aller Widrigkeiten kommt er gut voran,
besser sogar, als er anfangs gedacht hat, das
stundenlange Gehen strengt ihn nicht
sonderlich an, sondern scheint im Gegenteil
eine fast kindliche Freude an der Bewegung,
eine Freude an der Bewegung um der
Bewegung willen, in ihm zu wecken.
Natürlich verbindet er mit dem Gehen ein
Ziel, aber so unbestimmt und verschwommen
das Land um ihn herum im Regendunst bleibt,
so verschwommen und unbestimmt bleibt das

Ziel, das nur als abstrakte Adresse in seinem Kopf existiert. Weil er nun öfters auch befahrene Strassen entlang geht, kommt es ab und zu vor, dass ein freundlicher Fahrer hält und ihm anbietet, ihn mitzunehmen. Immer lehnt er dankend ab, freut sich aber ob der netten Geste. Umhüllt von einem ungemütlichen Schneegestöber, das von allen Seiten auf ihn einzustürzen scheint, überschreitet er die ehemalige Grenze, ohne gross darauf zu achten, zu sehr ist er mit den Widrigkeiten des Wetters beschäftigt und der Frage, möglichst bald einen geeigneten Platz zum Übernachten zu finden, da es schon stark zu dämmern beginnt.

Als er eine etwas durch ein paar Büsche und Bäume geschützte Stelle findet, ist es schon vollständige Nacht. Am folgenden Morgen erwartet ihn eine böse Überraschung. Offensichtlich hat er die Plastikplane nicht gut genug befestigt, so dass der vordere Teil vom Wind über die hintere Hälfte des Zeltes gestülpt wurde. Diese Hälfte hat sich so mit Wasser vollgesogen, dass einiges davon schon in das Innere des Zeltes gedrungen ist und auch einen Teil des Schlafsackes befeuchtet hat. Mit klammen Händen packt er alles notdürftig zusammen, doch an eine weitere Nacht in diesem Zelt ist nicht zu denken. Beim

Weitergehen bemerkt er dann doch einige Unterschiede zwischen diesseits und jenseits der Grenze, die Strassen, die gut asphaltiert sind, die Häuser, die nahezu ausnahmslos gut erhalten sind, und die Ortschaften, die alle sauber und gepflegt erscheinen. Vielleicht ist es diese fast perfekt anmutende Sauberkeit, vielleicht der unermüdlich fallende Regen mit dem widrigen Wind, vielleicht das nasse Zelt, das seinen Rucksack schwerer macht, plötzlich fühlt er sich unsäglich müde, als sei seine ganze Kraft auf der anderen Seite der Grenze geblieben, so mutlos, nutzlos, heimatlos. Vielleicht ist diese ganze Wanderung ein ausgemachter Unsinn gewesen, vielleicht hätte er dort bleiben sollen, wo er hingehört, gar keine Ahnung hat er doch vom Westen, vom Leben dort, von den Menschen, alles erscheint ihm jetzt fremd, sinnlos, bedrohlich.

In diese Stimmung hinein hält ein Auto neben ihm und ein junger Mann fragt ihn, ob er ihn irgendwohin mitnehmen könne, und ohne zu zögern, steigt er ein, froh, für einige Minuten wenigstens den Rucksack, den Regen, den Wind los zu sein. Schon nach wenigen Metern entscheidet er, dass es nun genug sei mit dem Wandern, den grösseren Teil der Strecke hat er bewältigt, den Rest will er sitzend und trocken hinter sich bringen. Also lässt er sich zum nächsten Bahnhof fahren und löst eine Fahrkarte nach Bremen. Zwar wird er von einigen Fahrgästen, einschliesslich des Schaffners, misstrauisch beäugt, doch das bemerkt er kaum, so sehr geniesst er die Wärme, das Polster, die ihn umgebenden Geräusche. In Bremen bringt ihn ein ununterbrochen redender Taxifahrer, der so schnell spricht, dass er kaum ein Wort versteht, zu einem billigen Hotel, auch dort zuerst mit unverhohlener Ablehnung behandelt, die sich legt, als er für drei Nächte bucht und sofort bar bezahlt.

Trotz heisser Dusche und der ersten richtigen warmen Mahlzeit seit mehr als einer Woche schläft er in dieser Nacht schlecht, zu laut sind die Geräusche der Stadt, zu abgestanden die Luft, zu weich das Bett. Immer wieder schreckt er aus einer Art Halbschlaf auf umflirrt von rasch verblassenden Traumbilder, die er einfach nicht zu fassen weiss. Einmal träumt er von Kathrin, er ist auf der Suche nach ihr, ruft ihren Namen, er hört ihre Stimme, ihr Lachen, endlich findet er sie, er nimmt sie an der Hand, will mit ihr irgendwohin gehen, doch schon nach ein paar Metern ist sie plötzlich weg, wieder hört er sie lachen, auch andere Stimmen – Männerstimmen? – hört er, dann taucht sie

plötzlich wieder an seiner Seite auf, es drängt
ihn, mit ihr an einen bestimmten Ort zu gehen,
doch wieder verschwindet sie ganz plötzlich,
und in dieser Art wiederholt sich das Spiel
mehrmals. Jemand ruft mehrmals laut, David,
er schreckt auf, es ist schon hell und die Stadt
erfüllt vom Lärm des anhebenden Tages. Eine
ganze Weile grübelt er darüber nach, wohin er
wohl mit Kathrin gewollt hatte, er hat eine
Ahnung, dann kristallisiert sich das Bild jenes
Platzes, wo sie sich das erste Mal geliebt und
Silvia gezeugt haben, tief innen spürt er einen
plötzlichen Drang, eine wilde Lust, erneut zu
zeugen, Einbildung? Wunschdenken?
Konstruiert er sich da jetzt in seiner
Einsamkeit etwas zusammen?

12
So gut es geht, bringt er seine Kleidung und
Stiefel in Ordnung, Schlafsack und Zelt, beides
vollkommen durchnässt, wirft er in eine
Mülltonne, dann geht er in Richtung
Innenstadt, um sich einige neue
Kleidungsstücke zu kaufen, er braucht eine
neue Hose, ein, zwei neue Flanellhemden und
einige Garnituren Unterwäsche, vielleicht
auch noch ein Paar gute Halbschuhe und eine
Windjacke, der Parka ist ihm in der Stadt zu
klobig und unhandlich. Es hat nahezu
aufgehört zu regnen, in das einerlei Grau des

Himmels mischt sich etwas Helleres, zum ersten Mal seit Tagen bekommt er eine Ahnung von Horizont. Das Gehen mit den schweren Stiefeln auf dem Strassenpflaster strengt ihn mehr an, wie er erstaunt bemerkt, so dass er sich zuerst die Halbschuhe kauft und dann so nach und nach alles Übrige. Zurück im Hotel wechselt er seine Kleidung, dann bringt er die schmutzige Wäsche in eine Wäscherei.

Den restlichen Tag durchstreift er die Stadt und findet zu seiner Überraschung einige ruhige, ja richtiggehend beschauliche Plätze, wo er sich fast wie in einem Dorf wähnen könnte, wenn da nicht im Hintergrund das ständige Brausen des Verkehrslärms zu vernehmen wäre. Aber nirgends hält es ihn lange, so gewohnt ist er das unermüdliche Gehen, dass er Kilometer um Kilometer zurücklegt, dabei mehrmals dieselben Strassen passierend. Weil er zum Schluss den Zug genommen hat, ist er einige Tage früher als geplant angekommen, Petra rechnet noch nicht mit seiner Ankunft, denkt er, also wartet er lieber mit dem Anruf. Doch in Wahrheit wächst die Spannung in ihm, je näher der Moment der Begegnung kommt. Die ganze Zeit seiner Wanderschaft hat er vermieden, sich diesen Augenblick vorzustellen, sich auszumalen, wie es wohl sein würde, ihr wieder gegenüberzustehen. Natürlich mischt sich da seinerseits auch ein unterschwellig vorhandenes Begehren, eine uneingestandene Sehnsucht nach Wiederholbarkeit jenes innig gemeinsam verbrachten Sommers. All dies aber verbietet er sich, diese Gedanken, Wünsche, Sehnsüchte, denn Petra ist ja jetzt verheiratet, auch wenn dieser Tatbestand ihm abstrakt bleibt, eine unwirkliche Grösse, zu der seine Wirklichkeit keinen Zugang hat.

Zwei weitere Tage durchstreift er rastlos von morgens bis abends die Stadt, mit jedem Tag wird es heller, frühlingshaft sonnig sogar, mehr Menschen bevölkern die Stadt, füllen Parks und Cafes. Merkwürdigerweise wünscht er sich jetzt den Regen zurück und den Wolkendunst, der ihn einhüllt, ihn wie unsichtbar macht im Grau der Landschaft oder in den menschenleeren Strassen der Stadt. Das Licht der Sonne dagegen macht ihn sichtbar, unterscheidbar, definiert ihn als diesen je besonderen Menschen mit diesem Gesicht, mit dieser Gestalt, mit dieser speziellen Art sich zu bewegen vor aller Augen, erheischt Entscheidung, jetzt. Er schläft schlecht in dem zu weichen Bett, in der zu abgestandenen Luft, in der zu lauten Nacht des Hotelzimmers. Und wenn er dann doch einschläft, setzt sich die Unruhe in seinen Träumen fort mit einem endlosen Strom von Menschen, an die er sich beim Erwachen nicht mehr erinnern kann, keine Einzelheit bleibt haften, kein Wort, kein Gesicht, kein Bild, nur das unbestimmte Gefühl, über die Massen beansprucht worden zu sein. Trotzdem verlängert er seinen Aufenthalt nochmals um zwei Tage mit der Rechtfertigung, dass Petra ihn ja noch nicht erwarte.

Die Entscheidung, sie anzurufen, trifft er einem unmittelbaren Impuls folgend, als er sich plötzlich vor einer Telefonzelle findet. Ohne zu zögern wählt er die Nummer, die sie ihm angegeben hat, und fast im selben Moment schon hört er ihre Stimme. Am liebsten würde sie ihn abholen kommen, doch er besteht darauf, mit dem Zug zu fahren, sie erklärt ihm die Verbindung, und jetzt geht es wirklich vollends schnell. Sie wird ihn am Bahnhof erwarten. Die vertraute Stimme Petras nach so langer Zeit am Telefon zu hören, hat ihn ruhig gemacht, so dass er sich ganz unbeschwert, fast mit einer Art kindlicher Neugier auf den Weg macht. Trotz Bart erkennt ihn Petra sofort und winkt ihm lachend zu, David aber zögert und hält einen Moment lang inne, so völlig verändert wirkt Petra auf ihn, ja er muss sich eingestehen, dass er sie auf den ersten Blick nicht einmal erkannt hätte und sicherlich an ihr vorbei gegangen wäre. Unübersehbar ist Petra schwanger, hochschwanger sogar, mehr noch als ihr Bauch hat sich aber ihr Gesicht verändert, so sehr verändert, dass er sie vermutlich auch ohne diesen dicken Bauch nicht erkannt hätte. Die Haare trägt sie jetzt sehr kurz und sehr hellblond gefärbt, was ihr gut steht, in seltsamem Kontrast zu dem dicken Bauch wirkt ihr Gesicht dagegen viel schmaler, als er es in Erinnerung hat, viel weisser, fast wie bepudert, und die Haut ist vollkommen rein und weich ohne die geringste Spur eines Pickels oder Mitessers. Am meisten verändert aber hat sich ihr Mund, auch die Lippen scheinen schmaler geworden zu sein, vielleicht bedingt durch einen gewissen Schwung der Oberlippen, die jetzt deutlicher umrissen sind, so dass der Mund im Ganzen energischer wirkt und – wie er staunend bemerkt – sinnlicher.

13
Petras Mann Joachim, ein langer, schlacksiger Junge, der viel lacht und eine Vorliebe für bunte Hemden und schmale Krawatten hat, ist schon zuhause und begrüsst David mit einem festen Händedruck. Unterwegs im Auto hat er erfahren, dass der Geburtstermin in etwa zwei

Wochen sei – genau an Ostern - , dass es ein
Wunschkind sei – auf das Examen kann ich
mich gut von zuhause aus vorbereiten und
Joachim hilft mir sowieso dabei -, dass es ein
Junge sei und sein Name David sein solle –
natürlich wegen dir, Joachim gefällt der Name
aber auch gut. Was hast du ihm denn über
mich erzählt? Alles, bis auf das Eine, wie gut
du das Chaos dort gemeistert hast, dein Talent
zu improvisieren, deine Geschicklichkeit,
deine Bedächtigkeit, deine ganze stille
Handwerkskunst, von der die meisten keine
Ahnung hatten, nichts aber von deiner
Liebeskunst, die geht nur mich was an, von
der hoffentlich auch nicht allzu viele wissen.
Meine Liebeskunst? Kunst, glaube ich, würde
ich das nicht nennen, was damals zwischen dir
und mir passiert ist, eher, ich weiss nicht
genau. David schweigt einen Moment. Eher
was? Ein Geschenk vielleicht, ja ein Geschenk.
Danke, das empfinde ich genauso.

Von seiner Wanderung erzählt er nicht viel,
nur dass das stundenlange Gehen im Wind,
im Regen, ihn in eine unbeschreibliche
euphorische Stimmung versetzt habe, als
erfülle sich eine unbekannte, lang ersehnte
Verheissung einer einem Märchen
entstiegenen Glücksfee. Petra hat extra für ihn
Wodka gekauft, er trinkt langsam Schluck um

Schluck, auch Joachim, der sonst keine harten Sachen mag, trinkt ein Glas mit. Wegen des morgigen Vorstellungsgesprächs ist David beunruhigt, er hat so etwas noch nie gemacht, doch Joachim winkt ab, er brauche sich deswegen gar keine Sorgen zu machen, Petra habe so von ihm geschwärmt, dass er den Job ganz sicher bekommen werde, und so geschieht es dann auch.

Ohne die Einzelheiten genau verstanden zu haben, unterschreibt er den Vertrag. Das Unternehmen ist noch jung, der Markt für Fertighäuser floriert, so dass es an Aufträgen nicht mangelt, jung sind auch die Mitarbeiter, jeder duzt jeden, er ist mit Abstand einer der Ältesten, das ist das Einzige, was ihm nicht gefällt. Besser ist es, ungebunden zu sein, da die Firma im ganzen Bundesgebiet tätig ist, deshalb wohl sind die meisten seiner Kollegen noch keine dreissig. In den nächsten zwei Jahren wird er nahezu die ganze Republik kennenlernen und überwiegend in Pensionen und Ferienwohnungen leben, ein Lebensstil, der ihm zusagt. Petra hilft ihm noch bei der Erledigung der notwendigen Formalitäten, zum ersten Mal in seinem Leben besitzt er ein eigenes Girokonto, etwas, das in seiner bisherigen Welt keine Notwendigkeit hatte.

Das Wochenende vor der Abreise zu seiner ersten Baustelle irgendwo weiter im Norden, im Holsteinischen, ist sonnig und frühlingshaft mild, so dass sich die Gelegenheit ergibt, einen längeren Spaziergang mit Petra zu machen. Hier erzählt David von seinem Leben nach Petras Weggang, von den langen Abenden, die er rauchend, trinkend, Dostojewski lesend verbracht habe, so das wachsende Chaos um ihn herum ignorierend. Dostojewski, sie lacht laut auf und schüttelt ungläubig den Kopf, ausgerechnet Dostojewski, seit Jahren habe ich nicht mehr an ihn gedacht, seit ich im Westen lebe, lese ich nur noch Fachbücher, aber dass du Dostojewski lesen würdest, unglaublich, und irgendwie auch schön, die Vorstellung, dich abends so dasitzen zu sehen, lesend, Wodka trinkend, rauchend, gefällt mir und geht mir richtig zu Herzen. Ja, das war wie eine insgeheime Verbindung zu dir, und oft habe ich mich gefragt, wenn ich wieder einmal Schwierigkeiten hatte zu verstehen, was ich da gerade gelesen hatte, was du wohl zu diesem Satz sagen würdest. Oh je, Dostojewski ist wirklich weit weg und hat mit meinem jetzigen Leben gar nichts zu tun, aber vielleicht sollte ich mal wieder etwas von ihm lesen. Und was hat dich damals so an ihm fasziniert? Das kann ich so auf die Schnelle gar

nicht mehr zusammen kriegen, da muss ich
wirklich lange nachdenken, wahrscheinlich
weil die Menschen bei ihm von innen heraus
zu funkeln scheinen, auch wenn äusserlich
alles vor Schmutz starrt. Ich weiss nicht, ob die
Geschichte stimmt, aber es heisst, Dostojewski
habe einmal ein zwölfjähriges Mädchen
missbraucht. Was? David bleibt abrupt stehen.
Das glaube ich nie und nimmer. Siehst du,
lacht Petra ihn aus, schon hast du einen
Heiligen aus ihm gemacht und bist bereit, für
ihn in den Krieg zu ziehen.

14
In der Nacht vor der Abreise zu seiner ersten
Baustelle träumt er, er komme in einer ihm
fremden Stadt an. Hinter ihm ahnt er ein
grosses Gebäude, vermutlich der Bahnhof,
anscheinend ist er mit dem Zug gekommen,
vor ihm befindet sich ein belebter Platz mit
vielen Menschen, Strassenbahnen und Autos.
Gerade als er die Strassenbahnschienen
überqueren will, bemerkt er, dass er gar nicht
allein ist, sondern dass ihm eine Gruppe von
Menschen folgt, die zu ihm gehört. Es sind
mehrere Frauen und Männer, auch zwei
Kinder sind dabei, eine Grossfamilie, die aus
den Ferien zurückkommt. Viel Gepäck haben
sie nicht dabei, keinerlei Koffer jedenfalls,
auch er trägt nur eine leichte Tasche. Alle

kennen den Weg, nur wenige Minuten später erreichen sie in einer ruhigen Nebenstrasse ein schmales hohes Haus mit einer grauen nichtssagenden Fassade, links und rechts eingezwängt zwischen anderen ähnlichen Häusern. Die Haustür steht offen, immer noch der Gruppe vorangehend betritt er als Erster ein schmales Treppenhaus mit grauen Steinstufen, die so schmal sind, dass eben so zwei Personen aneinander vorbeigehen können. Ohne zu zögern geht er immer weiter nach oben bis in den vierten und letzten Stock gefolgt von den Anderen. Fast alle Wohnungstüren in den einzelnen Stockwerken stehen offen, von überall hört man ein lebhaftes Stimmengewirr, in den Wohnungen scheinen viele Menschen zu leben, alle wie es scheint gut miteinander bekannt, wenn nicht sogar verwandt. Er tritt durch die Wohnungstür in einen schmalen unbeleuchteten Flur, der sein Licht aus den offenstehenden Zimmertüren bekommt, die es reichlich gibt, er zählt fünf, sechs, sieben Zimmer. Ehe er sich's versieht, ist er und die Anderen von mindestens einem Dutzend Menschen umringt, die sie lautstark und ausgelassen begrüssen, alle kennen ihn, nur er kennt niemanden, kein einziges bekanntes Gesicht ist darunter. Obwohl er keine Ahnung hat, wo er ist und was das für Leute sind, fühlt er sich keineswegs fremd oder unwohl, irgendwie scheint ihm auch alles vertraut zu sein, als ob er hier schon einmal gewesen sei. Von allen wird er lachend, zärtlich, familiär umarmt und geküsst. Der Flur mündet in ein grosses lichtdurchflutetes Zimmer, das wenig möbliert und einfach eingerichtet ist, aber genügend Platz für alle bietet.

Eine Weile steht er bei einer Gruppe sich lebhaft unterhaltender Personen, es wird viel gescherzt und gelacht, worum es aber genau geht, hat er vergessen. Andere sitzen auf bequem gepolsterten Stühlen oder zwei grossen Sofas, nicht genau in der Mitte des Raumes steht ein schwerer dunkler Holztisch, auf dem Geschirr und verschiedene Karaffen mit Getränken und Schüsseln mit Speisen stehen. In einem plötzlichen Impuls wendet er sich dem Tisch zu, geht dann aber daran vorbei auf ein Fenster im Hintergrund zu. Statt auf die erwarteten Strassen und Häuser einer Stadt schaut er auf einen Garten mit einem grossen Apfelbaum in der Mitte, an dessen Ende sich ein Weinberg anschliesst. Ein kleiner Bach trennt den Garten vom Weinberg. Die Blätter der Weinstöcke beginnen sich schon zu verfärben, in das vorherrschende Gelb-Grün mischen sich erste rötliche Töne, auch der Baum hängt voller roter Äpfel.

Demnach muss es Ende September oder Anfang Oktober sein, den Temperaturen und der eher sommerlichen Kleidung nach muss es sich um einen Spätsommertag handeln. Er überlegt sich, wie er wohl in diesen Garten gelangen könnte, als er feststellt, dass sich die ganze Gesellschaft, ohne dass er es bemerkt hat, sowieso schon im Garten aufhält. Auch hier gibt es viele Stühle und einen ähnlichen Tisch aus Holz, beladen mit ähnlichem Geschirr.

Neugierig geworden geht er zum Bach am Ende des Grundstücks, wo er seine Hände in das Wasser eintaucht, das klar und kühl ist, dann folgt er ein Stück bachabwärts dem Bachlauf entlang dem Fuss des Weinbergs. Schon nach wenigen Schritten hat er sich von den Häusern entfernt und aus den Gärten sind Wiesen geworden. Parallel zum Bach verläuft ein feuchter Pfad, dem er immer weiter folgt, bis er plötzlich in einiger Entfernung vor sich zwei Frauen gehen sieht, beide auf einfache bäuerliche Art gekleidet, auf dem Rücken etwas sackähnliches tragend. Anscheinend haben sie ihn gehört, denn plötzlich drehen sie sich zu ihm um, lachen ihn an und winken ihm zu. Auch sie scheinen ihn zu kennen, beide haben sonnen gebräunte Gesichter und Arme und zusammengeknotete dunkle Haare.

Soviel er aus der Entfernung sehen kann,
scheinen sie sich recht ähnlich zu sehen, die
Eine scheint etwas älter als die Andere zu sein,
vielleicht handelt es sich um Schwestern, sie
könnten aber auch Mutter und Tochter sein.
Sie rufen ihm etwas zu, das er nicht versteht,
irgendetwas wollen sie ihm wohl sagen, als er
im selben Moment hinter sich seinen Namen
rufen hört. Eine Horde Kinder aus dem Haus
ist ihm gefolgt, die mit ihm ein Spiel spielen
wollen, Fangen oder Verstecken vielleicht. Als
er sich wieder nach den beiden Frauen
umdreht, sind sie spurlos verschwunden, er
rennt noch ein kurzes Stück in ihre Richtung,
bleibt dann aber stehen, als er feststellt, dass
kein Mensch zu sehen ist, soweit das Auge
reicht. Wieder rufen die Kinder hinter ihm,
David, David, diesen Ruf noch im Ohr
erwacht er.

15
Wie nahezu jedes Wochenende ist David mit
dem Fahrrad unterwegs, um die Umgebung
zu erkunden, die zu der neuen Baustelle
gehört, wo er mitarbeitet. Nachdem er bisher
ausschliesslich auf Baustellen in Nord- und
Westdeutschland eingesetzt gewesen ist, ist
dies seine erste Baustelle in Süddeutschland.
Eine Bauernfamilie am Oberrhein, die schon
zwei Ferienhäuser hat, baut noch ein drittes

dazu, weil die Nachfrage nach Ferien auf dem Bauernhof stetig steigt und sich damit mehr Geld verdienen lässt als mit der herkömmlichen Landwirtschaft. Die frühere Milchwirtschaft haben sie weitgehend eingestellt und beschränken sich inzwischen auf die Aufzucht von jährlich etwa einem Dutzend Milchrinder. Das Fleisch dieser Rinder ist dermassen begehrt, dass jeweils schon ein Jahr im Voraus alles verkauft ist an einen festen Kreis von privaten Abnehmern. Leicht könnten sie wahrscheinlich das Doppelte verkaufen, belassen es aber bei dieser Menge an Rindern, da der alte Stall nicht mehr Platz bietet.

Mehrere Jahre nun ist David bei der Fertighausfirma dabei, er muss sich wirklich besinnen, wieviele es genau sind, so schnell verfliegt die Zeit, schon nach drei Monaten haben sie ihm den Posten eines Vorarbeiters angeboten, sein handwerkliches Können, seine Bedächtigkeit und Geduld sowie sein Erfindungsreichtum in besonders komplizierten Situationen sind auch im Westen gefragt, was ihm ja Petra schon prophezeit hat. Auch verdient er wirklich gutes Geld, das er so gut wie gar nicht anrührt. Ab und zu lässt er Silvia und Bernd etwas zukommen, seinem Namensvetter und

Patenkind David hat er ein Sparkonto eingerichtet, worauf er regelmässig Geld überweist, dann kann er, wenn er achtzehn ist, den Führerschein machen und sich ein Auto kaufen oder eine Weltreise machen. Petras Bitte, die Patenschaft für den kleinen David zu übernehmen, hat ihn stark berührt, so dass er ohne zu zögern Ja gesagt hat. Seitdem verbringt er die Weihnachtsfeiertage im Kreis von Petras Familie und ist bemüht, auch an Davids Geburtstag Anfang April zu kommen.

Die Wochenenden und sonstigen Feier- und Urlaubstage verbringt er aber am liebsten allein irgendwo in einer Pension oder Ferienwohnung. Fast alle Kollegen fahren an den Wochenenden oder Feiertagen heim zu ihren Freundinnen oder Familien, so dass er ganz ungestört die Tage nach seiner Lust und Laune verbringen kann. Den einzigen Luxus, den er sich in den letzten Jahren geleistet hat, ist ein hervorragendes Tourenfahrrad mit einundzwanzig Gängen eines holländischen Herstellers, das laut dessen Angaben in reiner Handarbeit hergestellt wurde. In welcher Gegend auch immer er eingesetzt worden ist, stets hat er dieses Fahrrad dabei, auf dem er manchmal das Gefühl hat, förmlich in die Landschaft hineinzufliegen, sich in sie mit allen Sinnen einzusaugen, ein

überwältigendes, fast rauschhaftes Gefühl, das
er von seinem Fussmarsch her so nicht kennt,
wo die Landschaft, durch die er ging, etwas
Unbestimmtes, Nebelhaftes, Ungewisses blieb,
vielleicht wegen des fehlenden Horizontes,
vielleicht wegen des fallenden Regens,
vielleicht wegen des hinter seinem Rücken
stumm versinkenden Landes.

Wenn selten einmal doch ein oder zwei
Kollegen mit ihm am Wochenende
zurückbleiben, entwickelt sich schnell eine
ihm fremd bleibende Kumpanei aus Alkohol,
Fernsehen, Frauen. Zweimal zieht er mit zu
den Mädchen, beim ersten Mal landet er bei
einem sehr jung aussehenden Thai-Mädchen,
die aber behauptet, schon dreiundzwanzig zu
sein. Die magere Nacktheit ihres Körpers mit
der kindlichen Kerbe in der Mitte und die
kahle Schäbigkeit des Zimmers, das eher einer
Zelle gleicht, wecken in ihm mehr väterliche
als Freiers Gefühle, so dass er hastig, ohne
nachzuzählen, einige Geldscheine auf das Bett
legt und beschämt mit nach vorn geneigtem
Kopf Zimmer und Haus verlässt, ohne nach
links oder rechts zu schauen.

Beim zweiten Mal einige Wochen später trifft
er auf eine angeblich aus Polen stammende
Frau um die dreissig mit künstlich

blondiertem, strähnigem Haar, deren Parfüm und üppige Form für einen kurzen Moment seine Männlichkeit lustvoll anschwellen lassen, auch wirkt ihr Zimmer heller und freundlicher. Seine Erregung verstärkt sich noch, als sie ihre Schenkel spreizt und seinem Blick ihren geöffneten Schoss darbietet, aus dessen Mitte sich ihm ein dunkelrot glänzendes Lippenpaar verheissungsvoll entgegenwölbt. Gespannt darauf, welche Knospe sich wohl dort verberge, wo die Schatten der Lippen am dunkelsten sind, will er sich näher zu ihrer offenen Mitte hin beugen, als plötzlich sein Blick ihre Augen trifft, aus deren glanzloser Dunkelheit ein ganz anders gearteter Schatten ihm entgegenfällt, der im Nu dem Zimmer die freundliche Helle und ihm die schwellende Lust nimmt. Sie erzählt ihm, dass sie in Polen zwei Kinder habe, dass keiner wissen dürfe, womit sie in Deutschland ihr Geld verdiene, dass die deutschen Männer überwiegend freundlich und sauber seien, dass dieses Leben besser sei als alles, was ihr Polen bieten könne, nur dass da oft diese Sehnsucht sei, weil sie viel zu selten ihre Kinder sähe, die immer grösser würden, jedes Mal anders seien, wenn sie sie dann endlich mal wieder besuchen kommen könnte, zu Weihnachten, in den Sommerferien, als Gast, als beinahe Fremde, und dann gibt es Tage wie diese, wo die Sehnsucht, die Sorge, die Angst sie packen und die Traurigkeit sie überkommt, sie, die sonst immer lustig und fröhlich gewesen sei. Wieder legt er beschämt, ohne zu zählen, Geldscheine auf das Bett und verlässt wieder mit gesenktem Kopf die Frau, das Zimmer, das Haus.

16

Die seltenen Besuche bei Petra, David und Joachim verlaufen wohltuend entspannt, ihre jetzigen Lebensbedingungen unterscheiden sich so sehr von ihrer gemeinsam verbrachten Zeit im „Osten", dass beide ganz neue Rollen zu spielen haben. Petra als moderne junge Frau, die versucht, Familie und Beruf zu vergleichzeitigen, was ihre ganze Kraft und Leidenschaft fordert, David als irgendwo weit in der Ferne lebender „Onkel", dessen Anteilnahme vor allem „seinem" Patenkind gilt. Und wirklich beschäftigt sich David, wenn er da ist, ausgiebig mit dem kleinen David und geniesst es, stundenlang mit ihm zu spielen, so wie er es früher mit seinen eigenen Kindern getan hat. Intensiv im Gedächtnis ist ihm sein Besuch zum zweiten Geburtstag Davids haften geblieben, wo sie beide einen stundenlangen Spaziergang unternommen haben, bei dem sie zwar nicht sehr weit gekommen sind, dafür war jeder Schritt mit einer unübersehbaren Fülle von Abenteuern verbunden. Überwiegend in der Hocke sitzend oder kniend hat er mit derselben Begeisterung wie der kleine David jeden raschelnden Grashalm, jedes in der Sonne glitzernde Steinchen, jedes Käferchen, jede Spinne, jede Ameise mit dem beglückt glucksenden Ausruf „da" und ausgestreckter Hand begrüsst und bewundert.

Manchmal stellt er sich vor, dass an einem anderen Ort, zu einer anderen Zeit, es immer noch ein leidenschaftlich verbundenes Paar mit den Namen Petra und David gibt, die sich weiter leidenschaftlich auf einer Wiese, unter einem Baum, am Ufer eines Sees lieben, und weiter leidenschaftliche Gespräche über die Figuren in Dostojewskis Geschichten und ihre Schicksale führen. Dieses Paar passt besser in die maroden ostdeutschen Verhältnisse. Mit der Wende hätte es sich günstig einen heruntergekommenen Gutshof erworben, den sie im Laufe von Jahren dank Petras Ideen und seinem handwerklichem Geschick allmählich in ein traumhaft schönes Idyll verwandelt hätten, das sie dann als Liebhaberobjekt zu einem guten Preis hätten verkaufen können, vom Gewinn dessen sie sich ums andere Mal ein altes verwahrlostes Gebäude billig erstanden hätten, um das Spiel von Neuem zu beginnen. Auch Kinder gehörten dazu, mindestens drei, ein Junge und zwei Mädchen, dessen ist er sich sicher, und jede Menge Tiere, Hunde und Katzen, Hühner und Enten, Kaninchen und – zur grossen Freude der Kinder – Ponys, ja vielleicht sogar ein oder zwei Esel. Am Abend würden sie sich lustige und spannende Geschichten erzählen, die sich wie in den Geschichten aus Tausendundeiner Nacht wie von selbst immer weiter fortspinnten, ohne je ein Ende zu nehmen, oder gemeinsam Unsinns-Reime erfinden oder aberwitzige Rätselspiele spielen. Danach, wenn die Kinder schliefen, würden die Beiden draussen auf den Treppenstufen rauchend und Wodka trinkend den Geräuschen der Nacht lauschen oder sich in den lauen Nächten im feuchten Gras unter einem endlos weiten Sternenhimmel hingebungsvoll lieben. Jeder Tag brächte ungeahnte Abenteuer und Dramen, die sie mit einem unausrottbaren Hang zur Improvisation mutigen Herzens meisterten. Sobald ein Projekt abgeschlossen wäre, würden sie weiterziehen zum nächsten Nullpunkt, wo die Kinder und Tiere wieder ein weniger reguliertes, offeneres Gelände zur Verfügung hätten, wo sie ungestörter tollen und toben könnten, bis nach und nach der Glanz des Neuen kunstvoll Raum für Raum

erobert und erfüllt, dem Auge der
Erwachsenen zwar eine Lust und Staunen,
dem wilden Spiel der Kinder aber ein steter
Kummer, kaum entschädigt durch Spielplatz,
Stall und Ponywiese.

Merkwürdigerweise kommt er nie über diese
Stelle hinaus, immer folgt ein Projekt auf das
andere, ein Gutshof sieht aus wie der andere,
immer bleiben die Kinder Kinder und das
Paar die Frau und der Mann, Petra und David,
wie er sie kennt. Ein Erwachsenwerden der
Kinder, ein Älterwerden des Paares findet
nicht statt, schwerlich kann er sich sie beide
als Rentnerpaar vorstellen, das Haus und
Garten bestellend dem Ende ihrer Tage
entgegendämmert, selten genug von Kindern
und Enkeln besucht. Beglückend bleibt aber in
Davids Vorstellung die starke Verbundenheit
des Paares, die sich jenseits der gegenseitigen
leidenschaftlichen körperlichen Hingabe im
Zusammenleben mit und in der Freude an den
Kindern, im gemeinsamen Entwerfen und
Gestalten von Räumen und im Gleichklang
ihres Geschmackurteils, was Formgebung,
Farbgestaltung und Materialbeschaffenheit
betrifft, äussert.

17

Am Ende des Sommers und des Bauprojektes
hat David die nähere und weitere Umgebung
genau erkundet, bis nach Karlsruhe und
Baden - Baden, Basel und Strassburg ist er
geradelt, durchs ganze Markgräfler Land hin
zum Hochrhein, am liebsten aber über den
Rhein ins Elsass bis weit in die Vogesen
hinein. Er hat sich bestens ausgerüstet für
diese Touren mit einem Iglu-Zelt aus absolut
wetterfestem Material, das im Handumdrehen
aufgestellt ist, einem federleichten und doch
wunderbar wärmenden Daunenschlafsack,
einer vielseitig verwendbaren,
hundertprozentig wasserdichten Jacke, Kocher
und Geschirr, hervorragenden handgenähten
wetterbeständigen Satteltaschen, alles aus
möglichst leichtem, optimal verarbeitetem,
unverwüstlichem Material, da hat er an nichts
gespart. Auf diese Weise ist er unabhängig
und kann bleiben, wo es ihm gerade gefällt, im
Auffinden von geeigneten Schlafplätzen ist er
inzwischen geübt, schon auf seiner
Wanderung hat er ein gutes Auge dafür
gehabt, welche Plätze sich am besten eignen,
um vor Wind und Wetter und fremden
Blicken geschützt zu sein.

Die Landschaft des Elsass hat es ihm angetan,
die weit ausschwingenden Hügel der

Weinberge mit ihrem leuchtenden Grün, die
sich darin einschmiegenden Höfe und
Gasthäuser, bei deren Betreten in ihm stets das
Gefühl aufsteigt, es müsse ein Feier- oder
besonderer Festtag sein, so schmuck sieht alles
aus mit dem rankenden Grün und den
leuchtenden Blumen, was leider in manchen
Ortschaften in einen derart künstlichen
Zuckerguss aus schmucker Ordnung und
Behaglichkeit gerinnt, dass es ihm Kehle und
Herz wie zuschnürt. Lieber sind ihm die
abseits gelegenen Dörfer, wo die Häuser stiller
stehen und die Bäche lauter rauschen, am
liebsten aber ist ihm der Übergang aus dem
flirrenden Grün der Hügel hinauf ins immer
dichter und dunkler werdende Grün der
Wälder, die schroffer und ungezähmter
scheinen als die auf der gegenüberliegenden
Seite des Rheins.

Lustig findet er die Sprache der dortigen
Menschen, eine Art Alemannisch, wie ihm
erklärt wird, das mit dem Schweizer Deutsch
verwandt sei, mit vielen französischen
Einsprengseln, wovon er anfangs kein Wort
versteht, deren Klang ihm aber seltsam
vertraut ist, als ob er als Kind schon einmal die
Sprache gekonnt, inzwischen aber alles wieder
vergessen habe, und sich nun allmählich
wieder an den Sinn und die Aussprache der

Wörter erinnere, so schnell lernt er sie verstehen, auch wenn es mit der Aussprache hapert. Auch amüsiert es ihn jedes Mal aufs Neue, dass jede zweite Ortschaft dort auf – heim endet.

Ende August scheint sich der Sommer schon verabschieden zu wollen, so kühl und regnerisch ist das Wetter, doch Mitte September wird es noch einmal richtig sommerlich warm, so dass David sich spontan entscheidet, statt zurück nach Norddeutschland zur nächsten Baustelle zu gehen, zwei Wochen Urlaub zu nehmen, zu stark locken ihn die Landschaften jenseits des Rheins. Er verabschiedet sich von der Bauernfamilie, die mit der pünktlich und zuverlässig geleisteten Arbeit so zufrieden ist, dass ihm ein ansehnliches Trinkgeld zugesteckt wird, und seinen Kollegen, die sich darauf freuen, endlich wieder in ihre Heimat zurückkehren zu können, und macht sich bei herrlichstem blauen Himmel auf zu seiner ersten wahrhaftigen Reise. In einer seit Jahren nicht mehr gekannten wild freudigen Erregung lässt er mit jedem gefahrenen Kilometer die Baustelle, die Arbeit, Deutschland, scheinbar sein ganzes bisheriges Leben hinter sich und hat ähnlich den spanischen und portugiesischen Entdeckern am Ende des Mittelalters das Gefühl, ungeahnte grossartige Abenteuer erleben zu werden, ein Gefühl, das ihm ein sinnenzerreissendes Glück aus Freiheit und Weite verleiht, als ob die Bläue des Horizontes ein spiegelglattes Meer sei, gute Winde den Schiffern verheissend.

18
Tage später trifft er in einem abseits gelegenen Tal auf einen aufgelassenen Weinberg, wo er sich für die Nacht einrichtet. Zum ersten Mal auf seiner Reise hüllt er sich in dieser Nacht vollständig in die Wärme des Schlafsackes, ein kühler und feuchter Wind aus nördlicher Richtung bringt unabsehbar viele Wolken mit sich, zwischen denen nur noch momentweise die Sonne und Fetzen von Bläue aufblitzen. Am Morgen sind Zelt und Gras dick taubedeckt, er zieht durch das hohe nasse Gras eine unübersehbare Spur, bewundert die dauerhafte Haltbarkeit des alten Trockenmauerwerks, das bisher kaum brüchig geworden ist, vereinzelt wuchern Reben, die sich noch gegen Gräser und Gewächse aller Art zu behaupten wissen, die Blätter überwiegend schon gelblich orange eingefärbt. Beim langsam steigenden Gang nach oben stösst er auf einen ebenfalls gemauerten Schuppen mit einer niedrigen, rundbogigen

Holztüre in der Mitte. Wahrscheinlich diente
dieser Schuppen einst zur Aufbewahrung
allerlei Gerätschaften, vermutet David. Das
Holz der Türe ist zwar stark verwittert, aber
sie sitzt noch so gut in den Angeln, dass sie
sich ohne passenden Schlüssel nicht öffnen
lässt. Erst beim genaueren Hinsehen entdeckt
David in das Holz eingefügte Schnitzereien,
die mehr erahnen als sicher erkennen lassen,
dass es sich dabei wohl um Motive des
Weinbaus handelt, Fragmente von Trauben
und Weinblättern lassen sich noch ausmachen,
sobald die Sonne kurz zwischen den Wolken
hervorkommt und die Szene hell ausleuchtet.
In einem dieser kurzen Momente überfällt ihn
jäh die Gewissheit, diese Tür schon einmal
gesehen zu haben, schon einmal an diesem Ort
gewesen zu sein, photographisch genau
brennt das Blitzen der Sonne die Szene in
seinem Gedächtnis fest und hält ihn dort wie
gebannt für wie lange – Sekunden, Minuten,
Ort und Zeit sind unscharf geworden und
scheinen an den Rändern der Photographie
wie zu flimmern –, bis die Erinnerung eines
Traumes von wann – in der vergangenen
Nacht oder in einer der Nächte davor,
jedenfalls muss es in einer der Nächte
gewesen sein, seit er unterwegs ist, da ist er
sich sicher – in ihm hochsteigt.

In diesem Traum steht er vor einer ähnlichen Holztür, eingefügt in eine Art Wand oder Mauer. Erst wirkt diese Tür eher klein und unscheinbar, doch je länger er sie ansieht, desto grösser, höher und breiter wird sie, bis er vor einem mächtigen zweiflügeligen, ebenfalls rundbogigen Tor steht, das ihn sicher um das Doppelte überragt. Das Holz des Tores glänzt dunkelbraun und wirkt wie neu. Auf dem Holz sind kunstfertige Schnitzereien angebracht, die tatsächlich Szenen aus dem Leben eines Weingutes zeigen, Männer, Frauen und Kinder, vor allem bei der Weinernte, so lebendig in Gestalt und Gesicht dargestellt, als ob sie jeden Moment sich bewegen und auf ihn zukommen könnten. Immer neue Details und Szenen entfalten sich vor ihm, bis er spät erst den eigentlichen Mittelpunkt entdeckt, einen riesigen Tisch vollbepackt mit Speisen und Getränken, um den sich einige Dutzend Personen gruppieren, offensichtlich ist ein ausgelassenes Fest zugange. Sobald er eine Person genauer anschaut, hat er den Eindruck, als ob das Gesicht und die Gestalt immer plastischer würden, als ob Mimik und Gestik ein Eigenleben bekämen, als ob jeden Moment die Augen anfangen könnten zu blinzeln, der Mund zu reden, der ganze Mensch in Bewegung zu kommen.

Frauen und Männer gehen offensichtlich recht freizügig miteinander um, immer öfter fällt ihm, mal hier mal da, eine hervorquellende Brust auf, ein Geturtel und Genuschel unter Röcken und Blusen, dann entdeckt er seitlich des Tisches gelehnt an den Stamm eines grossen Baumes, den er bisher noch gar nicht wahrgenommen hat, eine stramme Frau, die den Rock über ihren nackten Hintern geschoben hat, den sie fordernd einem Mann entgegenstreckt, dessen Grad der Erregung an seinem aufragenden Glied überdeutlich abzulesen ist. Einmal so seine Aufmerksamkeit geweckt, findet David plötzlich allerorten turtelnde Paare in allen Stadien der geschlechtlichen Erregung dargestellt, deutlich vermeint er das Geraschel der Kleider und Röcke, Kichern und Lachen, ein vervielfältigtes Stöhnen zu hören. Mitten in dieses lustvolle Treiben und sein neugieriges Zuschauen hinein trifft ihn unvermittelt der Blick einer Frau, die am ganz anderen, dem Baum entgegengesetzten Ende des Tisches sitzt und ihn wohl schon länger beobachtet, intuitiv weiss er darum. Diesmal täuscht sein Eindruck nicht, ihre dunklen Augen bewegen sich und sind unablässig auf ihn gerichtet. Wie selbstverständlich nickt er mit dem Kopf, murmelt einen Gruss und lächelt sie an, was sie ebenso selbstverständlich alles erwidert, das Nicken, das Grüssen, das Lächeln. Es ist unmöglich für ihn, ihr Alter abzuschätzen, so schnell ändern sich beständig die Gesichtszüge, mal scheint sie jung kaum zwanzigjährig, dann wieder alt gut siebzigjährig zu sein. Unversehens steht sie auf, kommt auf ihn zu und öffnet mit einer einladenden Geste das Tor.

Hinter dem mächtigen Tor erwartet er den Hof eines grossen Weingutes, vielleicht auch den Eingang zu einem riesigen Kellergewölbe oder zu ausgedehnten Stallungen, doch nichts davon trifft zu. David betritt einen schattigen Laubengang, der die hoch stehende Sonne abhält und eine angenehme Kühle verbreitet. Einige Schritte vor ihm geht die unbekannte Frau, sich immer wieder kurz nach ihm umdrehend und mit der Hand Zeichen gebend, ihr zu folgen. Auch sie trägt Rock und Bluse, wie aus Seide glänzend, der Rock bräunlich zimtfarben, mehr ins Orange gehend die Bluse. Um den Kopf geschlungen trägt sie ein dunkelblaues Tuch, so dass er die Farbe ihrer Haare nicht erkennen kann, ob sie Schuhe trägt, kann er wegen des Rockes nicht genau sehen, der so lang ist, dass er fast die Erde streift. Jetzt schätzt er sie eher auf Vierzig oder Fünfzig, was ihn nicht weiter interessiert, da er hingerissen den tänzelnden Bewegungen ihrer Hüften folgt, die er so sehr seit Kathrins und Petras Tagen vermisst hat, wie ihm mit schmerzlicher Klarheit bewusst wird. Abrupt endet der Laubengang vor einer Art Tiertränke, wo mehrere Tragekörbe zum Lesen der Weintrauben abgestellt sind, vielleicht um gesäubert zu werden. Die Sonne steht noch hoch, so dass nach der angenehmen Kühle des Laubengangs die Hitze umso unangenehmer wirkt. Der Frau, die er nun endlich erreicht hat, scheint es ähnlich zu gehen, zögernd ist sie stehen geblieben, da nimmt er sie einfach bei der Hand und zieht sie zurück in die laubumschattete Kühle, wo sie eng umschlungen niedersinken. Sich nicht lassen könnend vor Wonne und zittriger Lust reisst er seine Kleider vom Leib, um raschest möglich den Weg unter den braunen Rock in ihre lockende Mitte zu finden.

Ihre Lust entspricht vollkommen der seinen, so scheint es ihm, so leicht und so schnell gelingt ihm das Eindringen in die dampfende Feuchte der Frau, so stark wirkt der glitschige Sog ihrer inwendigsten Lust, dass es ihn immer mehr hineinzieht in die Mitte des unter ihm ausgebreiteten braunen Rockes, bis er das Gefühl hat, ganz mit der seidigen Weichheit des Rockes zu verschmelzen, mit Haut und

Haar in dieser brünstigen Bräune zu
versinken, als er plötzlich mit Schrecken
bemerkt, wie sich der braune Rock auflöst und
er sich stattdessen in einer Art schlammigem
Morast wiederfindet, weit und breit keine
Spur mehr von der unbekannten Frau.
Zögernd und immer noch vor Lust zitternd
steht er auf aus dem Matsch und starrt mehr
benommen als beschämt auf seine schwärzlich
beschmierte Vorderseite und sein erdig
verkrustetes Glied, das fremd aus seiner Mitte
ragt wie ein runzliges, abgestorbenes Stück
Ast. Zum Glück ist die Tränke angefüllt mit
frischem Wasser, David zwängt sich hinein, so
dass links und rechts das Wasser über die
Einfassung schwappt, und wäscht sich den
Schlamm vom Leib, da hört er über sich vom
Weinberg herab eine Stimme etwas rufen, er
schaut hinauf und sieht die unbekannte Frau
mit dem braunen Rock ihm zuwinken. Sie hat
einen der Tragekörbe auf den Rücken
geschnallt, statt aber weiter nach oben zu
gehen, kommt sie nun über eine steile,
schmale Treppe direkt auf ihn zu. Sie geht so
schnell, dass der Rock sich wie ein Ballon
aufbläst und sie fast auf ihn zuzuschweben
scheint, landet genau über der Tränke, und
kommt links und rechts barfüssig auf der
Einfassung zum Stehen. Unter dem
aufgebauschten Rock blitzt kurz zwischen

ihren Schenkeln die schwarz verhüllte Scham
auf, bevor sie sich langsam auf sein jetzt
wieder sehr lebendig wirkendes Glied
niederlässt und weich der Rock über ihn fällt,
ihn in eine ungemein verzückende
Dämmrigkeit hüllend, die einen süsslich
herben Duft nach Zimt verströmt. Als David
versucht, mit den Händen den bauschenden
Stoff zu bändigen, fasst er keine seidig
knisternde Weichheit, sondern fühlt etwas
kratzig holziges. Für einen kurzen Moment
sieht er seine Hände über eine verwittert
wirkende, rundbogige Tür streichen, als er
erwacht.

19
Lange sitzt David vor dem Schuppen, sich
nach und nach die Einzelheiten dieses
Traumes ins Gedächtnis rufend, bis er
möglichst genau alles in der richtigen
Reihenfolge zusammen bringt. Einzig das
Gesicht der Frau mit dem braunen Rock will
sich nicht ins Klare fügen, gewiss bleibt ihm
nur der Blick der dunklen Augen und die
Ahnung gebräunter Haut und rauer, an Arbeit
gewohnter Hände. Erst die dichter fallenden
Tropfen eines Regenschauers wecken ihn aus
seinem Sinnieren, doch viel kommt nicht, zu
kräftig weht der Wind. Schon am Nachmittag
bekommt die Wolkenwand wieder Risse und

macht der Sonne mal kürzer mal länger Platz.
Der aufgelassene Weinberg lässt ihn so schnell
noch nicht los, den ganzen Tag streift er kreuz
und quer umher, sich immer wieder vor dem
Schuppen mit der rundbogigen Tür
einfindend, über deren verwittertes Holz er
mit beiden Händen bedächtig hin und her
streicht, als wolle er es liebkosen, in der
uneingestandenen Hoffnung, so vielleicht
doch noch mehr über das Gesicht jener Frau in
Erfahrung zu bringen. Er bleibt eine weitere
Nacht – zu essen hat er genug dabei – in der
gleichfalls uneingestandenen Erwartung,
vielleicht in einer Art Fortsetzung des
Traumes der Frau wieder begegnen zu
können.

Auch in dieser Nacht leistet ihm sein
Schlafsack wieder gute Dienste, es wird noch
etwas kälter als die Nacht davor, dafür
begrüsst ihn der Morgen mit einem makellos
blauen Himmel und dampfendem Tau, in den
er wohlig seinen mit Rauch vermischten Atem
bläst. Rätselhaft bleibt weiterhin das Gesicht
jener Frau, kein Traumgesicht hat ihn erlöst,
an nichts Geträumtes kann er sich erinnern,
makellos wie der Morgen muss auch sein
Schlaf gewesen sein. Bevor er den Platz
verlässt, markiert er die ungefähre Stelle mit
einem Kreuz auf seiner Karte, damit er ihn

später garantiert wiederfindet. Da nunmehr schon mehr als die Hälfte seiner Urlaubszeit vorüber ist, plant er genauer die weitere Strecke, um rechtzeitig wieder in Deutschland zu sein. Für diesen Rückweg veranschlagt er drei Tage, so dass er beschliesst, noch zwei Tage lang diesen abgelegenen Teil des Elsass jenseits der Hauptstrassen zu erkunden.

Am späten Vormittag, als die Wärme der Sonne die kühle Feuchte der Nacht nahezu gänzlich aufgesogen hat, hält David eine kurze Rast am Wegrand, er ist einer schmalen, schlecht geteerten Strasse folgend eine kurze kurvige Steigung hochgefahren und kann von seiner erhöhten Aussicht das hügelige Land sich gleichmässig nach allen Richtungen entfalten sehen, im Dunst sich verlierend nach Osten zum Rheintal, nach Süden zum Schweizer Jura hin, deutlicher zeichnen sich nordwestlich die Schatten der Vogesen ab. Mit dem Wetter hat er wirklich Glück gehabt, mehr noch mit dem Land, das ihm seltsam nahe geht, hier könnte er bleiben, vielleicht ist das ein Gedanke des näher rückenden Alters, einer ungewissen Sehnsucht nicht nach familiärer Geborgenheit, eher nach Wurzelschlagen nach Art der Bäume, passend zur Erde, zum Licht, zum Wind, und all dies hier, Luft, Licht, Erde, passt bestens zu ihm,

das fühlt er, die Vorstellung eines Zurück
bleibt fremd, gerinnt ins Leere, verschwimmt
im Dunst, wo Osten, Rhein, Deutschland
blosse Ahnung, ohne Bedeutung sind.

Kilometerlang lässt sich David bergab, bergauf
treiben, federleicht, wie schwerelos getragen
von seinem Fahrrad, seinem liebsten Besitz,
ein Meisterstück holländischer
Handwerkskunst. Absurderweise ist ihm
irgendwann auf seiner Reise die Idee
gekommen, diesem Rad einen Namen zu
geben, wie es in einem der Karl May Bände
Kara Ben Nemsi mit seinem Pferd getan hat,
nur kann er sich einfach nicht mehr an den
Namen des Pferdes erinnern, da dieses Pferd
unglaublich schnell lief, hatte der Name
vermutlich etwas mit dem arabischen Wort für
Wind zu tun, aber ausser der Silbe „Ri" fällt
ihm nichts ein, doch das allein klingt
irgendwie falsch in seinen Ohren, da müsste
noch etwas dazukommen, also muss er sich
doch selbst einen Namen ausdenken.
Ausgelöst durch das „Ri" kommt ihm
plötzlich das Wort „reich" in den Sinn, ja, er
fühlt sich von den holländischen Radmachern
reich beschenkt, und reich könnte im
Italienischen oder Spanischen „Rico" heissen,
was ihm sofort gefällt und gut zu seinem Rad
passt.

Von Rico sicher getragen gelangt David unvermittelt an die Einfahrt eines Weingutes, die ihn wegen ihrer üppigen Begrünung halten lässt. Ganz in der Nähe hört er zwei Männer französisch reden, hin und wieder unterbrochen von lauten Hammerschlägen. Neugierig schiebt er sein Rad näher an die Einfahrt heran, um einen Blick in das Innere des Hofes zu werfen, als er plötzlich laut von der Seite angesprochen wird und bemerkt, dass die beiden Männer mit der Reparatur des Eingangstores beschäftigt sind. Es handelt sich um ein massives zweiflügeliges Holztor, dessen rechter Flügel schräg in den Angeln hängt. Jemand muss mit voller Wucht dagegen gerammt sein, und jetzt versuchen die beiden Männer den Flügel mit Hammerschlägen wieder in eine halbwegs gerade Position zu bringen, was nach Davids Kennerblick kaum gelingen dürfte, zu stark ist die Einfassung beschädigt. Offensichtlich scheuen die Männer die kräftezehrende Arbeit, den Flügel komplett aus den Angeln zu heben, eine Arbeit, die seiner Ansicht nach unvermeidlich ist, um die Reparatur kunstgerecht ausführen zu können. Er grüsst flüchtig, deutet auf den Torflügel und erklärt den Beiden in einem wilden Gestammel aus Deutsch und Französisch, was seiner Meinung nach getan werden muss. Da das, was David sagt, ihnen nach einigem Hin und Her durchaus einleuchtet, und er bereitwillig seine Hilfe anbietet, was angesichts seiner kräftigen Statur kein unerhebliches Argument ist, entschliessen die Beiden sich, mit seiner Hilfe den Torflügel aus den Angeln zu wuchten, nachdem sie zuvor mit einigen Böcken eine provisorische Werkbank mitten im Hof errichtet haben. Nach fast einer Stunde schweisstreibender Arbeit haben die Drei es endlich geschafft, und der Torflügel ruht auf den Böcken wie ein Patient auf dem Operationstisch. Nachdem David einmal das Vertrauen der Beiden, Andre und Tomas mit Namen, gewonnen hat, ist es ein Leichtes für ihn, sie weiter davon zu überzeugen, dass er geübt sei in solcherlei Arbeiten und sie ihn ruhig machen lassen sollen. Rasch ist das notwendige Handwerkszeug herbeigeschafft, so dass David in aller Ruhe und Umsicht mit der Arbeit beginnen kann, wie er das seit Jahren gewohnt ist.

Stunden später erst, inzwischen ist es fast Abend geworden, taucht David wie aus einem Traum wieder in die Wirklichkeit des Weingutes zurück, nachdem er die Arbeit an dem beschädigten Torflügel zu seiner Zufriedenheit beendet hat, unterbrochen nur von zwei kurzen Pausen, wo er etwas von den eingekauften Lebensmitteln, Äpfel und Käse, gegessen hat. Tomas und Andre, zwei Brüder, die gemeinsam mit ihren Familien das Gut bewirtschaften, wie er später erfährt, haben ihn ganz ungestört arbeiten lassen, so vertieft ist er in seine Arbeit gewesen, dass er nicht bemerkt hat, wie sehr sich die Szenerie im Laufe des Nachmittags verändert hat, es herrscht ein reges Kommen und Gehen, Gerätschaften aller Art werden hin und her getragen und gewaschen, darunter auch solche Tragekörbe für die Trauben, wie er sie im Traum gesehen hat, nur fehlt die Tiertränke, dafür gibt es eine moderne Waschanlage mit diversen Schläuchen und Bürsten. Unverkennbar liegt eine gewisse Spannung in der Luft, die sich ausdrückt in einem Durcheinander aus lautem Reden, Zurufen, Singen, Pfeifen und Lachen. Offensichtlich steht die Weinlese unmittelbar bevor, schon werden die ersten containerartigen Behälter, randvoll gefüllt mit Trauben, quer durch den Hof in ein scheunenartiges Gebäude gerollt, worin David die Traubenpresse vermutet.

Im Handumdrehen ist der Torflügel eingesetzt und sitzt wie angegossen, hell hebt sich das erneuerte Holzstück, das David anstelle des gebrochenen alten eingesetzt hat, vom verdunkelten Rest des Tores ab. Alle sind des Lobes voll und Tomas und Andre laden ihn zum Dank zum Abendessen ein und bieten ihm auch einen Platz zum Übernachten an, was David gar nicht anders kann als annehmen. Am Abend findet sich David an einem grossen langgezogenen Tisch wieder inmitten von einem guten Dutzend laut durcheinanderredender Menschen, unter denen er sich auf Anhieb wohlfühlt, auch wenn er kaum ein Wort davon versteht, was um ihn herum gesprochen wird. In der Tat beginnt jetzt die Weinlese, die sonnigen Tage der letzten Woche haben den Trauben zu zusätzlicher Süsse verholfen, so dass mit einer sehr guten Qualität zu rechnen sei, wie ihm Tomas erklärt. In einem Seitentrakt des Gutsgebäudes haben die Brüder mehrere Zimmer für die Erntehelfer eingerichtet, wo auch David für die Nacht unterkommt. Das Zimmer ist einfach ausgestattet, aber die Matratze des Bettes ist von vorzüglicher Qualität, so dass David tief entspannt schläft und erst am Morgen vom Lärm der anlaufenden Erntemaschinerie geweckt wird. Aus dem Fenster seines Zimmers hat er einen schönen Blick auf die Weinberge ringsum und auf die in der Morgensonne in allen Gelb-,

Grün- und Orangetönen leuchtenden Blätter
der Weinstöcke.

Angesteckt vom Gebrumm der um ihn herum
wuselnden Menschen kommt ihm der
Gedanke, sich auch einmal als Erntehelfer zu
versuchen, diese Erfahrung würde ihn reizen,
noch hat er ja einen Tag übrig, bis er sich auf
die Rückreise machen muss. Mit seinem
Wunsch rennt er offene Türen ein, in der
Erntezeit können wir jede Hand gebrauchen,
meint Andre. Tomas zeigt ihm, worauf es bei
der Ernte ankommt, welche Trauben
geschnitten werden sollen und welche nicht,
um eine maximale Qualität zu erreichen.
Wenig später trabt David mit den anderen
Helfern die Reihen der Weinstöcke entlang,
den Tragekorb auf den Rücken geschnallt, der
sich rasch füllt und an Gewicht zunimmt.
David geniesst die ständige fordernde
Bewegung im Freien, die milde Luft, die
allmählich wärmer werdende Sonne, das
Beisammensein mit den anderen Helfern, die
gemeinsamen Mahlzeiten, auch wenn im
Laufe des Tages seine Beine und sein Rücken
immer schwerer werden vom ständigen Auf
und Ab, wie er es so von seiner
handwerklichen Arbeit her nicht kennt und
nicht gewohnt ist. Trotzdem hält er gut durch
und hat selbst noch am Abend Kräfte übrig,

um mitzuhelfen, die gefüllten Container auf die bereitgestellten Anhänger zu wuchten.

Als ihn am Abend Andre spasseshalber fragt, ob er nicht für die ganze Erntezeit dableiben wolle, so einen wie ihn könnten sie gut gebrauchen, sagt er ohne zu überlegen, Ja, auch wenn er keine Ahnung hat, welche Konsequenzen das für seine Arbeitsstelle haben und was Petra dazu sagen wird. Doch sein Entschluss steht fest, auch wenn das ihn seine Stelle kostet, im übrigen hat er noch reichlich Urlaub übrig, so dass es für die ganze Erntezeit – etwa vier Wochen, wie Andre meint – reicht. Aus dieser Entschlossenheit ruft er Petra an, um ihr die Situation zu erklären. Etwas hält ihn in dieser Gegend fest, der Blick am Morgen aus dem Fenster über die Weinberge, die Gemeinschaft der Menschen, die Vorstellung, tausend Kilometer weiter nördlich – irgendwo dicht an der dänischen Grenze sollte die nächste Baustelle sein – wieder die Wochen mit Arbeit und Alleinsein zu verbringen in einer Gegend, die ihm langweilig und fremd erscheint. Wie immer hört ihm Petra aufmerksam zu, spürt wohl seine Entschlossenheit und verspricht ihm, sich für ihn bei der Firma einzusetzen. Keine Sorge, die wissen schon, was sie an dir haben, so schnell schmeissen die dich nicht raus, aber

Ende Oktober wollen wir dich hier
wiedersehen, versprochen, oder gibt es da
etwa eine Frau? Die Frage trifft David so
unvermittelt, dass er verlegen schweigt.
Woher weiss Petra das, woher weiss sie von
seinem Traum, denn was ihn eigentlich hier
festhält, ist dieser Traum, ist diese Frau aus
diesem Traum, wie soll er das Petra erklären?
In sein Schweigen hinein lacht sie los und
meint nur trocken, Volltreffer, also viel Spass
bei der Weinernte, und lacht lauthals weiter in
sein Ohr.

20
Als David den Hörer auflegt, atmet er tief
durch, strafft seinen Rücken und gibt sich
minutenlang einem kindisch köstlichen Gefühl
unbeschwerter Freude und losgelösten Glücks
hin, er sieht sich Purzelbäume schlagen und
einen Wiesenabhang hinunterrollen, so wie sie
es oft als Kinder getan haben. Mit Tomas und
Andre hat er schnell alles Notwendige
geregelt, soweit er die anderen Helfer
verstanden hat, bezahlen die beiden Brüder
anständig, die Qualität der Unterkunft und
des Essens, und das entspannte Arbeitsklima
eingerechnet. Ausserdem geniesst David
durch sein spontanes Helfen bei der Reparatur
des Tores die Wertschätzung der Brüder.
Auch wenn er deutlich mehr und

anstrengender arbeiten und fast die Hälfte weniger verdienen wird als Handwerker auf dem Bau, ist er weiter von diesem unvernünftigen kindischen Gefühl durchströmt, und obwohl er in den nächsten Tagen unermüdlich treppauf, treppab schwere Lasten tragen wird, fühlt er seine Schultern von einer noch schwereren Last befreit, ein Gefühl, das er mit in seinen Schlaf nimmt, der vielleicht deswegen, vielleicht auch dank der hervorragenden Matratze so erholsam ist, dass Rücken und Schultern sich am nächsten Morgen wie neugeboren anfühlen.

Unter den vielen Gesichtern entdeckt David am Morgen drei neue, die eines Mannes und zweier Frauen. Wie er erfährt, handelt es sich um Basken, die wohl am Abend zuvor angekommen sein müssen, wovon er auf seiner Glückswolke schwebend nichts mitbekommen hat. Alle drei schätzt er auf Mitte bis Ende Vierzig, Unai ist ein stämmiger, etwas untersetzter Mann mit einem schmalen, jungenhaft wirkenden Gesicht, das nicht so recht zu dem kräftigen Körper zu passen scheint. Wie sich zeigen wird, verfügt Unai über eine unglaubliche Kraft und Ausdauer, was ihn unermüdlich die schwersten Lasten tragen lässt, ähnliches gilt auch für die beiden Frauen, Kima und Izar, die ebenfalls gut geübt sind im tagelangen Steigen, Bücken, Lastentragen. Kima ist von ähnlicher Grösse und Statur wie Unai, nur dass sie auch das zu ihrem Körper passende breite Gesicht hat. Neben ihnen wirkt Izar zarter und schmaler, vielleicht weil sie die Beiden ein wenig überragt, obwohl auch sie wie Kima ein mehr breites Gesicht hat mit einer kräftigen Nase und vollen Lippen. Besonders aber fällt David eine Eigentümlichkeit ihres halblangen glatten Haares auf, das vollkommen schwarz ist bis auf eine leuchtend weisse Strähne am Stirnansatz rechts vom Scheitel, was ihre Gesichtszüge je nach Lichteinfall und Blickwinkel des Betrachters ständig verändert und zwischen alt und jung hin und her fliessen lässt. Warum die Drei den weiten Weg ins Elsass auf sich nehmen, wo es doch sowohl in Frankreich wie in Spanien andere näher gelegene Weingüter gäbe, erklärt sich für David nur mit der „anständigen Bezahlung" und den sehr guten Arbeitsbedingungen, andersherum scheinen Andre und Tomas die drei Basken auch sehr zu schätzen, jedenfalls kommen sie schon seit Jahren regelmässig zur Weinlese hierher ins Elsass.

Mühelos fügt sich Davids Körper den Rhythmen der Ernte, den unaufhörlich und ständig ineinander fliessenden Bewegungen

aus Strecken, Beugen, Steigen, und den
Rhythmen der Erde, des Wetters, der
Landschaft. Oft steht er, für Augenblicke nur,
da, hoch aufgerichtet, mit der Trage auf dem
Rücken, ein Fabelwesen aus den Zeiten des
wunschlosen Glücks, ein funkelnder Stern,
von keiner Sonne überstrahlt, der sein Licht
weithin auswirft ins unermessliche Rund der
Universen. Manchmal gerät sein Schauen so
intensiv, dass die Luft und das Licht um ihn
herum wie zu vibrieren beginnen und die
Blätter der Reben auf eine Weise berühren,
dass diese sich an den Rändern aufzulösen
scheinen. Dann weiss er nicht mehr zu
unterscheiden, ob die Blätter in das Licht und
die Luft hineinranken oder ob Luft und Licht
in und durch die Blätter fliessen, als ob Licht,
Luft und Blatt wie in einem Tanz innigst
verwoben seien, dass sie sich ineinanderfügen
im steten Wechsel von Führen und
Geführtwerden, von Berühren und
Berührtwerden, eines der Bewegung des
Anderen bewusst, die nie zur Ruhe kommt,
sondern sich unendlich fortpflanzt in
vielfältigsten Variationen. Und staunend
bemerkt er, dass jedes Blatt anders tanzt, dass
jedes Blatt auf ganz eigene Weise wippt,
zittert, an den Rändern fliesst, ja dass schon
die Struktur dieses Randes von Blatt zu Blatt
verschieden ist, jedes Blatt ganz individuell

gezackt ist. Wäre David ein Maler – leider hat er wenig Talent zur Zeichenkunst -, dieser Gedanke überkommt ihn plötzlich, sähe er sich vor der schwierigen Aufgabe, wie er dieser Individualität gerecht werden könnte, wie er diesen Tanz von Blatt und Licht und Luft künstlerisch umsetzen könnte. Für jedes Blatt bräuchte es einer ganz eigenen Maltechnik, für jedes Blatt bräuchte es eigens verfertigter Pinsel mit einer ganz speziellen Struktur passend zur individuellen Struktur des Blattes und eigens gemischter Farben, als Handwerker reizt ihn diese Vorstellung sehr. Wie aber könnte man jenseits technischer Fragen diese ständige innige Bewegung, diesen unaufhörlichen, nicht vorhersehbaren oder gar berechenbaren Tanz von Licht, Luft und Blatt in einen einzigen Moment festhalten, ohne ihn auf diesen einen Moment hin festzuzurren, ihn darin erstarren zu lassen, ihn – er scheut das Wort nicht – zu töten? Gelingen könnte das wahrscheinlich nur, wenn der Künstler die Bereitschaft und die Geduld hätte, auf den Moment zu warten, bis der Tanz selbst, die Innigkeit der Bewegung von Luft und Blatt und Licht sich des Pinsels bemächtigte und so dem Künstler die Hand führte.

Einmal in seinem Schauen auf diesen
Zusammenhang aufmerksam geworden,
bemerkt David eines Tages, als es zum ersten
Mal nach Beginn der Weinlese regnet, dass
auch der Regen Teil des Tanzes ist. Manche
Blätter ducken sich geschickt unter den
fallenden Tropfen weg und bleiben so nahezu
trocken, andere bieten sich den Tropfen
regelrecht dar, als ob sie sich von ihnen wie
massieren lassen wollten, andere nützen die
Kraft der auf sie fallenden Tropfen aus, um
sich wie ausgelassene Kinder auf der Schaukel
hin und her und auf und ab wippen zu lassen.
Und jeder Tropfen wiederum scheint seine
ganz besondere Eigenart oder Vorliebe zu
haben, wie die Berührung mit dem Blatt
stattfinden soll, die Einen platzen mit
grösstmöglicher Kraft dorthin, wo das Blatt
eine grösstmögliche Oberfläche bietet, um wie
bei einer explodierenden Feuerwerksrakete
gleichmässig nach allen Richtungen zu
zerstieben, Andere lassen sich wie eine
Scheibe von Blatt zu Blatt schlenzen, als ob sie
möglichst viele küssen wollten, wieder Andere
treffen geschickt die Spitze des Blattes, um
wie auf einer Rutsche darauf abwärts zu
gleiten.

21

Mehrmals beginnt David einen Brief an Petra
zu schreiben, das Telefongespräch mit ihr
kreist ständig in seinem Kopf, gerne würde er
ihr diesen Traum erzählen, möchte ihr seine
Beobachtungen schildern, ihr davon sagen,
was ihn hier so sehr berührt, die Landschaft,
die Menschen, die Arbeit, und festhält. Doch
alles klingt falsch, die Worte passen nicht,
fügen sich nicht, ergeben nicht den Sinn, den
er vor seinem inneren Auge so deutlich sieht
und fühlt, sobald sie ins Aussen treten und zu
schwarzen Buchstaben auf dem weissen
Papier werden. So begnügt er sich damit, in
langen stumm geführten Selbstgesprächen
seine Eindrücke, Wahrnehmungen und
Beobachtungen, alle seine Gefühle und
Gedanken Petra mitzuteilen, und jetzt
geschieht es, immer findet er den passenden
Ausdruck, trifft er das richtige Wort, reiht sich
der Sinn in schönster Ordnung. Petras Rolle
beschränkt sich auf das Abgeben kurzer
trockener Kommentare, die das Wesentliche
auf den Punkt bringen und seine Gedanken
eher beflügeln als hemmen.

Während eines dieser Selbstgespräche hat
David in einer plötzlich auftauchenden Folge
von Gedanken das deutliche Gefühl, endlich
einer Antwort auf die Fragen nahe zu sein, die

ihm damals vor unendlich langer Zeit in einem anderen Leben, wie es ihm jetzt vorkommen will, so zugesetzt haben. Petra hatte damals gemeint, die Kunst Dostojewskis sei deswegen so besonders und so berührend, weil seine Figuren trotz aller Erniedrigungen, Beleidigungen und Gemeinheiten, die sie sich gegenseitig zufügten, in einer je eigenen Weise wie innerlich funkelten. David glaubt es jetzt aufgrund seiner eigenen Wahrnehmungen besser zu wissen. Ja, es gibt dieses Funkeln bei Dostojewskis Romanfiguren, bei Raskolnikow und Sonja, bei den Karamasows und Fürst Myschkin und bei den vielen anderen Kellerschlupfmenschen, aber wie selten doch angesichts des angehäuften gesellschaftlichen Schmutzes und Elends, der schmutzigen menschlichen Natur, der von Grund auf durch und durch schmutzigen Natur dieser Erde überhaupt. Das Funkeln, so erkennt David jetzt, ist nicht die seltene Ausnahme, sondern die Regel, überall ist es zu sehen, besonders intensiv aber im Zusammenspiel von Licht und Luft und Blatt und Halm.

Ohne dieses Zusammenspiel hätten Halm, Blatt, Luft, Licht, isoliert für sich gesehen, wahrscheinlich gar keine Bedeutung, könnten gar nicht in die irdische Existenz treten, und der Mensch? Wenn dies für alles, was grünt

und spriesst und kreucht und fleucht, gilt, ist
auch der Mensch unausweichlich darin
einbezogen, also hätte auch der einzelne
Mensch ausserhalb dieses Zusammenspiels
keine je eigene Bedeutung, oder fände der je
einzelne Mensch überhaupt erst in diesem
Zusammenspiel zu seiner je eigenen
Bedeutung? Vielleicht ist das der Sinn, warum
Tiere und Kinder so unermüdlich spielen, so
hingebungsvoll spielen, so ganz und gar im
Spiel aufgehen, dass sie alles um sich herum
vergessen. Plötzlich erinnert sich David an
einen Traum, wo Kinder hinter ihm
hergelaufen kamen, die ihn bei seinem Namen
riefen, um ihn zu bitten, mit ihnen zu spielen.
Wollten sie ihn daran erinnern, wieder mehr
kindliche Spiele zu spielen, oder überhaupt
wieder mehr zu spielen, oder sein ganzes
Leben mehr als Spiel zu sehen? Wie aber
spielen Kinder? Wenn ein Kind stundenlang
mit einem Ball spielt oder mit dem Seil hüpft,
was geschieht da, was für einen Sinn hat das?
Spontan kommt David die Antwort, dass der
Sinn dieses Spiels nur in sich selbst liegt.
Indem das Kind unermüdlich stundenlang mit
dem Ball oder dem Seil hantiert, schafft es
damit ständig neue unvorhergesehene
Situationen, auf die es ebenso neu und
spontan reagieren muss, erfindet es sich selbst
pausenlos neue Bewegungsmuster, die es so

vorher noch nie gegeben hat. Vielleicht lernt das Kind auf diese spontane und „unschuldige" Weise, der Welt kreative unbekannte Muster einzuweben, in die es dann im Laufe seines Lebens immer weiter hineinwächst, vielleicht auch braucht die Welt diese ständige Erneuerung, um sich selbst immer wieder zu überraschen, und vielleicht tun sich viele Kinder in einem bestimmten Alter deshalb schwer, sich an die überlieferten Spielregeln zu halten, und erfinden lieber ihre eigenen Regeln.

Wenn es im Spiel des Kindes um „nichts" geht, als um die spontane natürliche Lust an der Herstellung neuer Verknüpfungen, wären die Erwachsenen besser beraten, dieses „nutzlose" Spiel der Kinder zu fördern, als in ihre überlieferten kulturellen, sozialen oder religiösen Muster einpassen zu wollen. Solche stark ritualisierte, in Traditionen tief verankerte und deshalb emotional hoch aufgeladene Vorgaben bewirken wohl eher eine Kluft zwischen dem natürlichen Spiel des Kindes und seinem spontanen inneren Schöpfertum, bewirken dadurch eher eine Hemmung seiner Phantasie und Neugierde, stören dieses natürlich fliessende Zusammenspiel, trennen das Kind von seiner tief empfunden Verbundenheit mit der Welt und verdunkeln das ursprünglich so makellose Funkeln.

Da erinnert sich David noch einmal jenes Traumes mit den hinter ihm herlaufenden Kinder. Was tat er selbst denn in diesem Traum? Er folgte zwei Frauen, die sich immer wieder zu ihm umdrehten, ihm mehrfach etwas zuriefen und von denen eine starke sinnliche Ausstrahlung ausging. Wenn er sich recht bedenkt, hatte er in dem Traum eindeutig sexuelle Wünsche gefühlt, die sich auf beide Frauen bezogen, erst die Kinder hatten ihn davon abgebracht, ihnen weiter zu folgen, ansonsten hätte er in seiner Verfolgung sicher nicht nachgelassen bis zum ersehnten Ziel einer lustvollen sexuellen Vereinigung, eines Liebesspiels zu dritt. Von diesem Liebesspiel haben ihn im Traum die Kinder mit ihrem Wunsch, er möge doch mit ihnen spielen, abgehalten. Auch das hat möglicherweise mit diesem Zusammenspiel zu tun. Deutlich spürt er, dass es einen Zusammenhang geben muss zwischen dem Wunsch der Kinder mit ihm zu spielen und seinem erotisch gefärbten Wunsch, die beiden Frauen zu erreichen, um mit ihnen zu „spielen". Welchen Hinweis möchte der Traum ihm geben? Wenn der Sinn des Spiels der Kinder in sich selbst besteht als

selbstvergessenem Tun, dann macht dies
sicher einen Unterschied zum sexuellen Tun
der Erwachsenen, das stark vom Begehren,
Befriedigen und Zufriedenstellen der eigenen
Lust beherrscht wird, das Gegenüber, der
Andere, der Liebespartner verschwindet ganz
im Schatten der eigenen Lust. Als Lösung legt
ihm der Traum demnach nahe, bevor er sich
den beiden Frauen nähert, sollte er zuerst
üben, mit Kindern zu spielen, oder genauer,
selbst wieder so zu spielen, wie er einst als
Kind gespielt hat, absichtslos, selbstvergessen,
einzig der Lust des Spiels um seiner selbst
willen hingegeben.

Einmal in seinem Erwachsenenleben hat es
einen solchen Augenblick gegeben, damals, als
Petra und er sich zum ersten Mal geliebt
haben und er für einen kurzen oder langen
Moment, das weiss er bis heute nicht zu sagen,
da auch das gewohnte Rinnen der Zeit
ausgesetzt zu haben schien, irgendwie nicht
mehr er selbst war, sondern sein körperliches
Sein und sein Bewusstsein dieses körperlichen
Seins ihn in einen solchen Strudel der Lust
zogen, dass er sich mal als Frau, mal als Mann,
mal als etwas ganz Anderes, Unbekanntes,
Unbeschreibbares fühlte, als etwas über alle
bisher gekannten Masse Lustvoll-Lebendiges.
Auch Petra hatte damals wohl eine ähnlich

überwältigende Erfahrung gemacht. Jetzt ist David sich sicher, hätte damals Jemand sie als Paar beobachtet, nackt ineinander gefügt, das Gras, die Bäume, das Licht, die Luft, ihre nackt umschlungenen Leiber hätten sich gezeigt als eingehüllt in eine Wolke funkelnder Tropfen. Trotzdem ging dem ihr gegenseitiges Begehren als Mann und Frau voraus, demnach ist dieses leidenschaftliche Begehren und Begehrtwerden Teil des Spiels oder vielleicht sogar die notwendige Bedingung, so wie der Ball oder das Seil notwendige Bedingung des Spiels des Kindes ist, doch dann? Was geschieht dann weiter? Zu berechnen oder auszuklügeln gibt es da nichts, es geschieht, was geschieht. Oder nicht. Auch Petra und er haben sich später noch oft genauso stark begehrt und geliebt, und doch blieb jenes alles überwältigende Glücksgefühl vom ersten Mal einzig, unwiederholbar.

Mit den beiden Frauen aus dem Traum hat es etwas auf sich, was für ihn von grosser Bedeutung sein könnte. Beide sahen sich ähnlich, zu Beiden fühlte er sich gleich stark hingezogen, Beide drehten sich öfters nach ihm um und lächelten ihm zu, ermunterten ihn also, ihnen zu folgen, Beide waren ähnlich gekleidet auf einfache, irgendwie bäuerlich anmutende Art und Beide trugen etwas auf dem Rücken. Leider konnte er ihre Gesichter nicht deutlich sehen, ihm bleibt nur der Eindruck dunkler Augen, dunkler Haare, gebräunter Haut. All das kann auch mehr seiner nachträglich produzierten Einbildung entstammen als des erinnerten Traumgeschehens. Wie gern würde er etwas von diesen Gedanken Petra mitteilen, doch David bezweifelt, ob er das, was ihm innerlich oft so zum Greifen klar erscheint, jemals wird Petra oder einem anderen Menschen erklären können. Er arbeitet weiter wie gewohnt in den ihm liebgewonnen Rhythmus eingefügt, am Morgen hat es genieselt, Nebeldunst hat den Weinberg mit Feuchte überzogen, hat die Erde weich und die Stiegen glitschig gemacht. Nahe Mittag gewinnt die Sonne an Kraft, der Nebel wird schlierig, löst sich in Fäden auf, die im Sonnenlicht tänzeln, Gras, Blätter und Trauben sind von einem feinen Bläschenflaum überzogen, der je nach Sonnenbestrahlung mal stärker mal schwächer seidig glitzert. Jetzt ist David dem Funkeln wieder ganz nahe und hält für einen Moment inne, versunken ins Schauen. Als er sich wieder bückt, begegnet sein Blick dem Izars, die gerade eine Reihe über ihm mit dem gefüllten Tragekorb zum nächsten Sammelbehälter will und ihn erstaunt ansieht. Beide erröten und lächeln sich verlegen an.

22

Manchmal überrascht ihn an den
Nachmittagen die schräg stehende Sonne mit
einer Art Schattentheater. Im Wind sich
wiegende Weinreben zaubern schattenhafte
Fabelwesen an die Weinbergmauer, Wesen,
die ständig die Form ändern, mal in rasantem
Wechsel, mal zeitlupenhaft langsam.
Sekundenweise nur glaubt er im gaukelnden
Tanz etwas erkennen zu können, das sein
Auge einen Atemzug lang zu einer Gestalt
formt, die Blüte einer sich öffnenden Blume,
das Flattern von Flügeln, Hals und Kopf einer
Giraffe, einen lachenden Mund, winkende
Hände und mehrmals – da ist er sich ganz
sicher – eine zum Greifen nahe birnenförmige
Frauenbrust. Wenn er dann aufschaut, blitzen
ihn fast immer Kimas oder Izars Augen von
irgendwoher an, sie winken und rufen ihm
etwas zu oder kommen an ihm vorbei und
rempeln ihn an, vielleicht weil er selbst einen
Moment lang mit seinem aufragenden
Tragegestell auf dem Rücken einem
schattenhaften Fabelwesen aus einer anderen
Welt geglichen hat.

Fast alle Abende verbringt er mit den drei
Basken, die beiden Frauen ziehen ihn an, keine
Frage, er kann sich aber nicht entsinnen,
jemals in seinem Leben einem Menschen

begegnet zu sein, der ihn so fasziniert wie Unai. Dieser kleine ruhige Mann mit den wachen samtweichen Augen strahlt aus allen Poren seines Körpers eine derartige Kraft und zähe Entschlossenheit aus, dass sie David schier atemlos macht vor Staunen und Bewunderung.

Staunend auch lauscht er dem Klang der Sprache der drei, wenn sie miteinander baskisch reden, , so fremdartig klingt das, noch weniger als sein Auge die tanzenden Schatten zu sortieren vermag, ist sein Ohr in der Lage, auch nur den Hauch eines vertrauten Klangs zu vernehmen. Trotzdem rührt ihn etwas am Klang dieser Sprache im tiefsten Innern an, insbesondere wenn Unai redet, strahlt die Sprache eine ähnlich intensive Kraft aus wie der ganze Mann, vielleicht auch nur, weil er die Sprache zu sehr mit dem Sprecher identifiziert. Doch auch wenn die beiden Frauen reden, empfindet er dieses zugleich Raue, Harte, ja Wilde vermischt mit Entschlossenheit, Klarheit, Selbstvertrauen. Eine Sprache ganz eigener Art und vermutlich einer Art ganz anderer Menschen herkommend aus unvordenklich langer Zeit. Die Sprache von Menschen, die einst vielleicht vor irgendeiner Eiszeit immer weiter südlich, immer weiter westlich ausgewichen sind, bis sie in der Gegend der Pyrenäen abgeschnitten vom Rest der Welt so scheint's eine halbwegs akzeptable Lebensgrundlage gefunden haben. Und dort haben diese Menschen wohl ihre eigenartige Sprache und Kultur über die Wechselfälle der Zeiten mit selbstbewusster Entschlossenheit bewahren können, denn es gibt wie es aussieht keinerlei Verwandtschaft zwischen dem Baskischen und irgendeiner anderen europäischen Sprache. Mehr als Unai ihm über die baskische Sprache und Kultur erklärt, erfühlt David aus dem Klang der gesprochenen Sprache eine Seelentiefe und Herzenswärme, die ihn direkt körperlich angeht, ja sinnlich erregt.

Erst am Ende der Erntezeit, als sie nach dem Abendessen noch draussen im Hof beieinander sitzen und schweigend rauchen und Wein trinken, ergibt sich ein Gespräch über ihrer beider Lebenswege. Kima und Izar sind wie meistens gleich nach dem Essen in ihrem Zimmer verschwunden, das sie gemeinsam bewohnen und das David noch nie betreten hat. Mild und feucht ist die Luft, schwül beinahe, für die Jahreszeit jedenfalls ungewöhnlich warm. David hat noch kurz mit Petra telefoniert, die Aussicht, bald von hier weg zu müssen, liegt ihm schwer auf der

Seele. Wahrscheinlich hat Unai da etwas von dieser Schwere erspührt, weil er ihn unvermittelt in das Schweigen hinein fragt, ob etwas zuhause nicht stimme. Nicht so sehr diese unerwartete Frage, als vielmehr das kratzige Wort 'zuhause' macht ihn für einen Moment ganz stumm und wie blöd im Kopf, bevor er erst stotternd, dann in kurzen abgehackten Sätzen das Leben, das er seit geraumer Zeit führt , beschreiben kann. Also, schliesst David seine Erzählung, ein richtiges Zuhause habe ich nicht.

Unai nickt lächelnd, als habe er gar nichts anderes erwartet, und greift zum Glas, wird aber in seiner Bewegung von Davids Frage und wie ist es bei dir, hast du ein Zuhause, eine Familie? abrupt gestoppt. Sekundenlang sitzt der Baske regungslos da und starrt David mit grossen dunklen Augen unverwandt an. Ein Haus – ja, ein Zuhause? Vielleicht ab und zu. David gibt mit einer ungewissen Geste seiner Hand zu erkennen, dass er aufmerksam zuhört, wenn auch nicht recht versteht, was Unai damit sagen will. Der überlegt lange, als wisse er nicht, wie beginnen.

Nach der Besetzung des Baskenlandes durch die Franquisten im spanischen Bürgerkrieg, bemüht sich Unai in einem möglichst sachlichen Ton zu erzählen, sind meine Grosseltern mit ihren drei fast erwachsenen Töchtern zu Verwandten auf die französische Seite geflohen. Andernfalls wäre mein Grossvater vermutlich auf Jahre in Francos Gefängnissen verschollen. In Frankreich ging das Leben recht und schlecht weiter, die jungen Frauen haben schnell eine nach der anderen geheiratet und Kinder bekommen, Kima und Izar sind Cousinen von mir, und da ich das einzige Kind meiner Eltern blieb, sind wir gemeinsam fast wie Geschwister aufgewachsen. Und auch wir haben wieder geheiratet, im Gegensatz zu meinen anderen Cousins und Cousinen, die Basken geheiratet haben, habe ich eine Französin und Kima und Izar französische Männer geheiratet, was unseren Eltern gar nicht gepasst hat, und das hat uns vielleicht noch mehr zusammen geschweisst.

Schon als Junge war ich lieber bei den Schafen als in der Schule und habe immer lieber draussen in der Natur als irgendwo drinnen gearbeitet. Das Leben war gut, es war so, wie ich es mir vorgestellt hatte, wir hatten alles, was wir brauchten, auch meine Frau war mit dieser Art Leben zufrieden. Einzig zum Verzweifeln war, dass wir keine Kinder bekamen, meine Frau hatte eine Fehlgeburt nach der anderen, jahrelang. Endlich hielt aber doch einmal eine Schwangerschaft bis ans Ende durch, das dafür um so härter war, denn meine Frau und unser Kind – ein Junge – sind bei der Geburt gestorben. Unais Augen werden jetzt, so scheint es David, womöglich noch dunkler und grösser und sein Gesicht noch maskenhaft verschatteter. Wieder bindet sie lange das Schweigen, das Rauchen, das Trinken.

Danach, Unais Gesicht taut unvermittelt aus seiner Starre auf und strafft sich wieder zu dem vertrauten jungenhaft energischen Ausdruck, war jahrelang das Meer mein Zuhause. Ich bin einfach weg und habe auf einem Fischerboot angeheuert. Eine verdammt schwere Arbeit, die mir aber im Laufe der Jahre die innere Schwere genommen und meiner Seele wieder Luft und Licht gegeben hat. David nickt verstehend, nimmt einen Schluck und platzt für ihn selbst überraschend mit der Frage Und was ist mit Izar und Kima? heraus, die schon die ganze Zeit über in seinem Kopf gekreist ist. Kaum gestellt, ist ihm die Frage peinlich und er zündet sich schnell eine neue Zigarette an. Doch Unai scheint das gar nicht zu beachten und berichtet sachlich und zügig weiter.

Hatten mit ihren Ehen wie von unseren Eltern prophezeit auch kein Glück. Beide sind geschieden, schon lange, haben aber wenigstens Kinder, Izar zwei Jungs, Kima zwei Mädchen, alle erwachsen und auch schon wieder verheiratet. Beide hatten ja von klein auf eine sehr enge Bindung, die sie über all die Jahre behalten haben, auch ihre Familien haben sie – solange es sie noch gab – immer gemeinsam organisiert. Vielleicht – Unai stockt für einen Moment und räuspert sich – ist das mit ein Grund, dass die Männer gegangen sind. Sie haben dann gemeinsam einen Bauernhof bewirtschaftet, der sich stetig vergrössert hat und heute hauptsächlich von Kimas jüngster Tochter Finai und ihrer Familie betrieben wird. Und irgendwann bin auch ich wieder dazugekommen, nachdem das Leben auf dem Meer mir die Schwere genommen hatte, und mit Ziegen und Schafen kenne ich mich nun wirklich aus. So helfen wir alle zusammen und es funktioniert gut. Izar hat irgendwann sogar noch eine Ausbildung zur Hebamme gemacht und verdient damit zusätzliches Geld, und Kima hat in unserer Gegend einen guten Ruf als Köchin, so dass sie immer wieder zu Festen und Familienfeiern angefragt wird. Einmal im Jahr kommen wir hierher zur Weinernte, uns gefällt es hier, die Landschaft, die Menschen und auch die Bezahlung. Ja und danach gehe ich meistens noch über die Wintermonate zur Waldarbeit in die Vogesen, auch da stimmt die Bezahlung und diese Arbeit geht mir gut von der Hand, was David unbenommen glaubt.

Unai erzählt all dies in einer lustigen Mischung aus Französisch und Elsässer-Deutsch, das er erstaunlich gut in einer Art singendem Tonfall nachahmen kann. Beim Hören dieses Singsangs kommen David immer Bilder von herumalbernden Kindern in den Sinn, die einen ungeheuren Spass daran haben, Unsinnsverse zu plappern, so wie er es einmal – in einem anderen Leben, in einer anderen Zeit, in einem anderen Land – mit seinen eigenen Kindern getan hat.

23
In dieser Nacht schläft David zum ersten Mal seit Beginn der Weinlese schlecht. Trotz weit geöffnetem Fenster ist es ihm zu warm, so dass er schliesslich alles Schlafzeug von sich wirft. Spät erst fällt er in einen erholsamen Schlaf mit einem intensiv klaren Traum, worin er getragen von einem lauen Wind langsam über eine südlich aussehende Landschaft schwebt. Er erkennt Olivenbäume und irgendwo in der Ferne blitzt ein Meer. Schliesslich landet er sanft und weich in einem

parkähnlich angelegten, aber völlig
verwilderten Garten, der übersät ist mit einer
Unzahl halb zerfallener, zerbrochener und oft
von Gestrüpp überwucherter antiker Statuen,
eine Trümmerlandschaft so weit das Auge
reicht.

Beim Landen entdeckt er zu seinem Schreck,
dass er völlig nackt ist, und nicht nur das,
sondern auch, dass sein Glied übergross
angeschwollen aus ihm ragt. Beschämt schaut
er sich rasch um und stellt erleichtert fest, dass
er allein ist, und fast gleichzeitig damit fällt
ihm auf, dass es ungewöhnlich still ist. Kein
Windhauch regt sich, kein Vogel zirpt, kein
Insekt schwirrt. Nicht weit von sich entfernt
bemerkt er eine sehr schräg stehende
Frauengestalt mit nur noch einem Arm und
einer Hand, worin sie eine Art Becher hält.
Etwas zieht ihn zu dieser Figur, und als er zu
ihr hintritt, entdeckt er nur einige Schritte
entfernt ein im Gras auf einem Tuch sitzendes
Mädchen, augenscheinlich nackt wie er, nur
dass ihre Blösse vollständig mit einem Wust
langer Haare bedeckt ist, die intensiv rötlich
braun in der Sonne schimmern und das
Mädchen zusätzlich noch mit einem seidigen
Glanz umhüllen. Auf ihren angezogenen
Beinen liegt ein grosser Zeichenblock, auf dem

sie hingebungsvoll malt sonst nicht weiter ihre Umgebung achtend.

Kaum steht er neben der Statue, berührt die enorm gequollene Spitze des Glieds den Rand des Bechers, den sie in der Hand hält, und entlädt im selben Augenblick eine ungeheure Menge an cremig weissem Samen direkt in die Mitte des Bechers. Diese nicht enden wollende Ejakulation ist aber mit keinerlei Lustgefühl, ja mit überhaupt keinem Gefühl verbunden, wie ein unbeteiligter Beobachter nimmt er wahr, dass aus dem Glied, das völlig selbständig zu agieren scheint, ein nicht abreissender Strom dieser cremig weissen Flüssigkeit fliesst, die die Luft ringsum erfüllt mit dem intensiven Duft frischer rahmig süsser Sahne.

Nun erst sieht er auch, dass aus dem unteren Ende des Bechers eine Art Kanal entspringt, der wie eine alte römische Wasserleitung in Miniaturformat quer durch den Garten läuft genau bis zu dem im Gras zeichnenden Mädchen. Das andere Ende der Leitung mündet in ein kleines kreisrundes Becken, das sich unglaublich rasch mit der weissen Flüssigkeit füllt, in das das Mädchen plötzlich herbeigezaubert aus dem Nichts eine Schöpfkelle taucht, woraus sie mit langen Zügen ausgiebig trinkt. Bei dieser Bewegung verrutscht etwas der Zeichenblock, so dass er einen kurzen Blick darauf werfen kann. Er erkennt zwei Frauenköpfe, die ähnlich wie bei siamesischen Zwillingen einen gemeinsamen Körper zu haben scheinen. Beide Köpfe lachen ihn an oder aus, und dann hört er ganz deutlich das Lachen, doch nicht von dort, wo das Bild ist, sondern hinter sich.

Er dreht sich nach dem Lachen um, wobei er erleichtert bemerkt, dass er nicht länger nackt ist, sondern ein beiges leinenartiges weit geschnittenes Kleid trägt. Zwar kann er niemanden sehen, aber er hört weiter das laute Lachen, dem er folgt, bis er einen Teich erreicht. Dort blitzen ihn wieder nur momentweise die beiden Gesichter an, und jetzt ist er sich sicher, dass es sich um Izar und Kima handelt. Noch ehe er sie erreicht, sind sie verschwunden, und wieder tönt laut das Lachen hinter ihm. Das Wasser im Teich ist kristallklar, und da er Durst hat, bekommt er Lust, davon zu trinken, und beugt sich hinunter zur Wasseroberfläche, um mit seinen Händen daraus zu schöpfen. Doch wie erstaunt er, als er im Wasser nicht sein vertrautes Gesicht als Spiegelbild entdeckt, sondern ganz deutlich die Züge eines jugendlichen Mädchengesichts sieht, das eindeutig die junge Izar zeigt. Aufgeregt betastet er seinen Körper unter dem Kleid und hält zwei Mädchenbrüste in den Händen, die Nippel zweifelsfrei lustvoll versteift durch diese Berührung. Der Körper, den er da betastet, ist der einer Frau. Mit dem Gefühl lustvoll steifer Nippel und einem vollkommen ausgetrockneten Mund erwacht er.

24
Die Feuchte des Abends hat sich am Morgen in Nebeldunst verwandelt, der im Laufe des Tages zuerst nieselig gerinnt, sich dann immer mehr zu einem langsträhnigen Dauerregen verdichtet und zwei Tage lang anhält. Das macht die Arbeit ungewohnt zäh, so dass alle am Abend früh schon in ihre Zimmer verschwinden. Erst an den beiden letzten Tagen der Lese klart der Himmel auf, dafür wird es empfindlich kühl.

Schon am Mittag des letzten Tages beginnen die Vorbereitungen für das grosse Abschiedsfest. Tische und Bänke werden herbeigeschafft und Berge an Geschirr verteilt. Es herrscht eine aufgekratzte und erregte Stimmung, alle sind in Bewegung und wuseln durcheinander, viele packen nebenher schon ihre Sachen zusammen. Auch die drei Basken wollen schon ganz früh morgens los zum Bahnhof, die beiden Frauen, um von dort dann weiter in den Süden zu fahren, Unai, um in den Vogesen weiterzuarbeiten. Er hat David einen Zettel mit einem Namen und einer Telefonnummer zugesteckt, nur so für den Fall, dass du dir die Sache mit den Vogesen doch noch überlegst. Da gibt es immer jede Menge Arbeit jetzt im Winter, gerade auch für einen wie dich. Bis Februar werde ich sicher dort sein, frage einfach nach meinem Namen, die wissen dann schon Bescheid. David nickt mechanisch, aber so richtig kommt bei ihm nicht an, was Unai da so plappert. Je aufgeregter die Anderen sind, eine desto stärkere Betäubung erfasst ihn und er nimmt das ganze aufgeregte Drumherum wie Lichtjahre entfernt wahr, als sei er auf einem anderen Stern.

Mehrmals geht er in die Küche, wo Kima bei der Zubereitung des Essens mithilft, um Geschirr aufzustapeln und nach draussen zu balancieren. Einmal sieht er, wie sie aus grossen Literflaschen frische Sahne in einen Topf giesst. Als sie seinen staunenden Blick bemerkt, meint sie lachend zu ihm, ich bereite jetzt eine spezielle Pannacotta ganz besonders für dich. Und tatsächlich hat er später am Abend, als das Dessert auf den Tisch kommt, das Gefühl, noch nie etwas so Köstliches und verführerisch Duftendes gegessen zu haben.

Kima, die neben ihm sitzt, flüstert ihm die
Zutaten ins Ohr, Granatapfel, Rosenwasser,
Mandelmilch und manches andere, das er
noch nie gehört hat, aber sicher ist er sich da
später nicht mehr.

Anders als an den bisherigen Abenden sind
heute die beiden Frauen ständig um ihn
herum und benehmen sich wie alberne
Kinder, die ununterbrochen kichern und
lachen, weil alles so lustig oder komisch ist.
Spät erst nimmt er wahr, dass er nirgends
mehr Unai entdecken kann, und so
angestrengt er auch darüber nachdenkt und in
seiner Erinnerung nachsucht, ihm will einfach
nicht mehr in den Sinn kommen, wann er ihn
zum letzten Mal gesehen hat. Nach dem Essen
wird es noch lauter, allen schmeckt der gute
Hauswein und trinken reichlich. Auch David
spricht dem Wein kräftig zu, überhaupt hat er,
seit er bei den Brüdern auf dem Hof weilt, so
viel Wein wie noch nie in seinem Leben
getrunken und den gewohnten Wodka völlig
vergessen. In das laute Stimmengewirr mischt
sich irgendwann noch Musik aus einer
Anlage, einige tanzen, darunter auch Izar und
Kima, und plötzlich wird er unter Lachen von
einer energischen Frauenhand von der Bank
gezogen und stolpert unbeholfen mitten
hinein in einen Kreis sich wirbelnder Körper.

Von diesem Augenblick an hat er keine klare
Erinnerung mehr, was weiter geschieht.

Als er am nächsten Tag im Zug sitzt, der ihn
nach Norddeutschland bringt zurück nach
Hause? sicher nicht, das ist ihm inzwischen
glasklar, zurück in sein altes Leben? allein
beim Gedanken daran sträuben sich ihm die
Nackenhaare, nein, auch das fühlt er mit jeder
Pore seiner Haut und jedem zurückgelegten
Kilometer, eben jetzt ist er auf dem Weg in die
Fremde, in ein ihm fremdes Leben, und er sich
in seiner Erinnerung jenem Punkt nähert, wo
er von seinem Sitz hoch- und in diesen
kreiselnden Wirbel hineingezogen wird, fängt
alles in seinem Kopf an, sich zu drehen, zu
wirbeln und zu kreiseln und ein Dunst legt
sich ihm vor die Augen, der ihm die Sicht
trübt, als tauche er unter einem Wasser, das
aufgepeitscht vom Sturm unruhig hin und her
und auf und nieder wogt und rollt.

Nur blitzlichtartige Bilderfetzen jagen in
Sekundenschnelle durch seinen Kopf, platzen
schotenartig auf und verglimmen im Nu.
Frauen- und Männergesichter erregt, lachend,
laut wirbeln um ihn, er sieht Hände, die sich
fassen, Arme, die sich unterhaken, zappelnde,
hüpfende Beine, dazwischen immer wieder
Izar und Kima, mal die eine, mal die andere,

dicht an sich gepresst umfassend, dann lose an der Hand haltend mit weit ausgestreckten Armen, und die beiden Frauen, die einander eng umschlungen um ihn wirbeln. Er sieht sich gemeinsam mit den beiden Frauen ihr Zimmer betreten, einzig dieses Bild hat sich ihm deutlich eingebrannt, und dann beginnt schon wieder alles zu flimmern und zu zerfliessen. Bunte Tücher flattern an den Wänden, der Fussboden scheint ebenfalls übersät von buntem weichem Tuch, in das er wohlig sinkt und das seidig sich an ihn schmiegt. Am meisten aber verwirrt ihn der Duft, genauer gesagt, ein Sammelsurium unterschiedlichster Düfte, die betörend fremdartig riechen. Selbst jetzt hier im Zug kann er sich diese Mischung der Düfte genau wieder vergegenwärtigen, doch gleichzeitig verwischt dieser dominierende Geruchssinn alle anderen Sinne, die unscharf bleiben und an den Rändern flackern und so alles Gesehene, Gehörte und Gefühlte fraglich machen.

Nackte Haut schimmert über ihm, Kimas volle Brüste mit dem grossen braunen Hof schweben wie zwei orangebraune Vollmonde vorbei, er fühlt Izars Mädchenbrüste mit den harten Nippeln in seinen Händen, andere Hände streichen wundersam wissend die

Haut seines Körpers, fassen sein Geschlecht,
das aber womöglich doch nicht seines ist,
denn plötzlich fährt eine riesige prall gefüllte
Eichel samtweich über seine Wangen, wird
von einem Lippenpaar geküsst, das sich dann
zu ihm beugt, ihn küsst und sich dann weiter
einem anderen hinzugekommenen
Lippenpaar zuwendet, er fühlt eine biegsame
Zunge in seinen Mund eindringen, die lauter
verrücktes Zeugs mit seiner Zunge anstellt,
doch nein, er ist es, der mit seiner Zunge ein
blauscharz umrahmtes Lippenpaar öffnet,
worunter sich eine kleine violette harte
Knospe versteckt, die salzig ihm auf der
Zunge brennt, dabei wächst diese Knospe
doch aus seiner Mitte einem anderen Mund
oder Schoss zu, während gleichzeitig eine
wunderbar anschmiegsame Schlange in sein
tiefstes Inneres vordringt hin zu einer
unbekannten geheimen Stelle, die er noch nie
gefühlt hat, ja von deren Existenz er bis jetzt
keinen blassen Schimmer hatte, und deren
Berührung durch den Kopf der Schlange ihn
in eine derartige Ekstase versetzen, dass ihm
für einen Moment die Sinne schwinden.

Sicher wieder ist, dass er am Morgen in
seinem Zimmer in seinem Bett liegend mit
einer starken, fast schmerzhaften Erektion
aufgewacht ist und dass ihn immer noch,

wenn auch nur als zaghafter Hauch, jener
befremdlich betörende Duft umgibt. Obwohl
er das Gefühl hat, nicht sehr lange geschlafen
zu haben, fühlt er sich erstaunlich ausgeruht.
Trotzdem ist es schon später Morgen, und so
kommt es, dass er als Letzter vom Hof geht.
Andre selbst bringt ihn zum Bahnhof, wünscht
ihm alles Gute und versichert zum
hundertsten Mal, dass er jederzeit Arbeit und
Obdach bei ihnen fände.

25
Zwanghaft fast muss er sich wieder und
wieder jenem Moment nähern, wo sie zu dritt
das Zimmer der Frauen betreten, was genau
hat er da gesehen, was genau ist dort
geschehen? Aber je verzweifelter er versucht,
aus dem Gewirr flirrender Bilder eindeutige
Gewissheiten zu filtern, eine desto grössere
Leere macht sich in seinem Kopf breit. Nach
und nach beschleicht ihn eine dumpfe
Schwere, die von der Lendengegend
auszugehen scheint, seinen Rücken steif und
holzig macht und seine Beine in Klumpen aus
Blei verwandelt. Abwechselnd wird es ihm
heiss und kalt. Nur mit Mühe, als seien seine
Ohren mit Watte verstopft, hört er die
Durchsagen im Zug, Namen von Ortschaften,
die er keiner Landkarte zuordnen kann, sieht
draussen rasend schnell wechselnde

Landschaften vorbeiziehen, die keinerlei Bezug zu ihm haben.

Augenblicksweise fallen ihm die Augen zu und jedesmal dann steht er vor einer geschlossenen Tür, die – er kann sich noch so sehr anstrengen – einfach nicht zu öffnen ist, die er aber unbedingt öffnen muss, weil sich dahinter etwas befindet, das lebenswichtig für ihn ist. Wenigstens kann er bis Bremen durchfahren, wo er es gerade noch mit letzter Kraft zu einem Taxi schafft, das ihn im Handumdrehen, er weiss nicht recht, wie ihm geschieht, zu Petras Wohnung bringt. Hochfiebrig am ganzen Körper mal glühend, mal frostig zitternd nimmt er beim Eintreten, das seinem Eindruck nach mehr einem Balancieren auf einem Wackelpudding gleicht, aus den Augenwinkeln heraus Petras gewölbten Bauch wahr, bevor er ins bereitete Bett sinkt, das ihn mit weit ausgebreiteten Armen umfängt und federweich einhüllt, unbeschreiblich weich, viel zu weich für seinen bolzenharten Rücken, wieder und wieder geht ihm dieser eine Satz durch den Kopf, das ist doch viel zu weich für meinen alten harten Rücken.

Für mehr als zwei Wochen zwingt ihn die fiebrige Schwäche ins Bett und lässt ihm gerade noch so viel Kraft, dass er unter allergrösster Anstrengung selbständig zur Toilette gehen kann. Doch auch danach noch, als er endlich wieder ohne Schwindelanfälle aufstehen und umhergehen kann, kehrt die Kraft nur sehr langsam zurück. Das Kranksein verschafft ihm eine lange Verschnaufpause und genügend Zeit, eine Entscheidung zu treffen, deren Schwere ihn schier überfordert, ja vielleicht liegt in der Schwere dieser Entscheidung sogar der eigentliche Kern seiner lähmungsartigen Schwäche, fiebrigen Müdigkeit und Schlaffheit. Petra versorgt ihn mit dem Notwendigen, respektiert sein Ruhebedürfnis und überlässt ihn seinem in sich versunkenen Schweigen.

Er träumt viel, ohne sich beim Aufwachen an das Geringste erinnern zu können. Erst am Ende der zweiten Woche seines Ktrankseins erhascht er den Zipfel eines Traumstücks, bevor sich auch dieses verflüchtigt, das er dann zäh Zentimeter um Zentimeter entrollt. Wieder steht er vor der Tür, die er schon während der Zugfahrt so oft vergeblich versucht hat zu öffnen. Dieses Mal tritt er einen Schritt zurück, um sich die Umgebung links und rechts der Tür genauer zu besehen. Mit diesem Tritt zurück flammt von links her ein helles Licht auf, so dass er nun erkennt, dass er sich im Gang eines Neubaus, möglicherweise sogar eines Rohbaus, befindet. Das Licht scheint von draussen her durch ein Fenster zu kommen. Als er sich nun wieder der Tür zuwendet, sieht er mit Verwunderung, dass es da gar keine fertige Tür gibt, sondern bloss ein Holzrahmen, der aber verglast sein könnte, denn das einfallende Licht blendet ihn jetzt so stark, dass er das nicht klar unterscheiden kann. Vorsichtig und zögerlich streckt er seine linke Hand zum Rahmen, die mühelos durchgleitet. Im selben Augenblick ist er schon auf der anderen Seite, betritt aber keinen Raum, wie er erwartet hat, sondern tritt hinaus auf eine Terrasse, an die sich nahtlos eine unübersehbar grosse bunt blühende Sommerwiese anschliesst, durch die sich ein laut plätschernder Bach schlängelt.

Er folgt dem Lauf bachaufwärts, bis er zu einer mächtigen Trauerweide kommt, aus der der Bach zu entspringen scheint. Der Baum ist so hoch und so mit üppigem Grün bewachsen, dass er, als er in seinen Schatten tritt, das Gefühl hat, einen rundlichen Raum mit einer Kuppel zu betreten. Einige Schritte geht er in die Richtung, wo er die plätschernde Quelle des Bachs vermutet, doch der beschattete Raum weitet sich zu einem pavillonartigen Gewächshaus, in dessen Mitte ein Tisch steht,

der für mehrere Personen wie für ein
Kaffeekränzchen gedeckt ist. Seitlich davon
entdeckt er auf einem grossen Servierwagen
ein Kuchen-Buffett mit einer Reihe kunstvoll
gestalteter Obst- und Sahnekuchen. Im
Hintergrund ist gedämpftes Stimmengewirr
zu vernehmen und unvermittelt sagt eine
freundliche Frauenstimme hinter ihm,
Bedienen Sie sich doch bitte, alles ist frisch
und selbst gemacht und es ist genug da.

Doch statt sich ein Stück Kuchen zu nehmen,
drückt er die Klinke einer schmalen
metallenen Tür und betritt einen Raum, worin
ein solch diffuses Licht herrscht, dass er so gut
wie nichts sehen kann, aber das unbestimmte
Gefühl hat, der Raum sei leer. Am
entgegengesetzten Ende entdeckt er ein
Fenster, durch das die Sonne scheint und den
Raum schlagartig erhellt. Der Raum ist weder
besonders gross noch leer, sondern entpuppt
sich als einfaches Esszimmer, denn vor dem
Fenster steht ein Tisch umgeben von einer
Eckbank und zwei Stühlen und ist für zwei
Personen zum Abendessen gedeckt. Gerade
geht die Sonne unter und flutet das Zimmer
mit einem warmen rot goldenen Schimmer,
der ihm ein tiefes wohliges Glücksgefühl
einflösst. Auf dem Tisch stehen ein Korb mit
Brotscheiben, eine Karaffe Wasser und eine

Flasche Wein, dazu zwei weisse Suppenteller
mit Besteck und einige Gläser. Aus der Küche
nebenan dringen klappernde Kochgeräusche
und ein herzhaft würziger Duft nach
Kartoffel- oder Erbsensuppe, der ihm das
Wasser im Mund zusammenlaufen lässt und
zum Bewusstsein bringt, was für einen
gewaltigen Hunger er hat. Wieder sagt eine
Frauenstimme – und er ist sich sicher, dass es
sich um dieselbe wie im Pavillon handelt -,
nehmen Sie ruhig schon Platz und fühlen Sie
sich bitte ganz wie zuhause, das Essen ist
jeden Moment fertig.

Mit diesem Satz im Ohr und dem köstlichen
Suppenduft in der Nase erwacht er und zum
ersten Mal seit Beginn der Krankheit verspürt
er wirklich Hunger und isst sehr zur Freude
Petras mit gutem Appetit.

26
Und noch ein zweiter lebhafter Traum bleibt
in ihm haften, als er nahezu gesund sich
wieder im Vollbesitz seiner Kräfte fühlt. Es ist
ein warmer Sommertag und er ist mit seinem
Fahrrad in einem grossen Waldgebiet auf
einem holprigen Weg unterwegs. Dann sieht
er vor sich, wie von diesem Weg, auf dem es
sich recht mühsam fahren lässt, ein anderer
Weg abzweigt, der frisch mit weissem Kies

eingestreut und festgewalzt worden ist. In diesen Weg biegt er ab und nimmt sofort Fahrt auf, so leicht rollt jetzt das Fahrrad dahin. Unvermittelt geht der Weg steil nach unten, so dass er rasch an Geschwindigkeit gewinnt, die er in kindlicher Freude geniesst. Doch seine Freude währt nicht lange, denn plötzlich sieht er vor sich mitten im Weg eine etwa knöchelhohe Aufschüttung von Kies, die quer über die ganze Breite des Wegs verläuft, möglicherweise haben die Arbeiter, die den Weg angelegt haben, vergessen, diesen Kies einzuarbeiten. Sofort ist ihm klar, dass er mit viel zu hoher Geschwindigkeit auf diese Barriere zurast und nicht genügend Zeit haben wird, um abzubremsen, so dass er unvermeidlich die Kontrolle über das Fahrrad verlieren und stürzen wird. Doch beim Aufprall wird er nicht vom Fahrrad hart auf den Boden geschleudert, sondern wie ein eben vom Baum gefallenes Blatt nur in umgekehrter Richtung schwebt er langsam nach oben. Den schräg einfallenden Strahlen der Sonne nach zu urteilen, muss es später Nachmittag sein.

Das Licht dieser Strahlen funkelt bläulich silbern zwischen den Stämmen der Bäume und wirkt so kristallen scharf, dass er den Eindruck hat, jeden einzelnen Strahl losgelöst von den anderen gesondert für sich betrachten und verfolgen zu können, als zöge jeder von ihnen seine ganz eigene unverwechselbare Spur aus feinst geschliffenem Lichtstaub. Insekten, die diese Bahnen kreuzen, explodieren wie Feuerwerkskörper, Spinnennetze glühen in allen Farben des Regenbogens, Tannennadeln verwandeln sich in Rinnsale aus türkisfarbener Lava, Blätter werfen violette Feuerzungen aus. Versunken in die Betrachtung dieses farbenprächtigen Schauspiels schwebt er stetig weiter nach oben bis zu den Wipfeln der Bäume und noch darüber hinaus. Der Himmel über ihm spannt sich im makellosesten Tiefblau aus, das er je gesehen hat, von keinem Stäubchen getrübt, von keinem Windhaus gekräuselt, die Bäume unter ihm, überwiegend Tannen vermischt mit einigen Laubbäumen, prangen mit üppigen Kronen, Nadel und Blatt strotzend im fettesten Dunkelgrün.

Dann entdeckt er etwas seitlich einen Schatten, der nicht so recht ins Bild zu passen scheint. Zuerst glaubt er, es handle sich um eine tief eingeschnittene Schlucht, doch muss bald mit Schrecken feststellen, dass da ein grosses Stück Wald fehlt, als habe die riesige Pranke eines Untiers es einfach herausgerissen, und nicht nur dieses eine Stück, einmal darauf aufmerksam geworden, bemerkt er überall

verteilt solch kahle beschattete Stellen, als sei
die Haut des Waldes wie bei einem kranken
Tier von einer Art Räude befallen. Mit diesem
Schreck in den Gliedern schwebt er genauso
bedächtig wieder hinab wie er
hinaufgekommen ist mit dem einzigen
Unterschied, dass das Licht sich eingetrübt hat
und das Funkeln vollständig erloschen ist.
Etwa auf halbem Weg abwärts kommt ihm
von unten eine kleine Gestalt eben so langsam
schwebend entgegen, die er anfangs für ein
Kind hält, bei näherem Zusehen jedoch
freudig erstaunt als seinen Freund Unai
erkennt. Kleiner und zerbrechlicher zwar, als
er ihn in Erinnerung hat, doch besteht kein
Zweifel, es ist wirklich Unai, und David winkt
ihm freudestrahlend und ganz aufgeregt zu.

Auch Unai bemerkt ihn jetzt und winkt ebenso
lachend zurück. Immer einander zuwinkend
schweben sie langsam, als hingen sie an einem
unsichtbaren Aufzug, aneinander vorbei.
Merkwürdigerweise kann er werde sprechen
noch rufen, kein Laut will sich aus seiner
Kehle lösen, und Unai scheint es ebenso zu
ergehen. Beide gestikulieren also weiter
einander zu und David versteht die Zeichen
so, dass Unai ihm sagen möchte, es gehen ihm
gut, alles sei wunderbar in Ordnung, er fahre
nach oben, weil er da etwas sehr Wichtiges zu

erledigen habe. Plötzlich wird Unais Gestalt
von einem flammenden Sonnenstrahl gekreuzt
und im selben Moment fängt Unai an wie von
Innen heraus zu leuchten, als sei er eine Art
Glühwürmchen, und schiesst wie eine Rakete
mit rasender Geschwindigkeit nach oben
davon, wo sich rasch seine Spur in der tiefen
Bläue des Himmels verliert.

Beim Erwachen steht augenblicklich der Sinn
dieses Traumes für David fest: Unais Winken
ist die unmissverständliche Aufforderung, zu
ihm in den Wald, bei dem es sich um keinen
anderen als um die Vogesen handeln kann, zu
kommen. Die Entscheidung ist gefallen und
David atmet wie von einem Alp befreit
erleichtert durch.

27
Jetzt fühlt er sich so leicht und frei, dass er sich
am liebsten sofort auf der Stelle alles von der
Seele reden, alles Petra erzählen möchte, was
ihn wochenlang im Süden gehalten hat, die
weiche Milde des Klimas, die Natur mit den
weich geschwungenen Hügelketten, der
weiche Singsang der Sprache, das weiche
Leuchten des Lichts morgens und abends, der
weiche schmelzende Duft nach Kräutern, Käse
und Wein, die weiche ihn auf eine
unbeschreibliche Art berührende Herbe,

Klarheit und Kraft der drei baskischen
Gesichter.

Als endlich der Moment kommt und Petra
Zeit für ihn hat, bringt er freilich nur
stammelnd, stotternd, unbeholfen nach
Worten ringend einige nichtssagende
Allgemeinplätze heraus, genug immerhin,
dass Petra sich ein Bild von seiner Seelenlage
machen kann. Beim genaueren Nachfragen
nach seinem Verhältnis zu den beiden Frauen
kann David nicht verhindern, dass über und
über errötend er noch mehr ins Stottern gerät.
Also doch so, wie ich es mir gedacht hatte,
lacht sie frei heraus, dass da was läuft
zwischen euch, aber gleich mit beiden, alle
Achtung, du bist wirklich noch gut drauf für
dein Alter.

David winkt wieder mit einer Geste seiner
Hand ab, doch abrupt wird Petra ernst. So
sehr ich deinen Wunsch verstehe, aber wir
brauchen dich wirklich noch hier, und zwar
dringend. Petra schweigt kurz und deutet auf
ihren Bauch. Inzwischen weiss David, dass es
sich um Zwillinge handelt, Mädchen, und der
Geburtstermin Anfang März sein soll. Ich
werde mindestens für ein halbes Jahr
ausfallen. Zwillingsschwangerschaften sind
zudem unberechenbar und können früher als

geplant enden, so dass die Babys wochenlang intensiv betreut werden müssen. Dafür will ich genügend Zeit haben. Er nickt verständnisvoll, auch wenn er nicht so recht weiss, was das mit ihm zu tun hat. Und wir brauchen dich nötiger denn je hier bei der Arbeit. Bei dem jetzigen Projekt handelt es sich um eine kleine Öko-Siedlung, das ganz neue Herausforderungen für uns bringt, weil wir damit Neuland betreten, mit einem breiteren Angebot für individuelle Zusatzwünsche als bisher. Wie du genau weisst, bedeutet das aber, dass wir vermehrt konkrete individuelle Lösungen vor Ort suchen müssen, und dafür brauchen wir Jemand mit einem kundigen Blick und einer kundigen Hand, und dieser Jemand bist du, wir haben niemanden sonst. Also bitte, lass uns jetzt nicht im Stich.

Vor seinem geistigen Auge sieht David Unais Gesicht mit den grossen Kinderaugen aufsteigen, das ihn in freudiger Erwartung anlächelt, und gleichzeitig vor seinem realen Auge Petra vor sich sitzen, die ihn eindringlich bittend anschaut. Noch nie während ihrer jahrelangen Freundschaft hat sie ihn so eindringlich um etwas gebeten und David weiss in diesem Moment, dass er ihr diese Bitte unmöglich abschlagen kann, zu sehr steht er in ihrer Schuld. Wieder nickt er.

Und überhaupt, Petras Tonfall klingt schon wieder belustigt, kann ich mir dich als Holzfäller beim besten Willen nicht vorstellen, ausgerechnet du, der so genial Holz gestalten kann, willst brutal Baum um Baum umschlagen? Sie lächelt ihn schalkhaft an. David stutzt und muss sich innerlich eingestehen, dass an Petras Einwurf, auch wenn nicht ganz ernst gemeint, etwas dran ist, so habe ich das noch gar nicht gesehen, denkt er, sagt aber weiterhin nichts.

Nach einer Pause fährt Petra fort. Gib uns beiden einfach noch etwas Zeit, der Gedanke, dich zu verlieren, gefällt mir ganz und gar nicht, daran muss ich mich erst noch gewöhnen. Aber ich kenne dich gut genug, um zu wissen, dass ich dich hier nicht halten kann, das tut mir schon sehr in der Seele weh. Trotzdem werde ich immer auf deiner Seite sein, das verspreche ich dir. Sie sagt das mit Tränen in den Augen und auch David würgt es in der Kehle bei diesen Worten. Schnell geht sie darüber hinweg und fügt hinzu, in einem halben Jahr wenn mit den Babys alles gut geht, habe ich Zeit, dann kümmere ich mich um alles, dass wir das hier zu einem guten gemeinsamen Abschluss bringen können. Ich sorge dafür, dass du irgendwie weiter krankenversichert bist und wir dich irgendwie im Rentensystem halten können. Im Gegenzug haben wir Zeit, uns nach einem Ersatz für dich umzusehen, aber wie es so schön heisst: für das Echte gibt es keinen Ersatz.

Als Petra das mit der Krankenversicherung und der Rente erwähnt, zuckt David innerlich zusammen und muss sich mal wieder eingestehen, wie wenig Ahnung von den Realitäten des Lebens er eigentlich hat und wie aufgeschmissen er ohne Petras Hilfe wäre. Wobei er sich unter einem Leben in der Rente sowieso nichts vorstellen kann, was also soll er dann mit einer Rente? Er wird arbeiten, bis er nicht mehr kann, das ist sicher, und was danach kommt, verliert sich im Nebel, dafür existiert kein Bild in ihm. So nickt er nur wieder, erklärt sich mit allen Vorschlägen Petras einverstanden, bedingt sich einzig noch die Bitte aus, vor seinem endgültigen Ja noch mit Unai sprechen zu wollen. Petra zuckt erleichtert die Schultern und fast im selben Atemzug schon wählt er die Nummer, die Unai ihm auf jenen Zettel geschrieben hat. David kratzt sein bisschen Französisch zusammen, um sein Anliegen zu radebrechen, und nach einigem missverständlichen Hin und Her begreift er wenigstens so viel, dass er es abends so gegen sechs nochmals versuchen soll.

Wieder und wieder geht ihm Petras Satz durch den Sinn, dass er doch gar kein Holzfäller, sondern ein Holzgestalter sei, etwas trifft ihn da an einer wunden Stelle, an der er sich nicht vorbeimogeln, sondern der er sich so bewusst wie möglich stellen will. Es geht dabei auch um ein Kräftemessen, da macht er sich nichts vor, als ob er noch einmal den ganzen Kerl David herausfordern möchte, und dazu passt am besten diese schwere körperliche Arbeit im Wald, mehr noch aber zieht ihn das ungebundene Leben in der puren Natur magnetisch an, ohne zivilisatorischen Schnickschnack, ohne die Gewissheiten eines Dachsüberdemkopf, ohne die Bequemlichkeiten und Annehmlichkeiten der schicken modernen Technik, die doch immer eine zweite Haut um einen zieht, eine Haut aus Stein, Stahl, Glas. Vielleicht – doch dem nachzudenken, fühlt er sich ohne Petras Hilfe nicht gewachsen, und solches Denken gehört längst nicht mehr zu ihrem heutigen Lebensstil – ist es schlicht die Flucht vor dem Dostojewskischen Glaspalast, diesen Floh hat ihm nun einmal Petra damals ins Ohr gesetzt und den wird er seither nicht wieder los, da muss er nun mal durch.

Mehr Glück hat er beim zweiten Telefonat am Abend, recht schnell wird Unai an den Apparat gerufen, beseligend vertraut rieselt seine Stimme durch David, festigt ihn in der Gewissheit, dass sein Platz dort ist, wo diese Stimme erklingt. Auch Unai freut sich sichtlich über den Anruf, berichtet kurz und knapp und doch so elegant lässig von der Arbeit, woher nur nimmt dieser kleine Mann diese grosse Kraft, immer ist es diese Frage, die sich David stellt, genau diese Kraft, die so intensiv magisch strahlt, möchte auch ich haben, und redet dann weiter, dass er wie immer über Weihnachten zu Izar und Kima auf den Hof gehen werde, er diesmal aber leider nicht zurückkommen könne, weil sie einen grösseren Umbau am Haus vorhätten, wobei sie seine Mithilfe benötigten. Sie kämen dann im September wieder zur Weinernte. Verdutzt verschlägt es David für einen Moment die Sprache, dann berichtet er kurz von seiner Erkrankung, dass er erst jetzt wieder ganz gesund sei und sich deswegen nicht früher habe melden können, auch müsse er doch noch hier einige Arbeiten zuende führen, also käme er erst irgendwann im Sommer von hier weg und ginge dann direkt zu Tomas und Andre auf den Hof, dort gäbe es ja immer Arbeit für ihn. Unai lacht und beglückwünscht ihn zu seinen geschickten Händen, von denen

nicht nur die beiden Brüder voll des Lobes
seien, sondern er kenne da noch zwei Frauen,
doch weiter kommt er nicht, denn David fällt
ihm mit einer unwichtigen Frage mitten ins
Wort, zum Glück kann der Mann am anderen
Ende der Leitung nicht sehen, wie glühend rot
David geworden ist.

Erleichtert legt er den Hörer auf, offenbar ist
die Zeit für das Neue noch nicht gekommen,
Petra hat recht, besser ist es, die Zeit in Ruhe
die Dinge regeln zu lassen, die Zeit, die er
täglich mit seinem handwerklichen Können
zeigt, gibt Petra Zeit, sich hingebungsvoll den
beiden kommenden neuen Leben zu widmen
und sein altes Leben zuverlässig zu ordnen.

28
Wie von Petra befürchtet, endet ihre
Schwangerschaft tatsächlich früher, schon
Ende Januar kommen die beiden Mädchen,
Lea und Mia, zur Welt, glücklicherweise
gesund, nur etwas untergewichtig, und
müssen einige Wochen lang auf der
Frühchenstation des Krankenhauses versorgt
werden. Unermüdlich pendelt Petra zwischen
Wohnung und Krankenhaus hin und her und
hat für nichts anderes mehr Zeit. Als David
die Babys zwei Monate später kurz nach ihrer
Entlassung aus dem Krankenhaus das erste

Mal zu Gesicht bekommt, betrachtet er mit einer Mischung aus staunendem Erschrecken und bewunderndem Staunen die winzig kleinen Händchen, Fingerchen, Zehchen, Füsschen, Öhrchen, Näschen, zugleich so zerbrechlich zart und so lebendig stark, einzig die Augen – wenn sie die mal kurz öffnen, um dann sofort weiterzuschlafen – vollmondgross und nachtblau.

Wieder hat er gemeinsam mit anderen Arbeitskollegen in einer Ferienwohnung in der Nähe der Baustelle Quartier bezogen. Diese Baustelle liegt am Rand eines grossen Dorfes auf einer kleinen Erhebung mit Blick hinaus aufs Meer, idyllisch umfasst von Birken und Gebüsch. Gebaut wird eine kleine Siedlung aus etwa zwanzig Häusern, alle konzipiert nach ökologischen Massstäben, wovon seine Firma ein halbes Dutzend baut. Eigentlich mag er sonst die norddeutsche Weite nicht, aber dieser Fleck gefällt ihm wider Erwarten, nur der kräftige Wind stört ihn gelegentlich.

Was er schon angesichts Petras leidenschaftlichen Plädoyers für seine unabdingbare Mitarbeit gerade an diesem Projekt vermutet hat, hat sich als richtig erwiesen, auch Petra und Joachim bauen für sich selbst hier ein Haus, nach der Geburt der Zwillinge ist die Wohnung in der Stadt endgültig zu klein. Und wir wollen ja auch noch Platz für Gäste haben, hat Petra mit einem listig blinzelnden Seitenblick zu ihm hin hinzugefügt. Oft geht er in seiner freien Zeit am Meer spazieren, das Frühjahr ist mild und trocken, wenn auch für seinen Geschmack etwas zu windig. Bei Windstille, was selten genug der Fall ist, legt er sich für einige Minuten ins Gras und sieht den ziehenden weissen Wolkenballen zu.

Einmal nickt er sogar ein wenig ein und hat einen Traum, an den er sich beim Erwachen fast sofort in Gänze erinnert. Er geht am Meer spazieren mit einer Horde Kinder hinter sich, unter denen sich auch die Zwillinge befinden, alle Kinder sind etwa im Grundschulalter und schreien und quietschen fröhlich durcheinander. Plötzlich springt aus dem Wasser ein riesiger Wal hoch, als sei er ein fliegender Fisch, bloss dass er nicht zurück ins Wasser fällt, sondern immer weiter nach oben fliegt. Dann dreht er eine Kurve und steuert direkt David mit den Kindern an. David erschrickt, hat aber nicht den Eindruck, dass der Wal irgendeine bösartige Absicht hat, zudem hat er das deutliche Gefühl, dass er es auf ihn und nicht auf die Kinder abgesehen hat. Beim Näherkommen stellt David erleichtert fest, dass das gar kein Wal, sondern ein Zeppelin ist, der gerade auf der Wiese zur Landung ansetzt.

Vor Begeisterung johlend stürmen die Kinder und mit ihnen David zum Zeppelin. Über eine niedrige breite Holztreppe ähnlich den auf dem Rummelplatz gebräuchlichen gelangen sie ins Innere. Nun steht David allein im Foyer eines öffentlichen Gebäudes, einer Bücherei oder eines Gemeindezentrums vielleicht, vor einer grosszügig angelegten Treppe aus wunderschönem rötlichen Holz, die sich in offener Führung über zwei Stockwerke erstreckt. Genau eine solche Treppe, nur viel kleiner, hat er eben in Petras und Joachims neuem Haus eingebaut. Auf dieser Treppe geht er hinauf bis ganz noch oben zum Dachgeschoss. Dort gelangt er durch eine sehr schmale Tür, durch die er sich richtiggehend zwängen muss, in einen saalartigen Raum, der vollgestopft ist mit alten abgenutzten Möbeln, die auch vom Sperrmüll sein könnten.

Offensichtlich handelt es sich um einen Jugendraum, und tatsächlich steht in der Mitte eine Gruppe Jugendlicher, Mädchen und Jungs gemischt, um einen Mischpult mit einer überdimensionalen Tonbandmaschine herum, wohl eine Musikgruppe, die sich ein Musikstück vom Tonband anhört. Wieder hat David das Gefühl, das die Zwillinge auch dabei sind, diesmal im Teenageralter. Ein Junge mit einem braunen Lockenkopf und einem Drei-Tage-Bart sitzt am Mischpult und bedient die Tonbandmaschine. Als er David sieht, winkt er ihn heran und bedeutet ihm, er solle zu einem Keyboard gehen, das neben dem Mischpult steht, und darauf spielen. Zögerlich nimmt David Platz, da er ja keine Ahnung vom Klavierspielen hat und nicht so recht weiss, was er nun tun soll. Doch ungeduldig geben ihm die Jugendlichen zu verstehen, er solle endlich anfangen zu spielen. Wieder sehr zögerlich und unsicher schlägt er mal die eine mal die andere Taste an, was mit zustimmendem Kopfnicken kommentiert wird. Davon ermutigt greift er jetzt beherzter in die Tasten und erntet weiter zustimmendes Nicken. Anscheinend nehmen die Jugendlichen das, was er spielt, mit dem Tonband auf und fügen das einem schon bestehenden Musikstück bei, das er aber nicht hören kann, auch kann er nicht hören, was er selbst spielt. Dazu wiegen sie sich im Takt der für ihn unhörbaren Musik und trommeln mit den Fingern den Rhythmus dazu. Schliesslich ist die Aufnahme fertig und alle applaudieren ihm zufrieden mit dem Ergebnis. In diesen

Applaus hinein mischt sich beim Aufwachen
die ankommende Brandung.

29

In dieses ereignisreiche Frühjahr fällt ein
ungewohnter Anruf Kathrins. Ihre
gemeinsamen Telefonate beschränken sich
gemeinhin auf die Weihnachtszeit, wenn
David bei Petras Familie zu Besuch ist. Einmal
im Jahr tauschen sie die notwendigen
Neuigkeiten aus, Kathrin berichtet auch von
Silvia und Bernd, seit der Trennung hat David
mit keinem seiner beiden Kinder mehr
gesprochen. Was einmal ihr gemeinsames
Leben gewesen war, ihre Familie, existiert in
seiner inneren Landkarte als unbestimmter in
der Erinnerung noch verschwommen
vorhandener, im Hier und Heute aber blinder
Fleck, zu dem er keinen Zugang mehr finden
will.

Silvia heiratet im Mai und das wäre doch ein
guter Anlass, dass wir uns alle einmal
wiedersehen könnten, hört er Kathrin sagen.
Im ersten Moment schafft er es nicht, zwischen
beiden Wörtern Silvia heiratet und seiner
Tochter Silvia irgendeine Verbindung
herzustellen, in seiner Erinnerung taucht
Silvia als Kind und Jugendliche auf, eine junge
erwachsene Frau namens Silvia, die heiraten

möchte, kennt er nicht. Entsprechend verunsichert mürrisch fällt seine Antwort aus, doch Kathrin beharrt, Überleg es dir bitte, wir alle würden uns wirklich sehr freuen.

Wieder ist es Petra, die die Dinge für ihn zurechtzurrt und dem blinden Fleck in seiner Seele Leben einhaucht. Selbstverständlich gehst du dahin, Mensch David besinn dich, nicht aus idiotischer moralischer Verpflichtung, darum geht es doch dar nicht, sondern ganz einfach weil sie deine Tochter ist, und ich erinnere mich gut, wie begeistert du damals, Petra schaut ihm jetzt direkt in die Augen, von deinen Kindern erzählt hast, und du sie heute und hier noch genauso liebst, Kathrin, eure Trennung, der Osten, die heutigen Zeiten, haben rein gar nichts damit zu tun, bestenfalls als blosse faule Ausreden, aber das bist du nicht, David, da kenne ich dich besser. Einmal mehr fügt er sich Petras leidenschaftlich klugem Blick, den er nur staunend bewundern kann. Als er Kathrin zurückruft, um seine Teilnahme zuzusagen, befällt ihn eine kindlich freudige Erregung bei der Vorstellung, wie es wohl sein wird, alle nach so langer Zeit wiederzusehen.

Die Wochen bis dahin sind randvoll gefüllt mit Arbeit, durch die vielen Extrawünsche ist sein ganzes Können und Improvisationstalent gefordert, jetzt besonders, seit er weiss, dass ein Haus für Petra und Joachim bestimmt ist. Diesem Haus widmet er sich mit hingebungsvoller Aufmerksamkeit, jedes Detail soll nach Aussen Ausdruck seiner Dankbarkeit sein für das, was die beiden für ihn getan haben, und nach Innen Zeichen seiner Liebe zu Petra. Fast täglich trifft er Joachim auf der Baustelle, sie planen zusätzlich einen Anbau mit Wintergarten und einen aufwändig gestalteten Dachausbau mit Bad und Küche, vorerst gedacht zur Nutzung als Büro, später einmal als Wohnraum der Kinder. Da die Grundfläche vorgegeben ist, braucht es viel Fingerspitzengefühl und findige Knobelei, um den Raum bestmöglich zu gestalten.

Einmal nur an einem sonnigen April-Nachmittag kommt Petra mit dem kleinen David, um sich selbst ein Bild über die Arbeiten vor Ort zu machen. Um die Zwillinge kümmert sich die Hebamme, die ihr weiterhin mehrmals pro Woche bei der Pflege und Versorgung hilft. Bei dem schönen Wetter drängt der Junge hinüber zum Strand und schliesslich geben sie seinem Wunsch nach und nehmen sich eine Stunde frei. Kaum am Strand, zieht er sich schon die Schuhe aus und rennt barfuss los am ganzen Körper strahlend vor Begeisterung. Auch Petra folgt seinem Beispiel und zieht sich die Schuhe aus und sehr zögerlich auch David, zu blöd käme er sich jetzt als einziger mit Schuhen vor.

Sie eilen dem Jungen nach, der weit vorausgerannt ist, dann stehenbleibt und ganz aufgeregt sie herbeiwinkt. Halb vergraben im Sand hat er ein verrostetes Teil entdeckt, das er unbedingt ausbuddeln will. Angesichts des des stark verunreinigten und gerosteten Materials, das Petra nicht geheuer ist, will sie ihm das verbieten, doch David fasziniert von dem merkwürdigen Fund kniet schon nieder zu dem Jungen und hilft ihm beim Ausgraben. Zum Vorschein kommt ein völlig durchgerostetes Fahrgestell mit vier Rädern, vielleicht eine Art Leiterwagen, meint David.

Über und über mit Sand, Algen und Muscheln behangen wirkt das Gestell wie aus einer fremdartigen Welt jenseits der irdischen gefallen. Ganz Feuer und Flamme beginnt der kleine David emsig hin und her wuselnd alle möglichen Fundstücke, die am Strand herumliegen, Holzstücke, Plastikteile, Seile, Muschelschalen, aus der Umgebung heranzuschleppen und im und um das verrostete Ding anzubauen. Angesteckt von

seinem Feuereifer helfen bald auch Petra und
David, sich stets den Anweisungen des
kleinen Baumeisters fügend, der genau zu
wissen scheint, was wo und wie hinpasst. Wie
im Flug vergeht der Nachmittag mit Rennen,
Buddeln, Schleppen, Bauen, und so
verwandelt sich das ausserirdische
unbekannte Flugobjekt allmählich in ein
vorsintflutliches Reptil, das vor Jahrmillionen
hier gestrandet jeden Moment wieder zum
Leben erwacht, den vorgestreckten langen
Hals reckt, ein paar Mal mit den Flügeln
schlägt, bevor es sich in die Lüfte erhebt,
probeweise einen Kreis über ihnen dreht, um
dann in der untergehenden Sonne zu
verschwinden.

Erst die mit der tiefer stehenden Sonne
einhergehende Kühle bringt die Drei zurück in
die Gegenwart und Petra bedauert sehr,
keinen Fotoapparat dabei zu haben. Als David
nach der Verabschiedung noch einmal kurz
zur Baustelle zurückkehrt, um noch einige
Arbeiten zu kontrollieren, geht gerade die
Sonne unter und lässt das, was einmal der
Wintergarten werden soll, in einem
Flammenmeer erglühen. Nur für einen
Augenblick lässt er sich auf einem
herumliegenden Karton nieder, um das
farbenprächtige Schauspiel zu geniessen, nickt

aber, kaum dass er sitzt, ein und sieht sich
wieder am Strand, wo Izar und Kima, weiss
der Teufel, wo die beiden Frauen so plötzlich
herkommen, lachend und ebenfalls barfüssig
Drachen steigen lassen, bunt leuchtende
chinesische mit einem sehr langen Schwanz,
die in mächtigen Auf- und
Abwärtsbewegungen durch die Lüfte
rauschen.

Beide tragen bauschig gewölbte Röcke in
kräftigen Farben und wirken in ihrem
Aussehen dunkler, afrikanischer. David rennt
zu ihnen, schafft es aber einfach nicht, sie zu
erreichen, sobald er vermeintlich bei ihnen ist,
tauchen sie an anderer gänzlich unvermuteter
Stelle wieder auf. Endlich bleiben sie doch
stehen, so dass er sie erreichen kann, und
kaum da, drücken sie ihm die Drachen in die
Hände, hüpfen lachend davon, wobei sich ihre
Röcke immer mehr im Wind bauschen und
ihre nackten Hintern entblössen, bis ein
Windstoss sie erfasst und mit sich fortweht.
Unterdessen hat er alle Hände voll zu tun, die
beiden Drachen unter Kontrolle zu halten, die
sich immer wilder gebärden, immer wildere
Sprünge machen, dass sie ihn gar mit sich
hochreissen, so dass bald seine Kräfte
erlahmen, er sie loslassen muss und hart in
den Sand fällt. Er schreckt aus seinem

Sekundenschlaf auf, noch immer umhüllt vom Glutball der sinkenden Sonne.

Ein paar Tage später kommt Petra wieder zusammen mit ihrem Sohn vorbei, um David abzuholen zum Einkaufen, Du brauchst ja noch was Schickes zum Fest. Daran hat er auch schon gedacht, aber ohne eine klare Vorstellung, was er Passendes anziehen könnte, den Gedanken ständig verdrängt. Gemeinsam mit Petra geht alles leicht, auch das Wetter macht mit, es ist frühlingshaft mild, und so kann sie ihn schnell von einer sommerlich hellblauen Hose und einem luftig leichten Seidenjackett, das freilich viel mehr kostet als er eigentlich ausgeben wollte, überzeugen, ich glaube, das ist das teuerste Kleidungsstück, das ich mir je in meinem Leben geleistet habe, meint er verlegen grinsend zu Petra, die nur etwas von, es ist allemal den Mann wert, den es kleidet, murmelt. Nur dass es ein weisses Hemd sein muss, da bleibt er unnachgiebig, mag sie noch so sehr von den pfiffigen Hemden in den eleganten Farben schwärmen.

Viel Zeit nimmt er sich beim Kauf der Schuhe, die müssen von bester Qualität sein und massgeschneidert sitzen, Geld darf da keine Rolle spielen, das hat er gelernt. Nach langem

Probieren findet er welche, die elegant genug fürs Fest und zugleich robust genug für einen guten Marsch sind, doch diesen Gedanken behält er lieber für sich. Nebenbei kauft Petra auch noch für sich und ihren Sohn Schuhe und macht zum Schluss den Vorschlag, auch wenn noch ein bisschen Zeit bis dahin ist, sie könnten doch jetzt schon einen Schulranzen für den Jungen kaufen, was natürlich eine Aufgabe für seinen Paten ist, das übernehme ich, nickt David dazu. Dieser Kauf ist schnell erledigt, zielsicher steuert der kleine David seinen Ranzen in der bunten Menge der anderen an, die für David alle gleich aussehen. Wenn doch jede Entscheidung im Leben so klar und eindeutig wäre, denkt er bewundernd. Anfang August wird die Einschulung sein, bis dahin hat Petra ihn verpflichtet, im neuen Wohnort, sofern alles mit dem Umzug ins neue Haus Ende Juli klappt. Keine Sorge, wird schon, wir sind genau im Plan. Petra lacht, dank deiner Hilfe, was täten wir bloss ohne dich. Und was ich ohne dich, denkt David, sagt es aber nicht.

30
Umsichtig wie stets hat Kathrin alles für das Hochzeitsfest organisiert. Ihre Firma, in der inzwischen auch Silvia und ihr künftiger Mann Hartmut mitarbeiten, baut und verkauft

Ferienimmobilien an der Ostsee, sie kennt die touristische Infrastruktur gut und hat ein passendes Hotel gemietet, wo alle Gäste unterkommen und sie ganz ungestört für sich feiern können. Für Davids Geschmack ist das Hotel zu exklusiv und überkandidelt, aber das ist nun mal Kathrins Art. Er hat sich am Bahnhof ein Taxi genommen und während der paar Minuten Fahrt zum Hotel ist seine Aufregung deutlich gestiegen, die schlagartig in Enttäuschung kippt, als er in der Eingangshalle auf Kathrin trifft. Immer wieder hat er sich diese Szene vorgestellt, aber in keiner Variante ist das vorgekommen, was jetzt geschieht, dass er sie gar nicht erkennt. Fassungslos starrt er eine Frau an, die klein und rundlich auf ihn zugewuselt kommt und ihn überschwenglich begrüsst.

Kein Zweifel, es ist ihre Stimme, die kennt er, aber der Rest? Wo ist die Frau, deren wiegender Gang ihn in flammende Erregung versetzen konnte? Sicher, ihre Hüfte ist immer schon deutlich ausgeprägt gewesen, aber jetzt? Jetzt scheint es, als habe sich diese Hüfte wie verselbständigt und sich der Schenkel und des Oberkörpers, schlicht der ganzen Frau bemächtigt, was gleichzeitig irgendwie eine Schrumpfung des Körpers nach sich zog. Auch das Gesicht wirkt fremdartig mit der starken Bräunung und einer grossen goldenen Brille, hinter deren stark getönten Gläsern die Augen im Ungewissen bleiben, dazu trägt sie die Haare sehr kurz geschnitten mit kleinen blonden Einschnipseln, die unruhig im Licht flackern. Nie, muss er sich wieder und wieder eingestehen, hätte er in dieser Frau Kathrin erkannt, wenn sie sich zufällig irgendwo über den Weg gelaufen wären.

Und dasselbe passiert ihm auch mit Silvia. Aus dem burschikosen, sportlichen Mädchen ist eine stämmige Geschäftsfrau geworden, die in Mimik, Gestik und, das erstaunt ihn am allermeisten, weil ihm das früher gar nie aufgefallen ist, im Klang der Stimme stark ihrer Mutter ähnelt. Entsprechend kühl fällt die Begrüssung aus, offensichtlich kann auch Silvia mit dem Mann, der da als Vater vor ihr steht, nichts Rechtes anfangen. Auf Anhieb gut gefällt ihm Silvias Mann Hartmut, ein blonder Junge mit blauen Augen und einem hellen offenen Gesicht, der zwar zuerst etwas unbeholfen und träge, beinahe plump wirkt, schnell aber durch seine wohltuende warmherzige Ausstrahlung gewinnt. Und das Wichtigste überhaupt bei der ganzen Sache, das spürt David deutlich: er ist mit ganzem Herzen Silvia zugetan und sie ihm, keine

Frage, die Beiden verstehen sich und können als Paar.

Eine richtige Freude bereitet ihm das Wiedersehen mit seinem Sohn Bernd. Ihn wenigstens erkennt er sofort. Noch einige Zentimeter grösser als er, etwas schlaksig, doch mit kräftigen Schultern, verblüfft David die unverkennbare Ähnlichkeit. Als sie sich zögernd die Hände reichen, genügt ein kurzer gegenseitiger Blick in die Augen, dass diese für einen Moment feuchter glänzen und sie sich innig umarmen. Allein dafür hat sich die Fahrt gelohnt, auch wenn alles andere eher enttäuschend wirkt. Den ganzen Abend über ertappt sich David immer wieder dabei, wie er heimlich im Gesicht seines Sohnes liest, an wie vielen Details er sich selbst darin zu erkennen glaubt, an den vollen Lippen, der breiten Nase, den kräftigen Wangenknochen, den dunklen warmen Augen, dem verlegenen Zupfen am Ohrläppchen oder dem nachdenklichen Streichen des Nasenrückens. Bernd ist Ingenieur mit dem Schwerpunkt regenerierbare Energien, momentan arbeitet er bei einer Firma für Solarenergie, langfristig sieht er sich aber eher im Windenergie-Bereich, das sei technisch die spannendere Sache mit den grösseren Herausforderungen.

Ausser zu Bernd findet David keinen rechten
Bezug zu den anderen Gästen. Kathrin hat das
Ganze gross aufgezogen, fast siebzig Personen
sind eingeladen, die meisten wohl aus dem
Umfeld der Firma. Hartmuts Eltern leben
nicht mehr, er hat noch einen wesentlich
älteren Bruder, der mit seiner Familie da ist,
sowie eine ältere Schwester, die erst zum
Abendessen erwartet wird. Da im Saal nicht
geraucht werden soll, geht David
zwischendurch mehrmals nach draussen, um
in Ruhe eine Zigarette zu rauchen und ein
Glas Wodka zu trinken. Kurz vor dem
Abendessen, als er noch einmal raus geht,
fährt gerade ein Taxi vor, aus dem eine Frau
steigt, deren starke Präsenz schlagartig den
ganzen Platz füllt. Mit ihrem denkbar knappen
schwarzen Rock und einer kastanienbraun
gefärbten wilden Lockenmähne zieht sie sofort
die Blicke der Männer auf sich, was sie nicht
im Geringsten interessiert. Unter einem nicht
abreissen wollenden Redestrom bezahlt sie
den Fahrer und hievt alle seine Hilfeversuche
ignorierend einen riesigen in buntes
Cellophan verpackten Geschenkkorb aus dem
Auto. Diesen Geschenkkorb wie eine Trophäe
vor sich hertragend betritt sie den Saal und
stürmt ohne nach rechts oder links zu schauen
direkt auf das Brautpaar los, dem sie mit einer
voluminösen Ansprache, die locker alle

anderen Stimmen im Saal übertönt, den
Geschenkkorb in grosser Geste überreicht. Das
also ist Hartmuts Schwester Nele, deren
dunkle volle Stimme von nun an für den Rest
des Abends überall im Saal zu hören sein
wird.

Als nach dem Essen eine Musikgruppe zu
spielen beginnt, ist es Nele, der es innerhalb
von wenigen Minuten gelingt, dass sich
ausnahmslos alle Gäste auf der Tanzfläche
befinden und sich von ihrem ausgelassenen
Temperament anstecken lassen, was die
Stimmung im Saal deutlich hebt. Sie auch
organisiert die auf solchen Festen üblichen
Tanzspiele und zum Schluss die obligatorische
Polonaise. Zweimal trifft David sie draussen
beim Rauchen, und als sie sein Wodkaglas
entdeckt, muss sie sich auch sofort eins holen,
Wodka, wenn er wirklich echt und sauber ist
und kein Billigfusel, ist das Beste, da
bekommst du garantiert keinen Schädel, aber
von Whiskey, mein Gott, alle wollen jetzt nur
noch Whiskey, labern Schwachsinn von wo
wie lang gereift und so, reiner Hirnschiss, und
schmeckt doch nur nach Kacke, reine echte
Kacke, bleib mir bloss weg mit dem Zeug, ich
kenn mich da aus, obwohl es gibt schon auch
guten, aber ganz wenig und, sie macht eine
entsprechende Geste mit der Hand, da zahlst

du gutes Geld, richtig schweineteuer. Also bei mir, in meiner Kneipe, ist ja nur so eine kleine Kneipe für mich und meine Kumpels, aber was solls, für mich reichts, mehr brauch ich nicht zum Leben, musste mal vorbeikommen, wird dir gefallen, bei mir gibts von allem nur das Beste, das wissen alle, bei Nele wirst du nicht übern Tisch gezogen, da ist alles reell, Wodka, Whisky, Bier, alles nur vom Feinsten, glaub mir, ich kenn mich aus, mir kann keiner was vormachen, billig gibts bei mir nicht. Und sie zählt Markennamen auf, von denen David noch nie etwas gehört hat. Stundenlang könnte sie so weiterreden ohne Punkt und Komma, bis ihm der Kopf schwirrt, aber ihre tiefe rauchige Stimme hat was, das muss er zugeben.

Weit nach Mitternacht leert sich der Saal, Nele macht sich auf den Weg zu ihrem Quartier, sie ist die Einzige, die nicht im Hotel übernachtet, der Schuppen ist viel zu schickimicki für meinen Geschmack, nein ich habe da eine schnucklige Ferienwohnung gefunden, zehnmal gemütlicher als diese blöden Hotelzimmer, und als sie draussen noch eine rauchen und ein letztes Glas Wodka trinken, fragt sie David unvermittelt, was ist, kommste mit? Und da er, überrumpelt von so viel Direktheit, nicht so schnell antworten kann,

schiebt sie beruhigend ein keine Sorge, nichts
Ernstes, nur ein kleiner Spass heut nacht zu
zweit, nach, hakt sich bei ihm ein und zieht
mit ihm los.

Das Wetter ist den ganzen Tag über
launenhaft gewesen, mal Wolken, mal Sonne,
mal ein Regenguss, erst am Nachmittag hat
sich die Sonne endgültig durchgesetzt, und
jetzt funkelt ein klarer sternenübersäter
Nachthimmel über ihnen. Nele erzählt
begeistert von den Sternen, welche Sternbilder
sie erkennt, oder vielleicht doch nicht, wieder
von ihrer Kneipe und den Kumpels, und dann
noch von ihrem Sohn, ihrem einzigen
wirklichen und wahrhaftigen Glücksstern,
doch damals mit sechzehn, weisst du, das war
nicht immer einfach, aber ich habs nie bereut,
und wir habens geschafft und habens allen
gezeigt, und jetzt ist er selbst schon so ein
grosser Junge und macht seinen Weg, muss ja
so sein, aber wir halten zusammen, was auch
geschieht, wie Pech und Schwefel.

31
David lässt sie reden, hört nur mit halbem Ohr
zu, hingerissen von diesem endlosen
kratzbürstigen Redestrom neben ihm und dem
unendlich sich ausbreitenden
Sternengeflimmer über ihm. Neles sinnlich

gurrende Stimme und das silbrig flirrende
Licht tausender tanzender Sterne sickern
porentief unter die Haut, richten Härchen um
Härchen auf, lassen genusssvolle Schauder
wellenartig ihn durchrieseln. Mein Kind ist
mein Lebensglück, mein Glücksstern, hat Nele
eben gesagt. Und was ist sein Glücksstern?

Bernd heute wiedergesehen zu haben, hat ihn
tief berührt und, ja, beglückt, und jedes Mal,
wenn er ihn angeschaut hat, hat der Junge ihn
richtiggehend stolz gemacht, all das hat das
eher missglückte Wiedersehen mit Kathrin
und Silvia mehr als ausgeglichen. Obwohl im
Laufe des Abends ihre anfänglich kühle
Begegnung dann doch noch offener und
freundlicher geworden ist, sicher auch dank
Hartmuts unkomplizierter Art. Einmal sogar
hat David mit seiner Tochter getanzt und sie
dabei kurz umarmt. Aber dass seine Kinder
sein Lebensglück seien, kann er so nicht sagen.
Er beneidet Nele um diese Eindeutigkeit, dass
das so unumstösslich gewiss ist in ihrem
Leben, dieses Glück.

Als wolle er etwas von diesem Glück abhaben,
drückt er sich näher an sie heran, die gern
seinem Körper mit ihrer Wärme
entgegenkommt. Sie schauen sich einen
Moment lang an und finden sich in einem

langen Kuss vereint. Im Gegensatz zu ihrem nicht enden wollenden Zungenschlag steht jetzt ihre Zunge vollkommen still, als wolle sie zuerst jede Pore jener anderen fremden Zunge Millimeter für Millimeter erspüren und begrüssen. Ganz selbstverständlich passt sich Davids Zunge dieser Form des Begrüssens und Kennenlernens an, wie es sich für einen höflichen Gast gehört. Seltsamerweise hat dieses stille Beieinanderliegen der Zungen eine ungeheuer erregende Wirkung auf ihn, diese Erregung steigert sich so sehr, dass ein starkes inneres Beben und zitterndes Verlangen ihn ergreift und er am liebsten Neles kurzen Rock über den Hintern schieben und den Slip zur Seite zurren möchte, um sie auf der Stelle zu nehmen, mit einem einzigen harten Stoss in sie einzudringen, in ihre Wärme, ihre Feuchte, ihre weiblichste Mitte.

Er fühlt instinktartig, würde er das jetzt tun, wäre Nele im selben Augenblick fertig mit ihm, bevor es richtig begonnen hätte, ihr Begehren folgt einer gänzlich anderen Spielregel. So ignoriert er jenen urmännlichen Impuls und überlässt sich vertrauensvoll dem unbekannten, neu ausgewürfelten Spiel der Zungen, die sich nun mal entschieden haben, die Sache langsam anzugehen. Er kann sich nicht besinnen, wann er das letzte Mal eine

Frau so intensiv glühend geküsst hat, ja ob überhaupt jemals in seinem Leben. Mit der Entscheidung, nicht seiner drängenden männlichen Härte nachzugeben, sondern sich völlig dem geschmeidigen Tanz der Zungen anheimzugeben, öffnet sich ihm eine bisher unbekannt Variante des Liebesspiels, dessen Regeln von niemand im vorhinein festgelegt sind, sondern die sich spontan Zug um Zug entfalten , soviel hat er schon verstanden.

Vereint in langen Küssen, zwischendurch nach Atem ringend und weiter Richtung Neles Ferienwohnung gehend, nähern sie sich einem Punkt, wo das innere Zittern und Beben in ihnen so stark wird und die vom Tanz der Zungen erzeugte Lust ihre Körper so elektrisiert, dass buchstäblich jede Pore, jede Zelle, jedes Atom lodernd fordert, endlich auch am Spiel beteiligt zu werden. Zugleich zögern beide diesen Punkt weiter hinaus, weil auch das zum Spiel gehört, weil der Tanz der Zungen so glühend beseligend ist, dass ungewiss bleiben muss, ob das, was danach kommt, wirklich eine Steigerung ihrer gemeinsamen Ekstase oder eher eine enttäuschende Verflachung mit sich brächte. Und wenn sie jetzt, hier vor Neles Wohnungstür, das Spiel beendeten, den funkelnden Tanz der Zungen zur

wohltuenden Ruhe kommen liessen, wäre
auch dies eine vollkommene Variante des
Spiels und würde unvergessen weiter und
weiter in ihren Seelen fort brennen. Dies ist
das Risiko, das jetzt auf dem Spiel steht, und
ihre Körper entscheiden sich für das Risiko,
für die Fortsetzung des Spiels.

Sie betreten die kleine Wohnung und
mehrmals kräftig durchatmend beginnt Nele
damit, sich in aller Seelenruhe auszuziehen
und bedeutet David, es ihr gleich zu tun.
Hand in Hand und nackt gehen sie zur
Dusche, Ich möchte, dass wir gut riechen, dass
sie gut riecht, damit deutet sie auf ihr
Geschlecht, dass er gut riecht, damit deutet sie
auf sein Geschlecht, das weiterhin sich hart
nach oben wölbt, so pulsierend angespannt,
dass es eng seinem Bauch anliegt und die
Spitze fast den Nabel berührt. Und lass uns
viel Zeit, ich brauche viel Zeit, sie, wieder
deutet sie nach unten, braucht viel Zeit, meine
kleine Süsse ist ein echtes Mimöschen, ich
kann dir sagen, extrem empfindlich, schnell
beleidigt und sehr wählerisch. Einmal muasste
ich sogar von einem Mann wieder herunter,
weil sie seinen Schwanz partout nicht in sich
rein lassen wollte, obwohl mir der Mann und
sein Schwanz gefallen haben, aber da war
nichts zu machen, natürlich war der

stinkesauer und nannte mich eine perverse
Ziege, ist auch schwer zu verstehen, auch ich
habe lange gebraucht, das zu verstehen, und
ich kann dir sagen, reichlich viel Mist gebaut
und jede Menge Sachen gemacht, die für mich
und für sie nicht okay waren.

Nele dreht den Duschhahn auf und damit
beginnt ein neues Spiel, was vergangen ist, ist
vergangen, existiert jetzt nicht, hat hier keine
Bedeutung. Die Zungen machen nahtlos da
weiter, wo sie bei Betreten der Wohnung
unterbrochen wurden, mit dem Unterschied,
dass jetzt das Spielfeld unendlich erweitert ist
und die Spielmöglichkeiten unbegrenzt
vervielfacht sind, wo jetzt endlich alle Poren,
Zellen, Atome sich am Tanz beteiligen und
lustvoll austoben können. Neles Zunge ist eine
neugierig forschende Schlange, die gerne in
jede noch so unscheinbare und verborgene
Höhlung schlüpft und genüsslich Pore für
Pore liebkost, nur die abstehenden und
hängenden Teile seines Körpers spart sie
sorgsam aus. Anders Davids Zunge, die
eidechsenhaft hart und schnell vor und zurück
schnellt, rollt und züngelt, zitternd, bebend,
vibrierend vor Kraft und Energie. Und anders
als Nele zieht es seine Zunge wie magnetisch
zu ihren schön geformten, nahezu kreisrunden
Brüsten mit den kleinen braunen, sehr harten

und doch so empfindsamen Knospen, die seiner Zunge genau zeigen, was sie mögen und was nicht.

Ihrem Geschlecht nähert er sich von ganz unten, von den Zehen an aufwärts, ebenfalls sehr langsam und genüsslich Pore um Pore kosend, keine Stelle auslassend. Ihre Süsse liegt behaglich eingebettet in einem Kranz samtweicher Härchen, die je nach Lichteinfall mal mehr ins Bräunliche, mal mehr ins Rötliche changieren, was David den Eindruck von etwas Lebendigem vermittelt, als räkle sich ein Pelztierchen gemächlich in der Sonne wie ein Kreisel sich stets um die eigene Achse drehend. Jede Berührung seiner Zunge quittiert sie sofort wie eine auf dem Grunde des Meers halb im Sand verborgene Muschel mit Öffnung oder Schliessung. Bei Öffnung zeigt sie zwei kleine perlmuttartig glänzende rosa Lippen und eine winzig kleine, fast unsichtbare Perle, die noch schwerer hervorzulocken ist aus ihrer seidig zarten Hülle. Je mehr er sich auf dieses schwer enträtselbare Spiel einlässt und sich ihren Regeln unterwirft, ein desto deutlich spürbares Vibrieren breitet sich in Neles Körper aus, bis sie ihn zu sich hochreisst und im Gegenzug sein hart ragendes Geschlecht mit der so samtig weichen Kugel an der Spitze zuerst in ihren Mund, dann mit jener zaubrischen Samtkugel die Lippenmonde küssend und umkreisend zeitlupenhaft langsam in sich hineingleiten lässt, um sie sofort wieder heraus- und in den Mund zu nehmen, mehrmals wiederholt sie dieses wundersame Rein-Raus-Spiel, bis Davids Sinne in Gluthitze sieden und der ganze Mann kurz davor ist, wie ein Vulkan zu explodieren und weiss schäumende Lava aus sich heraus zu speien.

Jetzt erst stellt Nele die Dusche ab, reibt sie beide mit einem grossen Tuch, das mit einer fremdartigen Essenz getränkt zu sein scheint, trocken und führt David zum Bett, wo sie aus einer Tasche eine Handvoll Kondome hervorholt und ihm hinhält, Welches davon möchtest du? Weil er wie immer in solchen Situationen zu keiner Entscheidung fähig ist, wählt sie ohne nachzudenken ein schwarzfarbenes, das sie ihm sogleich gekonnt überzieht, schwarz steht ihm, jetzt sieht er aus wie ein stolzer schwarzer Rabe, ausserdem sollen Raben sehr klug sein. Sie jedenfalls, wieder deutet sie auf ihre Süsse, mag ihn, Probe bestanden, zwinkert Nele lachend David zu.

Nele setzt sich auf ihn, küsst ausgiebig den dunkel ragenden Raben, bis dieser sich zu seiner vollen Grösse reckt und soweit wie möglich und mit mächtigem Schlag seine Flügel ausbreitet, um sich Zentimeter um Zentimeter ihrem fluschig weichen Schoss einzuschmiegen, wo er plustend und pulsierend den Takt vorgibt zum gemeinsamen Tanz, den Neles Süsse so sehr liebt, vorausgesetzt, sie findet einen passenden Partner, wie jetzt, der bereit ist, ihr zu folgen, wohin auch immer sie ihn führt, in fremde unbekannte Länder, in neu dimensionierte Universen. Sie gluckst vor Lust und weiss sich nicht zu fassen vor so viel Glück, so federleicht zu gleiten, so schwerelos zu schweben, bis der Rabe kräftiger und mächtiger die Flügel schwingt und mit ihr fliegt hinaus über alle sieben Meere, hinein in alle sieben Himmel, bis Welle um Welle sie überrollt und siebenfach sich bricht.

Als die letzte Welle verebbt, ist schon wieder Tag, Nele bleibt einfach auf ihm liegen und fällt in einen kurzen Traum, sie läuft begeistert einem sonnengelben Schmetterling hinterher, bemüht mit hohen Sprüngen, ihn zu fangen, der doch stets entkommt, bis aus dem Laufen, Springen, Hüpfen selbst ein Fliegen wird und sie mutiert zum flügelschlagenden Wesen.

Auch David nickt ein, und als er erwacht, füllt
schon die aufgehende Sonne das Zimmer mit
hellem Licht. Behutsam rollt er Nele von sich
zur Seite, um aufzustehen, die dann doch von
der ungewohnten Bewegung erwachend ihn
anlächelt und müde murmelt, Entschuldige,
aber ich bin ein unausstehlicher Morgenmuffel
und muss noch weiter schlafen, und fügt
schon im Wegdämmern begriffen mehrmals
neu ansetzend hinzu, ich …, du …, und dann
etwas wie, es war sehr schön mit dir und grüss
die Anderen von mir, äh, oder besser doch
nicht, und schläft schon weiter, bevor er eine
Antwort stottern kann.

Rasch zieht er sich an und geht so in
Gedanken versunken durch den klaren
sonnigen Morgen, dass er bei der Ankunft im
Hotel gar nicht nachvollziehen kann, wie er
dorthin gekommen ist. Tief atmet er die noch
sehr kühle Luft ein, um wenigstens etwas
wacher zu werden, dabei geniesst er in
Wahrheit diese so seltene, tief innen in seinem
Körper sitzende Entspanntheit, Laschheit und
Dämmrigkeit. Wie es aussieht, soll es ein
richtig schöner Frühlingstag werden. Als einer
der Ersten kommt er zum Frühstück, keinem
ist anscheinend sein Verschwinden mit Nele
aufgefallen. Etwas hält ihn weit weg von
dieser Welt, dass er kaum in der Lage ist, den

Gesprächen rings um ihn zu folgen, und sich
auch später nicht mehr so genau an jenen
Morgen im Hotel erinnern kann.

Dunkel bleibt ein Satz Kathrins in ihm haften,
Manfred sei gesundheitlich angeschlagen,
irgendetwas wohl mit dem Herzen, sie wollten
sich allmählich aus der Firma zurückziehen,
die noch verbleibende Zeit gemeinsam
geniessen, Silvia und Hartmut seien jetzt fit
genug, die alleinige Leitung zu übernehmen,
Hartmut sei ein ganz fähiger Junge, wird nur
leicht unterschätzt, aber die Beiden sind gute
Teamplayer, die bekommen das schon hin.
Gut möglich, dass er sich das Gespräch auch
nur eingebildet hat. Sicher ist, dass die
Verabschiedung deutlich inniger ausgefallen
ist als die Begrüssung, selbst Kathrin nimmt
ihn kurz in den Arm.

32
Drei Monate später im Zug nach
Süddeutschland breitet sich mit jedem
Kilometer, dem er sich seinem Ziel nähert,
eine innere Unruhe in ihm aus, als komme ihm
jetzt erst so recht ins Bewusstsein, worauf er
sich da einlasse, viel zu sehr waren die letzten
Wochen angefüllt mit rastlosem Tun, das
keine Zeit zum Innehalten und Nachdenken
liess. Die termingerechte Fertigstellung der

Baustelle, der Umzug, Davids Einschulung fügen sich zu einem rasenden Raster aus Bilder, die nichts mit ihm zu tun haben, zu denen er keine wie auch immer geartete gefühlsmässig aufgeladene Beziehung herstellen kann. Eines Tages hat Petra ihm einen Stapel Papiere auf den Tisch gelegt, alles für dich, damit du uns nicht ganz unter die Räder kommst und verloren gehst, und hat ihm in kompliziert klingenden Begriffen erklärt, wie das mit seiner Versicherung, seiner Anmeldung, seiner Bank weiterlaufe, wovon er kein Wort verstanden und einfach rein mechanisch Blatt um Blatt unterschrieben hat.

Wie weit weg ist das hier im Zug, sein Zeitempfinden ist ihm abhanden gekommen, Tage, Wochen, Monate, er hat keine Ahnung. Wirklich sitzt er jetzt im Zug und das ist das Einzige, was zählt. Sobald er sich dessen immer wieder ganz gewahr wird, durchströmt ihn ein starkes Glücksgefühl verbunden mit der klaren Gewissheit, endlich in seinem ureigenen Leben anzukommen, im Vergleich zu dem alles Bisherige chimärenhaft verfliesst, schattenhaft zerrinnt. Nur will dazu die aufkommende Unruhe nicht passen, die ihn ständig von seinem Sitz aufstehen und ziellos im Zug hin und her gehen lässt.

Als sie in Karlsruhe ankommen, wird sein
Bewegungsdrang so stark, dass er einem
plötzlichen Impuls folgend eilig aus dem Zug
steigt. Kaum draussen, wird ihm schlagartig
klar, was ihn so hektisch und nervös umher
zappeln lässt. Nicht schnell genug konnte es
ihm bisher gehen, all die Wochen und Monate
seit letztem Herbst, die Petra ihm abgerungen
hat. Doch damit ist es vorbei, jetzt kann er es
wieder langsam angehen wie damals in jenem
längst verflossenen regnerischen März. Sofort
legt sich die Unruhe in ihm. David ruft im
Weingut an und erklärt, dass ihm etwas
dazwischengekommen sei, weswegen er erst
ein paar Tage später einträfe. Sein Gepäck hat
er vorher schon aufgegeben, als Reisegepäck
hat er nur einen gut gepolsterten Rucksack
dabei, mit dem sich problemlos einige Zeit
gehen lässt. Auch Kleidung und Schuhe sind
halbwegs strapazierfähig und wetterfest, sein
Sinn für gutes Material kommt ihm einmal
mehr zugute, und obwohl Hochsommer, ist es
eher kühl als heiß oder schwül. Rasch kauft er
sich noch einen Regenschutz, einen leichten
Schlafsack und etwas Proviant für unterwegs.

Am späten Nachmittag ist er schon eine gute
Strecke rheinaufwärts, überquert bei der
ersten Gelegenheit den Fluss und die Grenze,

geht mit kräftigen Schritten noch ein weites
Stück nach Frankreich hinein, bis es dunkelt
und er sich einen ersten Übernachtungsplatz
sucht. Dann lässt er sich weit nach Westen
treiben, umgeht in einem grosszügigen Bogen
Strassburg und nimmt danach erst sein
Marschtempo verlangsamend Kurs in
südöstlicher Richtung, er will sich dem Gut
der Brüder unbedingt von Westen her
kommend nähern, auch dafür weiss er keine
Erklärung.

Eines Abends gelangt er in eine weitläufig
geschwungene Landschaft aus Rebbergen,
worin er sich wie in einem Labyrinth verläuft.
Egal für welchen Weg er sich entscheidet, stets
findet er sich zwischen aufs Neue endlos sich
aneinander reihenden Rebstöcken wieder. Die
jetzt rasch einsetzende Dämmerung schwächt
zusätzlich seine Sicht und er sieht sich schon
im Geiste die Nacht unter einem weit und
breit alleinig ragenden Baum verbringen, sein
einziger Orientierungspunkt. Heute ist es
wärmer, ja sogar schwüler geworden, vom
langen in die Irre Gehen ist er gut
durchgeschwitzt, durstig und hungrig. Im
Süden türmen sich Wolken, die ein
aufziehendes Gewitter ankündigen. Die Nacht
könnte sehr ungemütlich werden. Möglichst
direkt geht er auf jenen Baum zu, gelangt

dabei auf einen schmalen asphaltierten Weg,
von dem hoffentlich bald wieder ein Feldweg
abzweigt.

Plötzlich hört er das Motorengeräusch eines
sich nähernden Autos hinter sich und wird
bald von einem tanzenden Scheinwerferkegel
erfasst. Hier mitten in den Weinbergen beim
nächtlichen allein Wandern angetroffen zu
werden, ist ihm irgendwie peinlich,
möglicherweise handelt es sich um den
Besitzer, der anhält und ihn zur Rede stellt. Es
ist zu spät zum Ausweichen, das Auto, ein
uralter Renault 4, dessen Farbe nicht zu
identifizieren ist, überholt ihn, hält und
jemand öffnet die Beifahrertür. Unsicher
darüber, was ihn wohl erwarte, beugt David
sich durch die Tür ins Innere, wo eine Frau in
etwa seinem Alter ihn in einem raschen
Schwall aus Französisch begrüsst, wovon er
kein Wort versteht. Er versucht, etwas zu
radebrechen, wechselt ins Deutsche, doch sie
schüttelt den Kopf, nein, sie spricht kein
Deutsch, und bedeutet stattdessen ihm mit
einer klaren energischen Handbewegung, die
keinen Widerspruch duldet, er solle sein
Gepäck nach hinten verstauen und einsteigen.
Die Frau ist von kräftiger, untersetzter Statur
und hat die glatten schwarz mit dunkelgrau
durchzogenen Haare streng nach hinten

gekämmt, wo sie in einem dünnen langen Zopf enden, was ihrem Gesicht einen herben, fast männlich kantigen Ausdruck verleiht.

Weil sie raucht, zündet sich auch David eine Zigarette an, was sie mit zustimmendem Nicken kommentiert. Mit beiden Händen fuchtelnd bombardiert sie ihn weiter auf Französisch, er vermutet, dass sie Fragen stellt, doch statt den sinnlosen Versuch zu machen darauf zu antworten, erklärt er ihr mehr in Gesten als mit Worten, er sei auf einer Wanderung durch das Elsass begriffen, habe in den Weinbergen die Orientierung verloren und wolle eigentlich da und da hin, wenigstens den Namen des Ortes spricht er korrekt aus.

Unterdessen ist es vollends Nacht geworden und David hat jedes Gefühl dafür verloren, in welche Richtung sie fahren könnten. In den scharf gezackten Ausschnitten, die die Lichtkegel in die Landschaft stanzen, erkennt er, dass sie die Weinberge verlassen haben, durch ein kurzes Stück Wald gefahren sind, von wo sie auf einem Schotterweg holpernd eine Senke erreichen und dort nach ein paar Metern in eine Abzweigung abbiegen, die in einem schlecht gepflasterten Innenhof mündet. Vor ihnen ragt dunkel ein niedriges

langgestrecktes Gebäude, rechts von ihnen
scheint sich eine Art Schuppen zu befinden
und links von ihnen steht ein kleines Haus,
das einzige Gebäude, in dem Licht brennt.
Alles macht einen ärmlichen, wenn nicht
heruntergekommenen Eindruck. Als sie aus
dem Auto steigen, tritt aus dem Häuschen
eine junge blonde Frau mit nichts auf dem
Leib, so kommt es ihm vor, als einem
schmuddeligen dünnen Unterrock, und einem
etwa zweijährigen Kind auf dem Arm. Die
beiden Frauen, er vermutet Mutter und
Tochter, bäffen sich in einem kurzen
Wortwechsel an, dann dreht sich die Junge um
und geht zurück ins Haus, ohne ihn auch nur
eines Blickes gewürdigt zu haben.

Die Ältere wendet sich ihm achselzuckend zu
und bedeutet ihm, ihr beim Ausladen zu
helfen. Im hinteren Teil des Autos liegen
mehrere Säcke mit irgendwelchem Material
gestapelt, die sie zum Schuppen rüber tragen.
Die Säcke sind schwer, doch die Frau wuchtet
sie genauso mühelos aus dem Auto wie er
selbst. Danach gehen sie zum Haupthaus, das
sie durch eine stark verwitterte Holztür
betreten. Als die Frau den Lichtschalter drückt
und das Licht aufflammt, sieht sich David in
einem länglichen schmalen Raum, der
hauptsächlich aus einem groben Holztisch mit

ein paar Stühlen und einer verlodderten Polstergruppe seitlich davon besteht. Offensichtlich ist dieser Raum zugleich Küche, Ess- und Wohnzimmer. Am Tisch sitzt ein spindeldürres Männchen in einer völlig verschmutzten Unterwäsche, die vor wer weiss wie langer Zeit einmal weiss gewesen sein muss, mit wirren grauen Haarsträhnen auf dem Kopf und wilden schwarzgrauen Bartstoppeln im Gesicht. Das Männchen, das nur aus Haut und Knochen zu bestehen scheint, stiert sie aus blutunterlaufenen schmalen Äuglein an und scheint sinnlos betrunken zu sein, einer leeren Schnapsflasche nach zu urteilen, die vor ihm auf dem Tisch steht, und dem Alkoholdunst nach, der im Raum schwebt.

Mit einem kurzen scharfen Laut, der dem Zischen einer Schlange gleicht, verscheucht die Frau das Männchen, das schattenhaft schnell, ohne dass David so recht mitbekommt, wie und wohin, aus dem Raum huscht. Als sei nichts gewesen, stellt sie mit geübten flinken Griffen Brot, Wurst, Käse, Gurken und Tomaten auf den Tisch und dazu einen Krug kühlen Weisswein. David, noch immer von der kurzen gespenstisch anmutenden Szene irritiert, weiss gar nicht, wie ihm geschieht und wie sich verhalten, doch die Frau ermuntert ihn freundlich und gelassen, ungeniert zuzugreifen und es sich schmecken zu lassen, was er dann auch tut, zu übermächtig machen sich Hunger und Durst nach dem langen Tag bemerkbar. Alles ist von hervorragender Qualität und schmeckt köstlich.

Während er isst, hört er aus dem hinteren Teil des Raums Geräusche, als ob jemand sich in einem Zimmer zu schaffen mache, um es für einen Gast herzurichten. Schliesslich kommt die Frau zurück, setzt sich zu ihm an den Tisch und greift ebenfalls mit gutem Appetit zu. Beide sprechen so gut wie nichts. David geniesst diese plötzliche Stille zu dem schmackhaften Essen und dem wirklich sehr guten Wein. Nach dem Essen rauchen sie ebenfalls schweigend noch eine Zigarette, bevor er sich getraut zu fragen, wo er sich waschen kann, zu verschwitzt kommt er sich jetzt vor. Umstandslos führt sie ihn ans andere Ende des Raums, wo es seitlich in die Wand hinein eine Vertiefung gibt, die behelfsmässig mit einer einfachen Plastikfolie verdeckt ist. Dahinter befindet sich die Dusche, die aus einem grob gefliessten Fussboden und nackten Backsteinwänden besteht. Die Frau gibt ihm ein grosses zusammengefaltetes und frisch gewaschenes Badetuch, in das er sich nach

dem Duschen vollständig einwickeln kann.
Unerwarteterweise kommt aus der Dusche
sogar heisses Wasser, obwohl er sich dann
doch lieber kalt duscht, diese Erfrischung hat
er nach dem schweisstreibenden Tag dringend
nötig.

Nach dem Duschen führt die Frau ihn zu einer
an den Küchenteil angrenzenden kleinen
Kammer, die gerade mal einem grossen
Metallbett, einer Kommode und einem
schmalen Schrank Platz bietet. Das Bett ist
frisch überzogen und die Frau gibt ihm zu
verstehen, dass er hier die Nacht als Gast
verbringen soll. Schon beim Betreten der
Kammer ist David klar, dass dies eigentlich ihr
Schlafzimmer ist, das sie ihm abtritt, etwas,
das er auf keinen Fall annehmen kann. Er
schüttelt den Kopf, deutet auf seinen
Schlafsack und erklärt, er könne sehr gut
draussen zum Beispiel im Schuppen
übernachten. Doch gewohnt energisch und
bestimmt wiederholt sie nochmals, dies sei
sein Schlafplatz für heute Nacht und sonst
nirgends, und zieht hinter sich die Tür zu.

33
David löscht das Licht, legt sich nackt, ohne
sich zuzudecken ins Bett, im Zimmer ist es
warm und stickig, ein modriger Geruch nach

alten Möbeln hängt im Raum. Es gibt kein Fenster, nur eine schmale Klappe weit oben an der Aussenwand. Sicher ist dieser Raum einmal die Vorratskammer gewesen, bevor jemand ihn zu einem kümmerlichen Schlafzimmer notdürftig umgemodelt hat. Nach fünf Minuten weiss David, dass er hier nicht bleiben und die Nacht verbringen kann, zu warm und stickig ist die Luft, er giert förmlich nach Frische und Kühle. Gerade als er aufstehen und seine Sachen schnappen will, öffnet sich die Tür und ein mächtiger Schatten schlüpft herein, schliesst und huscht zu ihm ins Bett. Es ist die Frau, die noch ganz feucht vom Duschen ihren Platz im Bett beansprucht. Deshalb also beharrte sie so darauf, dass er hier in ihrem Zimmer bleiben sollte.

Quietschend gibt das Bett ihrer nackten Schwere nach und aus der schwarzen Stille heraus beginnt eine Hand seinen Körper abzutasten. Sekunden später überrollt ihn eine jähe Welle lodernder Erregung nicht so sehr der tastenden Hand, sondern dieser vollständig lautlosen Schwärze wegen, aus der heraus die Berührung geschieht. Er kann sich nicht entsinnen, jemals in solch undurchdringlicher Unsichtbarkeit mit einer Frau zusammen gewesen zu sein. Erst als die Hand sein hartes Glied findet, folgt im selben

Moment ein kurzes knurrendes Stöhnen, das sofort wieder ins dunkle Nichts verrinnt. Gierig legt auch er jetzt los, die Schwärze entblösst die Lust all ihrer aufgesetzten Schleier. Kurz nur streift er die schweren Brüste, seine Hand zieht es magnetisch hin zu ihrer Mitte, die, so kommt es ihm vor, in der hüllenden Dunkelheit noch einen Tick schwärzer leuchtet.

Seine Hand wühlt dichtes borstiges Haar, erst ein, dann zwei Finger folgen der dampfigen Feuchte, dem Sog seidig weicher Blüten, finden die von ihnen gut versteckte Perle, tasten den Zugang zur geheimnisumwitterten Höhle, der leise schmatzend und glucksend sich öffnet. Auch die Frau hat es eilig, zieht den Mann energisch auf sich, führt das kräftig pulsierende Glied, das sie keinen Moment mehr losgelassen hat, mit gut geübter Hand in ihre warme und feuchte Heimlichkeit ein. Beim Eindringen entringt sich ihr ein zweites leises Knurren in die Stille. Dann finden sich ihre Zungen zu einem ekstatischen Tanz, der jetzt Mund in Mund und Schoss in Schoss so richtig losgehen soll.

Mit eisernem Griff umklammert die Frau den Mann, kraftvoll umschlingen ihn Beine, lustvoll pocht sein Glied in ihr. Was eben noch

offene Weite, fliessende Feuchte, loderndes
Glühen versprach, erstickt jäh im
Klammergriff ihrer Arme, der ihm die eh
schon spärliche Luft zum Atmen nimmt,
seinen Brustkorb quetscht, als sei er an ihren
Leib genagelt, und weit schlimmer ihres
Schosses, der sein Glied krampfhaft würgt
und ihm keinen Millimeter Platz mehr lässt,
sich darin zu bewegen. Die so glühend
begonnene Erektion wandelt sich zur
schmerzlich lodernden Flamme, ein Schmerz,
der noch jedes Mal verstärkt wird, wenn eine
bestimmte Stelle ihres Schosses, deren
Berührung ihre Lust masslos steigert,
sekundenlang die Spitze seines Gliedes streift.
Merkwürdigerweise lässt diese Tortur sein
Glied nicht schrumpfen, sondern immer
krampfartiger verhärten zu einem leblos
ragenden Nagel, einem Stössel geschnitzt aus
Hartholz, einem in Beton gegossenen Meisel.
Der Mann verliert jegliches Bewusstsein für
Raum und Zeit und für das, was mit seinem
Körper geschieht, schrumpft zu einem Insekt,
das kopulierend in Bernstein gegossen wird,
und kommt erst wieder zu sich, als der
Klammergriff der Frau sich löst und ihn und
sein vor lauter Härte taubes Glied frei gibt.
Schweissüberströmt rutscht er von ihr
herunter, sie dreht sich mit einem wohlig
schmatzenden Laut, der aus tiefster Kehle

aufzusteigen scheint, entspannt und bis in die
Haarspitzen befriedigt zur Seite und schläft
rasch ein, wie ihre gleichmässigen Atemzüge
kund tun.

Keine Sekunde länger zögert David, mit einem
sicheren Griff findet er seine Sachen,
Rucksack, Kleider, Handtuch, huscht wie in
Trance aus dem engen stickigen Zimmer und
findet, obwohl es stockfinster im Haus ist,
ddirekt den Weg zur Dusche, ohne einmal zu
stolpern oder sich anzustossen. Erst unter dem
kühlenden Wasserstrahl kommt er langsam
wieder zu sich und verliert sein enorm
geschwollenes Glied allmählich diese
unnatürliche Härte. Mit dem Handtuch
trocknet er sich ab, zieht sich an und verlässt
völlig geräuschlos das Haus. Der Hof liegt im
Dunkeln, über ihm erglänzt ein
sternenübersäter Himmel. Er wendet sich zum
Schuppen, wo er beim Verstauen der Säcke
eine geeignete Schlafstelle erspäht hat. Da
erglüht gegenüber vor dem Häuschen eine
Zigarette und er nimmt schattenhaft die
Umrisse der jungen Frau wahr.

Zögernd geht er hinüber und setzt sich neben
sie auf eine Treppenstufe vor der Tür. Auch er
zündet sich eine Zigarette an und raucht
schweigend. Sie hat noch immer diesen

schmuddeligen Unterrock an, über den sie
eine genauso schmuddelige blaue Strickjacke
gezogen hat. Mit einem Nicken ihres Kopfes
Richtung Haupthaus fragt sie ihn etwas auf
Französisch, das er sich in etwa so deutet: Und
wie war es mit ihr? Er zuckt die Schultern,
schüttelt den Kopf und dann schauen sich
beide kurz voll ins Gesicht. Ein jäher
Schrecken durchzuckt David, aber das ist ja
völlig unmöglich, wie hatte er das bloss
übersehen können vorhin bei ihrer Ankunft,
als es den kurzen Schlagabtausch zwischen
den beiden Frauen gegeben hat. Alles beginnt
sich für einen Moment um ihn zu drehen,
denn die junge Frau, die da neben ihm sitzt,
gleicht bis aufs Haar Petra, jener jungen Petra,
die damals bei und mit ihm den Sommer
verbracht hat. Mehrmals blickt er das
Mädchen prüfend an, das ungeniert seinen
Blicken standhält, keine Frage, sie ist es,
dieselben etwas strähnigen blonden Haare, die
Pickel im Gesicht, die schön geformten Brüste.
Bei diesem Gedanken wird er sofort hart und
wieder lodert fordernder denn je die Flamme
der Lust in ihm, als habe es die vergangenen
zwei Stunden nicht gegeben. Wie hatte er das
nur all die Jahre vergessen, besser verdrängen
können, einfach nicht wahr haben wollen, was
auch immer, wie sehr er diese Frau begehrt hat
und noch immer begehrt, sie die einzige Frau

ist, die er je wirklich geliebt hat, nicht die erfolgreiche Geschäftsfrau und glücklich verheiratete Ehefrau von heute, sondern jenes furchtlos fröhliche junge Mädchen von damals mit ihren wilden Gedanken und Phantasien.

Und jetzt sitzt sie leibhaftig lebendig neben ihm mitten in einer sternklaren Nacht irgendwo in einem Nichts von Kaff in Frankreich, nicht zu fassen, einfach nicht zu fassen ist dieses grosse Glück. Wieder und wieder starrt er sie an, wie von selbst beginnt seine Hand ihren Schenkel hochzuwandern, langsam, ganz langsam, Zentimeter um Zentimeter erkundend und begrüssend, und als sie endlich am Ziel ist, schwimmt der Stoff des Höschens in kochender Glut. Was für ein Glück, was für ein riesiges unbeschreibliches Glück ihn jetzt fasst, er ist der Glücklichste, zweifellos, der Allerglücklichste der Menschen. Und der Jubel nimmt kein Ende, ihre Münder treffen sich, ihre Zungen, jetzt erst beginnt der Tanz, diesmal der richtige, der echte, der alle Sinne im Taumel ergreifende und mit sich fortreissende.

Mund in Mund, Hand an Schoss und Glied, engst umschlungen wanken sie ins Innere, landen auf einem Bett, sind nackt. Und diesmal brennt Licht und diesmal sieht er alles und wieder kein Zweifel, sie ist es, da sind ihre Brüste, wie konnte er nur diese vollkommene Rundung vergessen, und – Glück aller Glücke, ein wahrlich Gesegneter des Glücks ist er – da ist ihr Geschlecht, das struppige wirre blonde Haar, aber darunter die glutrot strotzende, dickblättrige, weit geöffnete Prachtblüte, schönste aller Rosen, die er je gesehen, gerochen und berührt hat. Jetzt stimmt alles, alles passt zusammen, genauso wie damals. Die junge Frau setzt sich auf ihn, er fasst mit beiden Händen diese Brüste, diese Wunder an Vollkommenheit, sie liebkost sein Glied, lässt es an ihrer Schönen schnuppern, beide erkennen und begrüssen sich freudig, frohlockend, jauchzend, und führt es zentimeterweise ein bis zu jener wunderbarsten Stelle, wo es klick macht, wie damals, genau wie damals, und dann beginnen die beiden ihren Tanz, traumwandlerisch sicher und in ekstatischer gegenseitiger Hingabe, bis ihre Leiber und Seelen glühen und schmelzen zu einem pulsierenden Organismus, wo nicht mehr auszumachen ist, wo hört die Eine auf und wo beginnt der Andere. Hinterher hat David wieder jenes seltsame Gefühl, als habe sich ein heisser, nicht enden wollender Strom aus Samenflüssigkeit direkt in ihre Gebärmutter ergossen, oder genauer, als habe ein trunken

vor Lust zuckender mit Zauberkräften
begabter Schmetterlingsrüssel nach und nach
mit höchstem Genuss alles Sperma aus ihm
gesaugt, als sei nicht sie, sondern er die
verführerisch duftende Blüte.

Als David erwacht, liegt das Mädchen eng
zusammengerollt neben ihm. Behutsam darauf
achtgebend, ja kein Geräusch zu machen,
erhebt er sich, gleitet aus dem Bett, zieht sich
an und verlässt das Häuschen, dieses Mal
ohne ein dringendes Bedürfnis nach Wasser
und Kühlung. Im Gegenteil, so lange wie
möglich noch möchte er ihren Geruch auf
seiner Haut tragen und mitnehmen. Im Osten
hellt es bereits. Gut so. Er geht genau in diese
Helle, das ist seine Richtung, folgt eine
Zeitlang einem Bachlauf, dann einem
Feldweg, bis dieser in eine geteerte Strasse
mündet. Weiter folgt er der Strasse, solange sie
grob die Richtung in die zunehmende Helle
hält. Ein Auto, das erste Auto überhaupt an
diesem Morgen, nähert sich von hinten, ein
kleiner Fiat hält, ein junger Mann, wie sich
herausstellt ein Bäckergeselle, bietet ihm an,
ihn bis zur nächsten Ortschaft mitzunehmen,
wo seine Arbeitsstelle ist. Auch eine
Bushaltestelle gäbe es da, von wo er
weiterfahren könne.

Zur Bäckerei gehört ein kleines Cafe. David
wartet in aller Ruhe die zwei Stunden, bis es
öffnet, trinkt mehrere Tassen Milchkaffee und
isst eine Riesenportion frischer warmer
Croissants, die ihm noch nie so köstlich
geschmeckt haben wie an diesem Morgen.
Dann nimmt er den Bus und ist schon eine
halbe Stunde später in dem Dorf, in dessen
Nähe sich das Weingut der Brüder befindet.
So nah also ist er gestern schon gewesen, dabei
glaubte er sich noch einen ganzen
Tagesmarsch davon entfernt. Noch zwei, drei
Kilometer und David erreicht als von einem
Glücksstern Auserkorener und als
Gesegnetster der Gesegneten seine neue
Heimat.

34
Ganz selbstverständlich ist David davon
ausgegangen, dass er wieder in einem der
Zimmer untergebracht ist, die für die Helfer
bei der Weinlese reserviert sind, sieht sich in
dieser Annahme jedoch getäuscht. Welch
grosse Wertschätzung er bei Tomas und
Andre geniesst, geben sie ihm auch dadurch
zu verstehen, dass sie ihm einen kleinen
Anbau im rückwärts gelegenen Teil des
Gutshauses als Wohnung anbieten, worin sich
zwei Zimmer, ein Bad und eine kleine Küche
befinden, so kann er ganz für sich

wirtschaften, wenn er das will. Dieser kleine Anbau, eine ehemalige Werkstatt vermutlich, wird gesäumt von einem alten Bauerngarten gemischt aus Gemüsebeeten, Kräutern und vielen bunten Blumen, den die Frauen der beiden Brüder sorgfältig pflegen. Garten und Häuschen liegen in südwestlicher Richtung, so dass er ausserdem mit freiem und weit schweifendem Blick ins Rund der scheinbar sich endlos ineinander fügenden Rebhügel schauen kann. Auch den umtriebigen Lärm von vorne im Hof bekommt er hier hinten nur sehr gedämpft mit.

David rührt diese unaufdringliche Aufmerksamkeit, die ihm hier überall zuteil wird und sich anhand vieler alltäglicher Nichtigkeiten zeigt. Grosses haben die Brüder mit ihm vor, den Dachstuhl des Gutshofes soll er komplett sanieren, aber erst kommenden Jahres, für heuer reicht die Zeit dazu nicht mehr, da er ja nach Beendigung der Weinlese unbedingt mit Unai in die Vogesen zum Holzschlagen wolle, eine Absicht, die sie, wie sie ihm unverhohlen, wenn auch eher belustigt, zu verstehen geben, nicht wirklich nachvollziehen können, aber als eine seiner Marotten wohl oder übel akzeptieren. Fürs Erste soll er ihnen einen neuen Geräteschuppen bauen, worin sie

übersichtlicher als bisher Maschinen, Fahr-
und Werkzeuge unterbringen wollen. Das
müsste bis Ende Oktober zu schaffen sein.

Da dämmert es David, dass die Brüder
offensichtlich nicht die Absicht haben, ihn
dieses Mal in der Weinernte einzusetzen, das
können Andere genauso gut wie er, sie
brauchen ihn mit seinen speziellen
Fähigkeiten, seinem Wissen und ausgefeilten
handwerklichen Können für Wichtigeres, eine
Erkenntnis, die ihm einen kurzen Stich
versetzt, wo er sich doch schon so lange auf
das erneute Zusammensein und das
gemeinsame Tun bei der Weinlese mit Unai,
Kima und Izar gefreut hat. Gleichwohl macht
er sich gewohnt umsichtig und sorgfältig an
die ihm gestellte Aufgabe. In der ersten Nacht
im neuen Zuhause schläft er so tief, dass er
beim Erwachen am Morgen nicht weiss, wo er
sich befindet. Im ersten Moment glaubt er sich
noch im Bett jener jungen Französin, die so
sehr seiner Petra gleicht. Zu seiner Verwirrung
trägt zudem ein Traum bei, der ihm beim Blick
hinaus auf den Garten plötzlich in seiner
Gänze vor Augen steht.

In dem Traum gelangt er nach einer langen
Wanderung in ein Dorf, das aus einem Gewirr
schachtelartig ineinander gebauter

einstöckiger Häuser und Gässchen besteht.
Alles ist aus einem einheitlichen grauen
Gestein gebaut, wie in manchen abgelegenen
Gebirgsdörfern üblich, dabei hat er gar nicht
den Eindruck, besonders weit oben in den
Bergen zu sein. Wie in einem Labyrinth irrt er
zwischen den Häusern umher, bis er an einen
Eingang mit offen stehender Tür gelangt, der
höhlenartig ihm entgegen dunkelt. Er betritt
einen langen Gang, an dessen Ende er eine Tür
findet. Gerade als er vor der Tür steht, wird
diese geöffnet und eine füllige Frau in den
Vierzigern mit einem schwarzen Lockenkopf
heisst ihn wie einen alten Bekannten
willkommen, und er hat das Gefühl, sie habe
ihn schon erwartet. Sie führt ihn durch
mehrere Räume, dann öffnet sie wieder eine
Tür, weist in den Raum und gibt ihm zu
verstehen, dass dies sein Zimmer sei, und
verschwindet.

Das Zimmer ist gross und in ihm herrscht ein
totales Durcheinander. Unterschiedlich
geformte Polsterstücke liegen kreuz und quer
im Raum verstreut, dazwischen Tücher,
Decken, Kleidungsstücke, jede Menge
Spielsachen, eine richtige Einrichtung mit
einem Bett oder Möbeln gibt es nicht. Mehrere
Polsterstücke schiebt er so lange hin und her,
bis sie halbwegs passend eine genügend

grosse Liegefläche ergeben, um darauf schlafen zu können. Von der langen Wanderung ist er so müde, dass er nichts anderes möchte, als sich hinzulegen und zu schlafen. Er weiss nicht, ob überhaupt, und wenn ja, wie lange er geschlafen hat, plötzlich entsteht im Haus ein lautes Geschrei und Geschimpfe und aufgeregtes Hin- und Hergerenne. Dann geht die Tür zu seinem Zimmer auf und mehrere Personen, Frauen, Männer, Kinder, stürmen herein, alle lautstark durcheinander plappernd. Niemand scheint seine Anwesenheit zu bemerken. Unter den Anwesenden befindet sich auch die Frau, die ihn hergebracht hat und die sich in einem mit grosser Lautstärke geführten hitzigen Streit mit einer anderen, schlanken und etwas jüngeren Frau mit langen rötlichen Haaren befindet.

Die jüngere Frau erklärt kategorisch, das ganze Haus müsse augenblicklich beheizt werden, dieses Zimmer hier sei das einzig warme, und sie alle würden so lange hier bleiben, bis es überall genauso warm sei, andernfalls würden sie das Haus verlassen und in ein Hotel gehen. Immer mehr Leute kommen herein, füllen das Zimmer, die Kinder hüpfen ausgelassen auf den Polstern herum und veranstalten ein unbeschreibliches

Spektakel. In dem Getümmel und von niemand beachtet gelingt es David, aufzustehen und sich anzuziehen. Als die beiden keifenden Frauen ihn endlich wahrnehmen, stürzen beide sich auf ihn, als sei er als Einziger in der Lage, den Streit zu schlichten. Doch er wehrt die Frauen ab und verlässt fluchtartig das Zimmer und den Tumult. Wieder gelangt er in den langen Gang und bemerkt jetzt, dass es im Haus wirklich eisig kalt ist. In dem Gang steht ein kutschenähnliches Gefährt, das von zwei grossen Hirschen mit riesigen Geweihen gezogen wird. Er kann sich nicht entsinnen, so etwas beim Hereinkommen gesehen zu haben. Die Hirsche wirken auf den ersten Blick lebensecht, scheinen aber doch ausgestopft zu sein, da sie vollkommen regungs- und bewegungslos dastehen. Der Wagen ist innen wie aussen komplett mit dichtem braunen Fell überzogen, das sich beim Berühren wunderbar weich und wärmend anfühlt.

Dann geht er weiter nach draussen, wo heller Tag ist. Überall im Dorf herrscht lärmiges Treiben, als ob ein Fest gefeiert würde, aber er sieht keinen Menschen. Als er so eine Weile auf der mit groben Steinen gepflasterten Gasse steht, unentschlossen, wohin er sich wenden soll, fängt es unversehens in dichten Flocken

zu schneien an, das rasch in ein dichtes
Schneegestöber ausartet. Innerhalb kürzester
Zeit ist alles weiss und dick mit Schnee
bedeckt. Mit dem einsetzenden Schneefall ist
der Lärm im Dorf womöglich noch lauter
geworden, als ob alle nur darauf gewartet
hätten, ausgelassen diesen Schnee zu feiern.
Da fällt ihm ein, dass er beim Hinausgehen
nicht darauf geachtet hat, ob der Wagen im
Gang Kufen oder Räder hatte. Er wendet sich
zurück in den Gang, wo der Wagen mit den
Hirschen unverändert unbeweglich steht wie
zuvor. Tatsächlich hat der Wagen Kufen und
kurz entschlossen schiebt David den Schlitten
mit den Hirschen aus dem Gang hinaus ins
Freie auf die Gasse, was leichter geht, als er
vermutet hat.

Draussen wirkt der Schlitten viel grösser, er
besteht aus mehreren Reihen von Sitzbänken
und er schätzt, dass gut und gerne zehn
Personen darin Platz finden. Kaum steht der
Schlitten auf der Gasse, drängen alle, die
vorher in seinem Zimmer waren, heraus aus
dem Gang und setzen sich in den Schlitten,
Kinder, Frauen, Männer, sicher mehr als
zwanzig Personen, die mühelos darin Platz
haben. David setzt sich vorne auf den Bock,
anscheinend wird das ganz selbstverständlich
von ihm erwartet, und als er die Zügel

ergreift, bemerkt er, dass statt der Hirsche zwei kräftige Ochsen vor den Schlitten gespannt sind, die ungeduldig die Köpfe hin und her schaukeln und heisse Atemwolken in die kalte Luft dampfen.

Alle sind in fröhlicher, ausgelassener Stimmung, keine Spur mehr von Streit. Direkt hinter ihm sitzen jene beiden Frauen, die schwarz- und die rothaarige, die zuvor so lautstark miteinander gezankt hatten, lachen ihn an, beugen sich zu ihm vor und flüstern ihm, die eine links, die andere rechts, ins Ohr: Du kannst gerne hierbleiben, wenn... Der Rest geht im lärmenden Getöse der Anderen unter. Gerade als er losfahren möchte, springt jemand zu ihm auf den Bock, eine in einen Umhang gehüllte Gestalt, die er im dichten Schneetreiben kaum erkennen kann. Aber von ihr geht eine so starke körperliche Ausstrahlung aus, dass ihn plötzlich ein glühender Hitzeschauer überläuft. Er dreht den Kopf zu ihr und blickt in zwei dunkle, fast schwarze Augen, die so intensiv leuchten, dass sie das ganze Gesicht in olivfarbenes Licht tauchen. Dann sagt auch sie lachend – und an der Stimme erkennt er, dass es sich um eine Frau handeln muss – und nicht flüsternd, sondern sehr bestimmt und laut: Du kannst gerne hierbleiben, wenn... Und wieder

verrauscht der Rest im noch lauteren Geschrei
und Gelächter, das um sie herum tobt.

35

Als nach und nach die Erntehelfer auf dem
Hof eintrudeln, ist David so sehr in seine
Arbeit vertieft, dass er von den aufgeregten
Vorbereitungen zur Weinlese, die den ganzen
Hof erfüllen, nichts mitbekommt. Erst die
Ankunft der Basken reisst ihn aus dem
tranceartigen Zustand, worin er sich befindet,
und er nimmt sich den Rest des Tages frei, um
die drei Freunde willkommen zu heissen.
Anders als im Vorjahr wird er dieses Mal
nahezu jeden Abend mit ihnen verbringen,
auch die beiden Frauen bleiben nach dem
Abendessen noch sitzen und verschwinden
nicht gleich danach auf ihr Zimmer, das sie
wieder gemeinsam bewohnen.

Und anders als im Vorjahr herrscht keinerlei
erotische Spannung mehr zwischen Kima, Izar
und ihm, die die schwere Arbeit so
leichtflüssig und prickelnd gemacht hat, wie er
bestürzt feststellt. Auch den Grund dafür
macht er schnell aus: es ist die Liebesnacht, die
er wenige Wochen zuvor mit der jungen
Französin verbracht und die ihn so sehr an die
junge Petra erinnert hat und daran, wie stark
er dieses Mädchen begehrt , ja geliebt hat,

vielleicht ist das alles ja nur eine Einbildung, eine wilde Phantasterei, aber wenn er zwischen Izar oder Kima und diesem Hirngespinst in seinem Kopf wählen müsste, wäre es ganz eindeutig, auf wen sich sein Verlangen richtete. Vielleicht oder ganz sicher sogar ahnen die beiden Frauen diesen Zusammenhang und nehmen irgendwie den Geruch jener Liebesnacht im August wahr, der ihn noch immer umschwebt, weiter an ihm klebt und sein Begehren derart stark kanalisiert, dass es gegenüber allen anderen Möglichkeiten taub bleibt.

Auch deshalb, und wiederum anders als im Vorjahr, wird er dieses Mal nie ihr Zimmer betreten. Dafür sitzen sie nun Abend für Abend zu Viert zusammen, Izar und Kima erzählen viele lustige und traurige Geschichten aus ihrem Alltag zuhause, von der Arbeit, der Familie, ihrem ganzen bisherigen Leben. Angesteckt davon öffnen auch David und Unai ihre Herzen und kommen eins ums andere Mal unversehens ebenfalls ins Erzählen und Plaudern. Und zum Letzten herrscht in diesem Jahr gänzlich anderes Wetter. Schon kurz nach Beginn der Lese setzt ein beständiger Regen ein, mal stärker, mal schwächer, der jeweils momentweise nur von trockenen Phasen unterbrochen wird, so dass das feuchte und kühle Wetter nahezu die ganze Erntezeit über anhält, was die Arbeit gewaltig erschwert, verlangsamt, mühsam macht. Immer wieder rutschen Leute auf dem glitschigen Untergrund aus, zwei Helfer ziehen sich so schwere Zerrungen zu, dass sie für den Rest der Ernte ausfallen. Allen ist die zusätzliche Anstrengung anzumerken, und viele gehen abends schon bald nach dem Essen aufs Zimmer, um zu schlafen und ausreichend Kräfte für den nächsten Tag zu sammeln.

An zwei verregneten Sonntagen klinkt sich David in die Schar der Helfer ein, er kann's nicht lassen, will wenigstens einen kleinen Beitrag leisten und für etwas Entlastung sorgen, und wieder erfüllt es ihn mit Staunen zu sehen, mit welch souveräner Gelassenheit, ja fast Heiterkeit, gleichmütiger Bedächtigkeit und unerschütterlicher Beharrlichkeit die drei Basken hantieren. Und am Ende des Tages hat er das Gefühl, die schwere Arbeit unter diesen schwierigen Bedingungen nur deswegen bewältigt zu haben, weil er sich so gut wie möglich diesem beharrlichen Rhythmus aus ruhiger Beständigkeit und kraftvoller Gleichmässigkeit anzupassen versucht hat. Trotzdem ist er froh, sich danach wieder seiner eigentlichen, weniger kräftezehrenden Arbeit widmen zu können.

Gegen Ende der Lese erst wendet sich das Wetter zum Besseren und mündet in eine Reihe betörend schöner Oktobertage, als ob es den so schwer schuftenden Menschen die Hand zur Versöhnung reichen wolle, um sich für die geleistete Arbeit zu bedanken. Ebenso tun es Andre und Tomas, denen die Erleichterung anzumerken ist, ohne grössere Unfälle diese schwierigen Erntebedingungen gemeistert zu haben und die entsprechend grosszügig die Helfer belohnen, die sie mit einem rauschenden Fest, das fröhlich und ausgelassen gefeiert wird, entlassen. Izar und Kima reisen wieder am nächsten Tag in aller Frühe ab, dieses Mal ist auch David schon munter und verabschiedet sich mit einer mehr freundschaftlich herzlichen als zärtlichen Umarmung von ihnen. Unai fährt direkt in die Vogesen, wohin ihm David eine gute Woche später folgen wird, sobald er die Arbeit am Geräteschuppen zu Ende gebracht haben wird.

Beim Abschied von den Brüdern geben ihm diese nochmals deutlich zu verstehen, was sie von dieser Holzfäller-Geschichte halten, und wünschen ihm nicht ganz uneigennützig Hals-

und Beinbruch, da die Arbeit im Wald ja nicht ganz ungefährlich sei. David fährt mit dem Zug zu einer bestimmten Station, wo er, so hat es ihm Unai erklärt, von einem Auto abgeholt werden würde. Das Wetter ist weiter mild geblieben, auch wenn es zwischendurch immer wieder etwas regnet, dafür sind die Nächte noch frostfrei. Am Bahnhof muss David dann doch eine ganze lange Weile warten, bis das versprochene Auto ihn endlich abholen kommt. Der Fahrer, ein junger, stämmiger Holländer spricht besser Englisch als Deutsch, das David wiederum nicht spricht, so dass die Fahrt weitgehend schweigend verläuft.

Je tiefer sie in das Labyrinth des dichten Waldes eintauchen, desto klarer weiss David, dass seine Entscheidung richtig war, auch wenn alle Anderen sie nicht nachvollziehen können. Die einsamen kurvigen Wege, viele vom Regen gut gefüllte schäumende Bachläufe, schroffe Steilhänge, tief eingeschnittene Schluchten, das Leuchten orange gelber Blätter zwischen dem dunklen Grün der Nadeln, lösen ein intensives inneres Vibrieren aus, das ihn wie elektrisiert und am ganzen Körper unmerklich leise zittern macht. Als sie an ihrem Ziel, einem grossen, mitten im Wald gelegenen alten Bauern- oder

Forsthaus ankommen, atmet er beim Aussteigen fast wollüstig die modrig feuchte Waldluft tief in sich ein. Auf Anhieb fühlt er sich hier zuhause, instinktiv spürt er mit jeder Pore seiner Haut, dieser Wald meint es gut mit ihm, ist auf seiner Seite, nichts kann ihm hier passieren, kein Unglück, Unfall, Missgeschick.

Das Waldhaus wird von Terese und Claude, einem älteren Ehepaar in den Sechzigern, betrieben. In den Wintermonaten leben hier ständig dreissig bis vierzig Waldarbeiter, die sich tagsüber in die umliegenden Waldgebiete verstreuen, wo an verschiedenen Stellen Bauwägen abgestellt sind, die den Arbeitern als Wärme- und Essensstuben dienen, zur Not, wenn Witterungs- oder Arbeitsbedingungen dies erfordern, kann darin auch eine Handvoll Menschen übernachten. In den Sommermonaten dient es Wanderern oder ganzen Wandergruppen, insbesondere aber Kinder- und Jugendgruppen, wie beispielsweise Schulklassen oder Pfadfindern, als eine Art Jugendherberge. Ausser dem soliden steinernen Fundament ist das ganze Haus, wie David zu seiner grossen Freude bemerkt, vollständig aus Holz gebaut, das im Laufe der Jahre so stark nachgedunkelt ist, dass die Balken innen wie aussen fast schwarz wirken.

Claude stammt ursprünglich aus dem Elsass und spricht sehr gut Deutsch. Auch kennt er im Umkreis von dreissig Kilometern jeden Pfad, Weg und Steg, so scheint es, denn er verfügt über ein ungeheures Wissen, was den Wald angeht, und über einen nie versiegenden Quell an Geschichten, denen David Abende lang hingerissen zuhören wird, und über einen Stapel hervorragender Karten, Militärkarten, wie er augenzwinkernd verrät, die es heutzutage nirgends mehr zu kaufen gäbe. Terese kommt irgendwo aus dem Norden Frankreichs und spricht kein Wort Deutsch. Sie ist eine vorzügliche Köchin und zaubert den Männern Abend für Abend wunderbar köstliche Mahlzeiten auf den Tisch.

36
Mehr noch als der ständige Aufenthalt im Wald, der ständige Umgang mit den Bäumen, die die Luft so kernig und würzig machen, so dass mit jedem Atemzug alle seine Zellen vor Freude zu zucken und vibrieren scheinen, erregt David das beständige Zusammensein mit Unai. Hat ihn schon das Arbeiten des Basken im Weinberg unaufhörlich fasziniert, jenes Zusammenspiel energisch kraftvoller, zielgerichtet ausgeführter Handlungsabläufe

einerseits mit elegant weichen, gleichmässig fliessenden Bewegungen andererseits, eingebettet in einen Takt und Rhythmus, der – da ist sich David ganz sicher – irgendwie im Zusammenhang mit dem Herzschlag steht, so entfaltet Unai hier im Wald erst die volle Meisterschaft seines Könnens.

Jeweils vier Mann bilden eine Arbeitsgruppe, die von einem Vorarbeiter geleitet wird. Wie der Skipper auf einem Segelschiff hat dieser Vorarbeiter die absolute Kommandogewalt und jeder aus der Gruppe hat sich seinen Anweisungen umstandslos zu fügen. In der Regel sind die Vorarbeiter die Erfahrensten, und Unai wiederum scheint unter diesen der Aller-Erfahrenste zu sein, der Wertschätzung nach zu urteilen, die der kleine Baske bei allen fraglos geniesst. Selbstverständlich wird David Unais Gruppe zugeteilt, dafür hat dieser gesorgt. Die beiden Anderen, Serge und Jacques, sind ebenfalls Franzosen, ungefähr von Davids Grösse und Statur mit ernsten ledernen Gesichtern, die sich nahtlos Unais Arbeitsrhythmus einfügen, etwas, das auch David vom ersten Moment an unwillkürlich tut.

Auch wenn er gewohnt rasch die Arbeitsabläufe versteht und beherrscht, fällt

David das Hantieren mit der Motorsäge schwerer als erwartet. Wenigstens in dieser Hinsicht behalten Petra, Andre und Tomas mit ihren Unkereien recht. Als ob sich etwas in ihm sträube, Bäume zu fällen und zu handhabbarem Material zurecht zu stutzen. Dank Unais Hilfe und Umsicht würde das keinem Aussenstehenden je auffallen, aber diese eine kleine Unsicherheit, ein fast unmerkliches Zögern vor jedem Schnitt, bleibt und wird ihn nicht mehr verlassen.

Selbst nach vielen Stunden, Tagen und Wochen des täglichen Arbeitens mit Unai, wird David später nicht in der Lage sein zu beschreiben, worin nun denn dessen eigentliche Könnerschaft bestünde. Bevor ein Baum gefällt wird, umrundet Unai diesen ständig nach oben und nach allen Seiten spähend mehrmals, beschaut prüfend alle umstehenden Bäume, schnuppert in die Luft, achtet auf jeden Windstoss und darauf, wie sich Zweige und Blätter hin und her bewegen, als würden sie sich untereinander etwas zuflüstern, was nur er verstehen kann, berührt behutsam die Rinde, streichelt sie zärtlich und legt zum Schluss sein Ohr an die Rinde des Baumes, um, ja, um was zu hören? Unai selbst kann oder will sein Tun nicht erklären, meint nur achselzuckend, jeder Baum „atme" auf seine ganz eigene Weise, teile sich über dieses „Atmen" mit und er könne ganz einfach diese Art „Atemsprache" verstehen. All dies dauert nur kurze Zeit, doch diese wenigen Augenblicke genügen, dass Unai genau vorhersagen kann, wie alt der Baum sei, ob gesund oder krank, sein Holz voll- oder minderwertig, und wie und wo der Schnitt anzusetzen sei, damit er in die gewünschte Richtung falle. Manche Bäume würden sich nämlich in allerletzter Sekunde noch entscheiden, plötzlich die Fallrichtung zu ändern, und dann könne es zu schweren Unfällen kommen. Noch nie hat sich der Baske in seinen Vorhersagen geirrt, was erklärt, warum er diese grosse Wertschätzung bei den Kollegen und Chefs geniesst.

Einmal kann David doch nicht an sich halten und fragt Unai, was genau er denn da spüre und was die Bäume ihm in ihrer Sprache sagten. Wie so oft, wenn ein Gespräch ihm zu Herzen geht, schaut der Baske ihn lange schweigend aus seinen dunklen Augen an, bevor er zögernd und in leisem Flüsterton antwortet, als habe er Sorge, jemand Ungebetenes könnte heimlich mithören, dabei sitzen sie nach getaner Arbeit bei Einbruch der Dunkelheit rauchend auf einem Baumstamm, ganz allein mitten im Wald, alle Anderen haben sich schon auf den Rückweg gemacht. Niemand kann wirklich verstehen, wie aus einem so winzig kleinen Samenkorn, das nahezu aus Nichts besteht, ein so mächtiges und grossartiges Lebewesen hervorkommen kann. Natürlich spielen da Licht, Luft, Wasser und Erde eine Rolle, aber nur eine Nebenrolle, die Hauptrolle spielt die, er stockt, als suche er nach einem passenden Wort für etwas, das sich vielleicht gar nicht mit einem einzigen Wort sagen lässt, Seele vielleicht, manche würden das gerne so nennen, aber was besagt das schon, mir gefällt Absicht oder Lust sogar besser, eine Lust auf Abenteuer, irgend so etwas. Wieder fällt Unai in ein langes Schweigen, um dann womöglich noch leiser flüsternd fortzufahren. Jedes Mal, wenn meine Frau schwanger wurde und wir hofften, dieses eine Mal würde es halten, habe ich den Samen eines Baumes in die Erde gelegt. Kein Kind hat es zu uns geschafft, aber aus allen Samen, die ich gepflanzt habe, sind wunderschöne, starke und gesunde Bäume geworden, die ich umsorge und liebe, als seien es meine Kinder. Vielleicht habe ich so etwas von ihnen gelernt, was andere Menschen nicht begreifen können. Als Unai seine Frau erwähnt, wird die Trauer, die den Mann in diesem Augenblick erfüllt, selbst für David unmittelbar körperlich

spürbar, indem etwas ihm die Kehle
zuschnürt.

David mag kein besonders geschickter
Baumschnitter sein, dafür zeigt er ein gutes
Auge und gute organisatorische Fähigkeiten
beim Verladen der Stämme, auch eine heikle
Aufgabe, da es darauf ankommt, die Stämme
derart passend zusammenzufügen, dass es
nicht zu viele Hohlräume dazwischen gibt,
sondern sie möglichst hautnah eng sich
umschliessen. Das spricht sich herum, und so
wird er immer öfter geholt, wenn wieder ein
Stoss Stämme zum Verladen ansteht. An den
arbeitsfreien Sonntagen fahren alle Männer
ausser David in die nächstgelegene Stadt, viele
sogar schon Samstag abends, unter ihnen auch
Unai, um sich zu amüsieren. Da Unai nicht
darüber spricht, was er in der Stadt macht,
fragt ihn David auch nicht, dieses Geheimnis,
wenn es denn eines ist, interessiert ihn
wirklich nicht.

Dank Claudes Erzählungen und Hinweisen
und dank seiner genauen Karten erkundet
David in langen Wanderungen den Wald,
dessen wilde Schönheit ihn je mehr begeistert,
je länger er darin unterwegs ist. Nicht Wind
und Wetter, nicht Sturm, nicht Schnee, nicht
Kälte können ihn davon abhalten, stundenlang

kreuz und quer durch den Wald zu stapfen, je dunkler und geheimnisvoller die Wege, je abgelegener und unscheinbarer die Pfade, desto besser, auch wenn diese oft abrupt im unwegsamen Dickicht enden und er sich mühsam bis zu einem gangbaren Weg durch den Wald tasten muss. Er verliebt sich richtiggehend in diese unwirkliche Gegend, und so erschliesst sich ihm langsam und mit zäher Geduld allmählich ihre eigentümlich wilde, ungezähmte Schönheit. An manchen Sonntagen legt er so dreissig und mehr Kilometer zurück ganz erstaunt darüber, wie mühelos und leichtfüssig er dahingeht und wie willig der Wald sich ihm nach und nach öffnet und gibt.

Über die Feiertage fahren alle nach Hause, Unai zurück ins Baskenland zu Kima und Izar, David mal wieder Richtung Norden zu Petra und ihrer Familie. Erleichtert stellt er bei ihrem Wiedersehen fest, dass die Frau, die da jetzt vor ihm steht und ihn herzlich umarmt, nichts, aber rein gar nichts, mit jener anderen jungen Petra oder jener Französin gemein hat. Kein Anflug von körperlichem Verlangen flackert in ihm auf. Obwohl er nahezu jeden Quadratmeter des Hauses genauestens kennt, fühlt er sich darin sehr unwohl, etwas stört ihn, wenn er auch nicht rausbekommt, was. Er bewohnt den „Gästetrack" unter dem Dach und sehnt sich von der ersten Minute an zurück in den Wald und das wunderbare alte Holzhaus. Petras Familie dagegen geniesst in vollen Zügen das Leben im neuen Heim mit dem vielen Platz, dem schönen Garten und dem herrlichen Ausblick. Die Zwillinge gedeihen prächtig hier, haben den Entwicklungsrückstand nahezu zur Gänze aufgeholt und versuchen sogar schon, sich an Tisch- und Stuhlbeinen hochzuziehen. Auch der kleine David macht sich gut, einzig die Stunden mit ihm beim gemeinsamen Herumtollen am Strand geniesst er sehr.

37
Unmittelbar nach Neujahr macht sich David auf den Weg zurück, er sehnt sich nach seinem Wald. Beim Abschied zwinkert Petra ihm zu, es gäbe in diesem Jahr noch was zu feiern, sein Sechzigster stehe ja an. David nickt unbestimmt und schiebt gleich wieder den Gedanken daran weit von sich, bis zum letzten Tag des Jahres ist es noch lange hin und, das ist sicher, der wird überall gefeiert, sechzig hin oder her. Als erster kommt er aus dem Weihnachtsurlaub zurück und freut sich an der Ruhe im Haus und der Stille im Wald. In den Wochen, in denen er hier im Wald lebt und arbeitet, hat er Nacht für Nacht so tief

geschlafen, dass er am Morgen keinerlei Erinnerung an Träume hat. Kaum liegt er im Bett, ist er schon völlig weg, die starke körperliche Anstrengung fordert ihren Tribut. Anders in dieser Nacht nach seiner Rückkehr, etwas hält ihn wach, stundenlang, so ist sein Eindruck, hört er dem Knacken und Ächzen des Holzes im Haus und dem Knarren und Rauschen der Bäume zu, als ob das tote Holz innen und das lebende Holz draussen sich in einem unaufhörlichen Gespräch befänden. In dieses Gespräch mischen sich Traumbilder, an die er sich am Morgen nach und nach erinnert und sie wie in einem Puzzle Stück für Stück zu einem Ganzen fügt.

Gemeinsam mit den drei Basken und noch etwa drei bis vier weiteren Bekannten, deren Gesichter aber verschwommen bleiben, macht er einen Ausflug mit einem kleinen Flugzeug, das nach oben und an den Seiten fast nur aus Glas besteht, so dass man einen phantastischen Ausblick nach allen Richtungen hat. Es ist ein wunderschön sonniger Tag mit einem tief blauen Himmel. David sitzt vorn neben dem Pilot. Plötzlich neigt sich das Flugzeug nach unten und geht in den Sturzflug. Aber weder David noch die anderen Fluggäste erschrecken oder geraten in Panik. Ruhig hantiert der Pilot an

verschiedenen Hebeln und kurz vor Erreichen
des Bodens gelingt es ihm, das Flugzeug
abzufangen und in eine waagrechte Position
zu bringen. Dann schweben sie durch enge
Häuserschluchten, geschickt handhabt der
Pilot die Flugmaschine, die jetzt eher einem
zigarrenförmigen Zeppelin gleicht.

Sie landen ausserhalb der Stadt mitten in einer
grünen Wiese. Alle klappen das Glasdach
hoch wie bei einem altmodischen
Kabinenroller, steigen aus und gehen zu
einem am Rand der Wiese befindlichen
Gebäude, das beim Näherkommen irgendwie
asiatisch wirkt und an einen buddhistischen
Tempel erinnert. Vor dem Tempel steht ein
kleineres Haus, das anscheinend ein Gasthaus
ist und „Zum weissen Drachen" heisst, wie ein
grosses Schild verkündet, worauf ein weisser
Drache mit Goldumrandung gemalt ist. Hier
ist ein Tisch zum Essen für sie reserviert. Sie
betreten den Gastraum, der im Verhältnis zum
stattlich wirkenden Haus sehr klein und eng
ist und voll besetzt zu sein scheint. David ist
es schleierhaft, wie und wo sie alle da noch
Platz finden sollen. Doch schon kommt der
Wirt, ein Chinese, der in einem fort kein
Ploblem, kein Ploblem plappert. Im
Handumdrehen werden kleine Tische und

Stühle herbeigeschafft, die tatsächlich alle
noch in den engen Raum hineinpassen.

Trotzdem ist es David zu eng und er geht
wieder hinaus ins Freie, gefolgt von Izar. Sie
gehen gemeinsam ein Stück vom Gasthaus
weg in Richtung Wiese. Izar ergreift seine
Hand und ganz überrascht schaut David zu
ihr hin. Doch nicht Izar geht neben ihm,
sondern eine knabenhaft schlanke Frau mit
grossen dunklen Augen und einem dunklen
Gesicht, deren Alter er nicht abschätzen kann.
Irgendwie zeigt sie schon eine gewissen
Ähnlichkeit mit Izar und wirkt doch gänzlich
anders. Ihr Händedruck geht ihm durch Mark
und Bein und erregt ihn unbeschreiblich. Er
hat das Gefühl, diese Frau schon einmal
irgendwo gesehen zu haben, kann sich aber
nicht erinnern, wo.

Der Januar bringt reichlich Neuschnee und
klirrende Kälte, so dass der Schnee bis zum
Ende der Wintersaison liegen bleibt. Mit dem
Schnee und der Kälte geht das Arbeiten im
Wald viel leichter, als ob die Seelen der Bäume
sich weit entfernt hätten und diese nun fast
wie von selbst umknicken wie Streichhölzer.
Im pulvrigen Schnee gleiten die gefällten
Stämme dahin wie schwimmend in Wasser.
Wohlig saugt David die scharfe kalte Luft ein,

die seinen Lungen so gut zu tun scheint, dass sich die Anfälle von Raucherhusten, die ihn ab und an durchschütteln, deutlich reduzieren. Fast jeden Abend geht er nach dem Essen, manchmal allein, manchmal mit Unai, hinaus in die sternklare Nacht, noch nie in seinem Leben hat er einen solch dicht mit Sternen übersäten Himmel mit einem solch diamanten strahlenden Gefunkel gesehen. Schweigend und ohne einen bewussten klaren Gedanken steht er endlos lange nach oben schauend da, bis ihm der Nacken schmerzt oder die beissende Kälte ihn ins Haus treibt. Auch seine sonntäglichen Wanderungen führen ihn durch einen völlig verwandelten Wald, als habe eine gute Fee David mit einem einzigen kurzen Augenaufschlag in eine komplett andere Welt versetzt, in der ganz andere Gesetze von Raum und Zeit gelten.

Viel zu rasch verfliegt David die Zeit, viel zu rasch naht das Saisonende. Als er im Zug sitzt, der ihn zurück zum Weingut der Brüder bringt, hat er das Gefühl, nur ein paar Tage hier verbracht zu haben. Innerhalb weniger Minuten bringt der Zug ihn aus dem tiefsten Winter hinein in den beginnenden Frühling. Wieder bezieht er das Häuschen, das, so scheint es, während seiner Abwesenheit von niemandem betreten worden ist, und wundert sich über das bunte Spriessen der ersten Frühlingsblumen im Garten, deren Farben ihm nach dem langen Weiss und Schwarz des Waldes fast schmerzhaft in den Augen brennen.

Sofort beginnt er mit der Sanierung des Dachstuhls, eine kitzlige Aufgabe, die den beiden Brüdern sehr am Herzen liegt, da es darum geht, von der alten Substanz so viel als möglich zu erhalten und nur dort, wo es unumgänglich notwendig ist, behutsam und feinfühlig zu erneuern, was sein ganzes Improvisationstalent fordert. Schnell hat ihn der Alltag der Arbeit wieder, in den er sich gern fügt, und im selben Rhythmus aus Arbeit und Freizeit wie im Wald führt er auch hier die gewohnten sonntäglichen Wanderungen fort. Anfangs hat er den Impuls, sein Fahrrad zu aktivieren, doch als er das eingestaubte Gefährt in den Händen hält, wird ihm bewusst, dass er lieber weiter zu Fuss unterwegs sein möchte.

Anfang Mai gibt es in der nächstgelegenen Stadt ein mehrtägiges Frühlingsfest, wohin am arbeitsfreien Sonntag alle auf dem Hof tätigen Familien selbstverständlich hin wollen, um sich zu amüsieren. Auch David soll unbedingt mitkommen, dem solche

Menschenansammlungen eher ein Greuel sind und der lieber für sich allein unterwegs ist, doch dieses Mal gibt er nach und fährt mit. Es herrscht mildes sonniges Frühlingswetter und alle sind in bester Festtagsstimmung. Als sie auf dem Rummel eintreffen, herrscht überall schon dichtes Gedränge, Geschiebe und Gelärme, was David schon nach einer Minute zu viel wird, so dass er bereut, mitgekommen zu sein. Schliesslich landen sie in einer ruhigeren Ecke bei einem Kinderkarussell, wo David bereitwillig die Aufsicht über die Kinder übernimmt, so dass die Erwachsenen ungestört eine Stunde lang ihren eigenen Vergnügungen nachgehen können. Sofort stürmen die Mädchen zu den Schwänen und Pferdchen, während die Jungs euphorisch die kleinen Mopeds, Autos und Flugzeuge besteigen.

David zieht sich in den Schatten eines daneben stehenden Standes mit Süssigkeiten zurück, von wo er einen ungestörten Blick sowohl auf das Geschehen im und um das Karussell herum hat als auch auf die vorbei flutende Menschenmenge. Plötzlich entdeckt er darin eine Frauengestalt, die ihm irgendwie bekannt vorkommt. Es handelt sich um eine kräftige, etwas füllige ältere Frau mit glattem schwärzlich grauem Haar, das stramm nach hinten gekämmt und im Nacken zu einem Knoten zusammengebunden ist. Neben ihr geht eine jüngere blonde Frau, hinter der sich kaum grösser als die beiden Frauen ein untersetzter Mann befindet, dessen Gesicht von einer Baseballkappe beschattet wird, so dass David sein Alter schlecht schätzen kann, sicher ist er jünger als die ältere und älter als die jüngere Frau. An seiner Hand tanzt ein etwa dreijähriges blondes Mädchen hin und her, das fröhlich über das ganze Gesicht lacht, weil der Mann unentwegt lustige Sachen zu sagen scheint, beide haben offensichtlich grossen Spass miteinander und geniessen das Rummel-Treiben um sie herum. Auch die beiden Frauen drehen sich ständig zu ihm um und lachen herzhaft mit.

Mit der Verzögerung einer Schrecksekunde erkennt David, dass dies die beiden Frauen sind, auf deren heruntergekommenem Hof er im vergangenen August jene Nacht verbracht hat. Schlagartig ersteht vor seinem geistigen Auge die ganze Szenerie von damals, die Einfahrt in den Hof, das kurze Wortgefecht der Frauen, das Betreten der Küche mit dem Verscheuchen des betrunkenen Männchens, die Dusche, das enge stickige Zimmer, die beiden Umarmungen, qualvoll die eine, unendlich lustvoll die andere. Unaufhaltsam bekommt er beim Anblick der jüngeren Frau eine Erektion und wieder staunt er über ihre verblüffende Ähnlichkeit mit der jungen Petra. Und noch etwas steigert seine Erregung: die junge Frau ist unübersehbar hochschwanger. Fieberhaft rechnet David nach und eine jähe heisse Welle der Erkenntnis überflutet ihn. Der Zeitpunkt stimmt, möglicherweise, nein ganz sicher sogar, ist das Kind in ihrem Bauch von ihm, wieder überkommen ihn in Gedanken die Lustwellen von damals und wie ihre weiblichste, intimste Stelle eins ums andere Mal alles an Sperma aus ihm heraus und tief in sich eingesaugt hat. Weiter zieht sich David in den Schatten zurück in grösster Sorge, ja nicht von den Frauen gesehen und erkannt zu werden, und hofft inständig, dass das Mädchen an der Hand des Mannes nicht den Wunsch äussert, eine Runde auf dem Karussell zu drehen. Doch die Gruppe amüsiert sich so gut, dass das Karussell wohl in den Augen des Kindes nichts besonders Aufregendes darstellt, und verschwindet langsam im Strudel der Masse. Kaum kommen die Erwachsenen zurück, um die Kinder abzuholen, verlässt David fluchtartig das Fest und begibt sich schnellst möglich zurück nach Hause.

38

Irgendwann im Lauf des Sommers meldet sich
Kathrin nach längerer Zeit mal wieder bei
ihm, sie ist es, die den Kontakt hält und ihn
mit den Neuigkeiten aus der Familie versorgt.
Stell dir vor, wir werden Grosseltern, platzt sie
sofort los, und in ihrer Stimme zittern deutlich
Glück und Stolz darüber mit. Hallo Opa, wie
geht's dir, wie fühlt sich das so an? David
findet nicht gleich eine Antwort, wüsste auch
gar nicht zu sagen, wie er sich jetzt anders
fühlt, doch Kathrin scheint sowieso keine
Antwort zu erwarten, sondern plappert
munter weiter. Silvia ist schwanger, im
November schon ist es so weit, sie bekommen
ein Mädchen, also haben wir Ende des Jahres
gleich doppelt was zu feiern, schliesslich steht
ja an Silvester ein runder Geburtstag an, also
was sagst du dazu? Der einzige klare
Gedanke, der ihm kommt und sich
karussellartig in ihm dreht und dreht, lautet:
Und ich bin wieder Vater geworden, wie
findest du das? Doch den behält er natürlich
für sich, vielleicht beruht das Ganze ja nur auf
Einbildung, vielleicht sogar auf
Wunschdenken, aber damals, ja damals im
Sommer mit der jungen Petra, da wäre er
liebend gern noch einmal Vater geworden, das
wird ihm jetzt deutlich bewusst.

So brummt David nur Unverständliches ins Telefon und Kathrin muss mehrmals nachhaken, bis er zu einer klaren Stellungnahme kommt. Schon als Petra ihn vor Monaten darauf angesprochen hat, war ihm klar, dass er wohl um dieses Fest nicht drum rum kommen würde, auch wenn ihm keineswegs der Sinn danach steht. Vielleicht hätte er ohne Silvias Schwangerschaft versucht, sich doch irgendwie aus der Affäre zu ziehen, was jetzt natürlich nicht mehr geht, die Familie will gross feiern und warum auch nicht? Wenn du willst, organisiere ich alles, du weisst, wie gern ich das mache, das ist überhaupt kein Problem für mich, hört er Kathrin sagen, doch genau das will er nicht, das ist sein erster klarer Gedanke und fällt ihr deshalb energisch ins Wort, nein, nein, Petra macht das, wir haben alles schon besprochen. Nichts haben sie besprochen, aber Petra wird das richten, das weiss er.

Na dann, Kathrin klingt für einen Moment enttäuscht oder irritiert über seine klare Ansage, fängt sich aber sofort wieder, schön, dass du dir überhaupt selbst schon Gedanken gemacht hast, jedenfalls kommen wir alle gern dorthin, wo auch immer du feiern willst. Ach übrigens, fügt sie jetzt wieder im üblichen Plauderton redend an, Bernd hat eine feste

Freundin, ein, sie zögert etwas, als suche sie
nach dem passenden Wort, wirklich nettes
Mädchen, ihr Vater stammt ursprünglich aus
Chile, er ist damals nach dem Militärputsch
als politischer Flüchtling nach Deutschland, äh
West, fügt sie erklärend hinzu, gekommen,
vielleicht erinnerst du dich noch, war damals
Anfang der siebziger Jahre eine grosse Sache,
das mit Allende und so, doch David erinnert
sich nicht, Politik hat ihn noch nie bekümmert.
Sieht nach was Ernstem aus, die Beiden passen
auch wirklich gut zusammen, wieder macht
sie eine kleine Pause, ich glaube, sie wird dir
gefallen.

Nur halb hört David hin, noch immer kreist
der Satz in seinem Kopf, und ich bin Vater
geworden, diese Möglichkeit elektrisiert ihn
mehr als die Tatsache, bald Opa zu sein.
Unmittelbar an Kathrins Telefonat
anschliessend meldet sich David bei Petra, um
mit ihr über sein Geburtstagsfest zu sprechen.
Er hat sich vorgestellt, irgendwo in einem
Hotel oder Gasthof einen Raum zu mieten,
doch die erfahrene Petra winkt gleich ab, das
kannst du vergessen, an Silvester bekommst
du nirgends mehr was, nein, wir machen das
ganz anders, wir feiern einfach hier bei uns im
Haus, da haben wir genügend Platz und es ist
zudem viel gemütlicher und unkomplizierter,

auch wegen der Kinder, die können dann ungestört toben wie sie wollen, ohne dauernd auf andere Leute Rücksicht nehmen zu müssen. Und eine Übernachtungsmöglichkeit für deine Familie findet sich auch, dafür sorge ich schon.

Von der Weinlese bekommt er nahezu nichts mit, zu sehr ist er in die Arbeit mit dem Dachstuhl vertieft. Kaum hat die Lese begonnen, ist sie, seiner Wahrnehmung nach, auch schon wieder vorbei, selbst Izar und Kima tauchen nur wie flüchtige Schatten kurz auf, um sofort wieder zu verschwinden. Mit Unai verbringt er dann und wann einen Abend, kann sich aber nicht erinnern, was da gesprochen wurde, oder ob sie nur schweigend geraucht und Wein getrunken haben. Trotz all der intensiven Anstrengung schafft er es nicht, die Arbeit bis Ende Oktober fertig zu stellen, er wird wohl im kommenden Frühjahr nochmals für einige Wochen daran müssen, was Tomas und Andre nicht weiter stört, sie nehmens gelassen und sind mit der bisher geleisteten Arbeit mehr als zufrieden und des Lobes voll. Erleichtert macht er sich wieder auf den Weg in seine Vogesen, in seinen Wald, in sein Zuhause, so fühlt er sehr stark, einen ganzen langen Sommer durch hat er sich nach ihm gesehnt, nach seiner jähen

Herbe, sämigen Feuchte, selbstvergessenen Würde.

Genauso tief verschneit, wie er ihn im Frühjahr verlassen hat, zeigt sich der Wald bei Davids Ankunft, früh hat der Winter Einzug gehalten, noch ist es nicht so eisig kalt wie zu Anfang des Jahres, dafür setzen den Waldarbeitern oft starke Winde zu, die die Arbeit beschwerlicher machen. Trotzdem und dank Unais Umsicht findet die Gruppe rasch in den gewohnt federnden Rhythmus. Ende des Monats bringt eine mildere Westströmung Tauwetter mit unbeständigen Winden. Claude gefällt dieses Wetter überhaupt nicht und prophezeit ihnen stürmische Zeiten, auch Unai verharrt öfters als sonst regungslos, um den Winden zu lauschen, in die Luft zu schnuppern, den Zug der Wolken aufmerksam zu verfolgen. Eines Abends erzählt er David, Kima habe ihm am Telefon gesagt, auch bei ihnen sei es sehr stürmisch, in der Biskaya habe ein schwerer Sturm getobt wie seit Jahren nicht mehr, sie sollten also sehr vorsichtig bei der Arbeit sein. Trotz Matsch und widrigen Winden, die die Arbeit zusätzlich erschweren, fühlt sich David weiter wohl in seinem Wald und beschützt.

Am Abend ist allen die Anstrengung des Tages mehr als sonst anzumerken, die Gespräche verlaufen zäh und einsilbig, früher als sonst gehen die Männer ins Bett. Unais grösste Sorge ist, dass die Arbeiten vorübergehend eingestellt werden könnten, auch das habe es früher schon gegeben, dabei brauche er dringend das Geld, das Dach vom Bauernhaus sei schadhaft und müsse komplett neu gerichtet werden. David hofft mit Unai und das Wetter beruhigt sich trotz aller Unbeständigkeiten etwas und hält bis Weihnachten. Im Gegensatz zu den meisten anderen Männern schläft David schlecht, Nacht für Nacht lauscht er lange dem lauten Gestöhne der Bäume und dem knarrenden Gekrächze des Holzes im Haus, das drängender denn je klingt, fast wie eine Art Klagegesang, aber was sollte es hier in diesem wundersamen Märchenwald zu beklagen geben? David schüttelt ungläubig den Kopf, nein, alles ist gut hier. Doch Holz und Bäume wissen es besser.

39
In der letzten Nacht vor dem Weihnachtsurlaub vermeint David im Schlaf Claudes Stimme inmitten des windigen Gebrauses, das das Haus umrauscht, zu hören, der ihm in seinem elsässischen Singsang etwas

ins Ohr flüstert. Benommen steht er auf, folgt dem Flüstern und geht aus dem Haus. Draussen findet er sich angetan mit einem langen Nachthemd wieder, das ihm ganz fremdartig vorkommt und fast bis zum Boden reicht und sofort von den Winden ergriffen und zu einem Ballon aufgeblasen wird, der ihn schnell in die Höhe weit über die Wipfel der Bäume hinaus trägt. Obwohl es dunkel ist und kein Mond oder Sterne am Nachthimmel zu sehen sind, hat er eine klare, deutliche Sicht, auch ist es ihm gar nicht kalt, wie zu erwarten wäre. Der Wind treibt seinen Ballon mit hoher Geschwindigkeit in Richtung eines diffusen Lichtes am Horizont, das immer heller wird. Von einem Augenblick zum anderen befindet er sich weit jenseits der Erde, die irgendwo fern in der Schwärze des Alls bläulich schimmert, vor dem Schott einer Raumstation, das sich bei seiner Ankunft automatisch öffnet.

Jedoch betritt er keine enge Kabine einer Raumstation, wie er sie von Bildern her kennt, sondern eine riesige belebte Stadt, die von einer künstlichen Sonne mit einem wunderbar wohltuenden warmen Licht erhellt wird. Wie in jeder anderen irdischen Stadt auch gibt es Strassen, Wohn- und Grünanlagen. Trotzdem wirkt alles gänzlich fremdartig. Viele

Menschen sind unterwegs, alle zu Fuss,
Fahrzeuge kann er nirgends erkennen, und
angezogen mit bunten Kleidern, die so
intensiv in allen nur denkbaren
Farbschattierungen leuchten, wie er sie bisher
noch nie gesehen hat. Nicht nur die Farben der
Kleider sind unendlich vielfältig, auch die
Hautfarben der Menschen schillern in
unendlichen Variationen, wobei Brauntöne,
die eigenartig bronzefarben leuchten,
vorzuherrschen scheinen. Plötzlich realisiert
David, dass alle Menschen, Frauen wie
Männer, in etwa dasselbe Alter haben, , weder
sieht er alte Menschen noch Kinder. Ziellos
treibt er durch die Menschenmenge, ohne
besonders aufzufallen und ohne, dass jemand
von ihm Notiz nimmt oder ihn anspricht, bis
eine Frau ihn kurz am Arm berührt und ihm
bedeutet, ihr zu folgen.

Es handelt sich um eine Frau im ebenso
undefinierbaren Einheitsalter wie bei allen
anderen hier, deren Haut aber mehr ins
Dunkle geht und geheimnisvoll olivgrün
schimmert. Irgendwann verlassen sie durch
ein ähnlich automatisch sich öffnendes Schott
die belebte Stadt und gelangen in ein
menschenleeres Geflecht aus Gängen und
Schächten. Abrupt fallen sie in einen Schacht
und stürzen unbestimmt lange Zeit in die

Tiefe, bis ihr Fall abgebremst wird und sie sanft landen. Wieder öffnet sich ein Schott und wieder ändert sich schlagartig die Szenerie. Anscheinend befinden sie sich wieder auf der Erde, aber auf was für einer? So fremd wirkt alles auf David. Stürme heftigster Art toben, schwere Wolkenmassen türmen sich in unabsehbare Höhen, aus denen Sturzbäche aus Regen und Hagel fallen. So weit sein Auge reicht, breitet sich ein riesiges Feld umgestürzter Bäume, die kreuz und quer durcheinander und meterhoch übereinander gestapelt liegen, ihm bietet sich ein Bild vollkommenen Chaos.

Unbeeindruckt davon springt die Frau mitten hinein in dieses Chaos, als könne es nichts Schöneres geben, und David tut es ihr gleich. Jetzt erst bemerkt er, dass sie eine Art Schutzanzug tragen, der sie wie eine zweite Haut nahtlos umschliesst und wunderbar weich und geschmeidig sich anfühlt und für eine stets gleich bleibende angenehme Temperatur sorgt. Und nicht nur das, der Anzug ermöglicht ein ungemein leichtes und wendiges Manövrieren in diesem stürmischen wilden Gewoge, als könne er nach Belieben die Schwerkraft manipulieren oder, besser, mit ihr spielen. Die Bewegungen der Frau vor ihm gleichen jedenfalls mehr einem kindlich

übermütigen Tanzen als einem mühsamen
Kampf mit den Elementen. Unglaublich
schnell bewegen sie sich vorwärts und legen
eine gewaltige Strecke zurück, ohne je zu
ermüden.

In kurzer Zeit erreichen sie ein anderes Gebiet,
eine Art Talkessel, der rings umgeben von
hohen Bergen wohl Schutz bietet vor den
grimmig tobenden Stürmen, der Vegetation
nach zu urteilen, die ihm mit ihren intakten
Pflanzen und Bäumen bekannt und vertraut
erscheint. Fremd wirken nur die kuppelartigen
Häuser, die sich zu tausenden wie
Bienenwaben eng aneinander fügen. Auch
hier wimmelt es von Menschen, alle angetan
mit diesen wunderbaren Schutzanzügen, die
es ihnen ermöglichen, auf die verrückteste Art
durch die Luft zu tollen und unermüdlich die
Steilhänge der Berge auf und ab zu wedeln.
Offensichtlich ein grosser Spass für alle.
Anders als in der Stadt im Orbit gibt es hier
auch viele Kinder und Alte. David folgt weiter
der Frau, die ihn jetzt hin zu einem der
Kuppelhäuser führt, das sie, er weiss nicht
wie, betreten.

Im selben Moment verschwinden die
Schutzanzüge, als ob jemand sie mit einem
Klick gelöscht habe. Jetzt trägt die Frau eine

einfach geschnittene beige farbene Hose und ein genauso einfaches Langhemd in derselben Farbe, das fast bis zu den Knien reicht. Ihr dunkles Haar leuchtet bläulich schwarz und reicht bis zum Nacken, so dass der Eindruck entsteht, sie trage eine Art Helm. Der kreisrunde Raum ist mit einem sandfarbenen Steinfussboden ausgelegt, der merkwürdig glänzt und eine wohltuende Wärme und ein eigentümlich weiches Licht abstrahlt. In regelmässigen Abständen verteilen sich Fenster, ansonsten ist der Raum leer, ohne deswegen kahl, kalt oder ungemütlich zu wirken, im Gegenteil macht der Raum auf David einen wohlig wohnlichen Eindruck. Sie nähern sich einem der Fenster, das nun eher einem Spiegel gleicht, worin sich zwei Menschen zeigen. Einmal die Frau und neben ihr, als habe sie sich verdoppelt, in genauer Kopie noch einmal dieselbe Frau mit derselben dunklen olivigen Haut, demselben schwarzblauen helmartigen Haar, demselben ausdrucksstarken Gesicht mit den hohen Wangenknochen, der hohen Stirn, den scharf gezeichneten schwarzen Augenbrauen, die fast in der Mitte der Stirn zusammenlaufen, denselben beigefarbenen Kleidern.

Als David erwacht und noch Tage danach brennt ihm ständig dieses Bild der gespiegelten Zwillinge in der Seele, denn die andere Frau kann ja nur er gewesen sein, ausser ihnen war niemand in dem Raum anwesend, und nur er stand dicht neben der Frau, als sie in das spiegelnde Fenster blickten.

40
Dieses starke Traumbild begleitet David über die Feiertage, lässt ihn nicht los, versetzt ihn in eine nervöse Unruhe, die er so nicht von sich kennt. Keinem Gespräch ist er in der Lage zu folgen, er ist unaufmerksam, hört nur halb hin, was Andere reden, weil ihn beständig das Bild der gespiegelten Zwillinge sein inneres Auge gaukelt. Ein zielloser Bewegungsdrang befällt ihn, kaum dass er sitzt, springt er auf, um nach einigem Hin und Her sich wieder zu setzen, unruhig mit den Beinen zu wippen, mit den Fingern zu klopfen. Petra entgeht Davids ungewohnte Unruhe nicht, stellt ihn deswegen jedoch nicht zur Rede, sondern nimmt seine fahrige Aufgeregtheit und zeitweis geistige Abwesenheit achselzuckend zur Kenntnis. Was er an den Feiertagen mit den Kindern, insbesondere dem kleinen David, gemacht, gesprochen, gespielt hat, daran kann sich David später nicht mehr erinnern, als seien alle Erinnerungsbilder auf immer in einem schwarzen Loch verschwunden.

Sein bewusstes Denken setzt erst wieder ein, als Petra am Abend des zweiten Weihnachtstages aufgeregt berichtet, eben habe sie in den Nachrichten gehört, dass in Frankreich und in Süddeutschland ein schwerer Sturm gewütet habe, ein Orkan von ungeheurer Wucht, wie es ihn seit Menschengedenken nicht gegeben habe, der gewaltige Schäden insbesondere in den Vogesen und im Schwarzwald angerichtet habe, deren Grösse noch gar nicht abzuschätzen sei, sogar Tote und Verletzte habe es gegeben. David setzt sich vor den Fernsehapparat, was er sonst eigentlich verabscheut, um mit eigenen Augen die Bilder dieser Zerstörungsorgie zu sehen. In diesem Moment weicht die tagelange innere Unruhe von ihm, als sei mit dem Wüten des Sturmes sein eigener innerlicher Sturm zur Ruhe gekommen.

Er widerstrebt dem Impuls, sofort im Elsass bei Tomas und Andre anzurufen, das hätte jetzt sowieso keinen Sinn, vermutlich käme er gar nicht durch, zudem hätten sie dort sicher Wichtigeres zu tun. Auch am darauf folgenden Tag wüten in Frankreich weitere Stürme und bringen nach der langen milden Witterung Kälte und Schnee, flächendeckend fällt das Strom- und Telefonnetz aus. Grössere

Sorgen macht sich David um seine baskischen Freunde, wie gut haben sie den Sturm überstanden, wo doch Unai gesagt hat, das Dach des Hauses sei schadhaft, weswegen er dringend Geld und die Arbeit im Wald brauche? Es ist kaum vorstellbar, dass die Arbeiten im Wald einfach so weitergehen können, wo bekommt Unai nun aber das nötige Geld her? Und die drängendste aller Fragen, wie geht es seinem Wald, was davon ist überhaupt noch übrig, und was ist mit Terese und Claude und ihrem Haus mitten im Wald passiert?

Also wartet David und geduldet sich und als er dann endlich zum Telefon greift, hat sich die Situation etwas beruhigt und er hat Glück, die Leitung funktioniert und er bekommt Tomas an den Apparat, der gewohnt fröhlich erzählt. Auf dem Hof sei alles glimpflich abgelaufen, sie seien mit einem blauen Auge davon gekommen, aber im Umland sei schon einiges zu Bruch gegangen, es warte also Arbeit in Hülle und Fülle auf ihn, anders im Wald, und jetzt wird Tomas Stimme doch ernst, da sähe es schlimm aus, keiner könne momentan sagen, wie schlimm genau, aber der Orkan habe kilometerlange Schneisen geschlagen, wo kein einziger Baum mehr stehe. Von Terese und Claude wisse er nichts, aber wenn dort etwas Schlimmes passiert wäre, hätten sie das sicher schon gehört, auch seien die stärksten Böen weiter nördlich durch. An Arbeiten im Wald sei vorerst, wenn nicht auf Jahre, nicht zu denken, erst einmal müssten alle wichtigen Zugänge freigelegt und dann die Schäden nach und nach beseitigt werden, eine gefährliche Arbeit, die unabsehbar lange Zeit beanspruchen würde. Jetzt in den Wald zu gehen, sei unmöglich, ja selbstmörderisch, ständig gäbe es Nachbrüche, deswegen sei das ganze Gebiert sowieso komplett gesperrt. Armer Unai, ist Davids erster Gedanke, wo nur soll der Baske jetzt das benötigte Geld verdienen?

Auch wenn Petra alles bestens organisiert hat, Davids Stimmung ist im Keller und seine Lust zu feiern am Nullpunkt. Kathrin kommt gemeinsam mit der jungen Familie, ignoriert beharrlich Davids miese Laune und schafft im Handumdrehen eine turbulent fröhliche Atmosphäre, zu der Petras Kinder nicht wenig beitragen, die sich voller Begeisterung über einen grossen Korb mit Geschenken hermachen, den Kathrin mitgebracht hat, da du dir sowieso nichts aus Geschenken machst, sollen wenigstens alle Anderen etwas von deinem Geburtstag haben, meint sie trocken. Mitten in diesen Tumult hinein platzt Bernd mit seiner neuen Freundin Etta. Was den Kindern schon ansatzweise gelungen ist, vollendet die Ankunft der Beiden, David aus seiner niedergedrückten Stimmung zu reissen. Ettas Erscheinen elektrisiert und verwirrt ihn, denn er vermeint aufs Bestimmteste, in ihr jene rätselhafte Frau zu erkennen, die seit einiger Zeit durch seine Träume geistert. Zwar ist Etta etwas grösser, aber ebenso knabenhaft schlank, und ihre Haut weist denselben dunklen olivigen Schimmer auf. Auch wenn sie die Haare sehr kurz geschnitten trägt, stimmt die blauschwarze Haarfarbe genau überein. Und sie hat dieselben ausdrucksstarken dunklen Augen mit denselben prägnanten, scharf geschnittenen schwarzen Augenbrauen, nur fehlen ihrem Gesicht die ausgeprägten Wangenknochen, was den Gesichtsschnitt schmäler und damit europäischer macht.

Auf Davids Nachfrage nach ihrem exotischen Aussehen, erzählt Etta, ihr Vater stamme ursprünglich aus Chile, was Kathrin ihm schon einmal am Telefon gesagt, er aber inzwischen wieder vergessen hat, und habe indianische Vorfahren. Da ihr Vater in der Zeit der Allende Regierung Anfang der siebziger Jahre politisch sehr aktiv gewesen sei, sei er nach dessen Sturz durch Pinochet nach

Deutschland ins Exil gegangen, wo er ihre Mutter kennengelernt habe. Beide hätten am Theater gearbeitet, ihre Mutter als Tänzerin, ihr Vater als Bühnenarchitekt, hätten aber nie geheiratet, und leider sei ihr Vater durch einen Bühnenunfall ums Leben gekommen, als sie drei Jahre alt war, so dass sie gar keine Erinnerung an ihn habe.

Bernd fügt später noch hinzu, Etta habe gerade ihr Studium als Umweltbiologin beendet und habe im Frühjahr ein Praktikum für ihre Abschlussarbeit in einem Umweltschutzprojekt an der Ostsee gemacht, wo ganz in der Nähe die Firma für regenerative Energien ihren Sitz habe, für die er jetzt arbeite, und so hätten sie sich kennengelernt. Sooft David an diesem Abend Etta anschaut, überströmt ihn ein jähes Glücksgefühl, als sei er ihr favorisierter Liebhaber und nicht sein Sohn, dem er jedoch diese Liebschaft von Herzen gönnt. Bernd und Etta können die Finger nicht von sich lassen, suchen immerzu den Körperkontakt mit Streicheln, Fingerln, Knutschen. Einmal stupft Kathrin David an, deutet mit dem Kopf hinüber zu den Beiden und flüstert ihm ins Ohr, weisst du noch, so verliebt sind wir auch einmal gewesen?

Ungerührt von dem Gelärme um sie her schläft die kleine Sandra in ihrem Körbchen, so dass David nicht mehr von ihr zu sehen bekommt als ein winzig kleines Näschen, ein winzig kleines Mäulchen, das ab und zu mit den winzig kleinen Lippchen schmatzt, und zwei winzig kleinen Händchen mit winzig kleinen Fingerchen, die immer wieder unruhig zucken, als führten sie ein Eigenleben. Als es zwölf schlägt und die Glocken das neue Jahr einläuten, umarmt David von einer starken Gefühlserregung übermannt einen nach dem anderen inniger als sonst, ganz besonders aber Bernd, dem er zu seiner tollen Freundin gratuliert, und Etta, die seine Umarmung mit stoischer Geduld hinnimmt als Geste eines gerührten Vaters, und zum Schluss noch Kathrin, der er, animiert vielleicht von ihrem geflüsterten Satz, wohl etwas zu nahe kommt, so dass sie ihn sanft aber bestimmt von sich drängt, gestern war gestern und heute ist heute, was David dann doch einen kleinen Stich versetzt.

Am Neujahrstag unternehmen Kathrin und er einen kleinen Spaziergang am Strand, wo David es dann doch nicht lassen kann, sie in einem etwas anzüglichen Ton zu fragen, ob ihr nicht etwas fehle, so ganz ohne Mann, er hätte erwartet, sie bald wieder liiert zu sehen, schliesslich habe es Zeiten gegeben, da seien die Männer Schlange bei ihr gestanden. Kathrin überhört den spöttischen Unterton und antwortet zu Davids Erstaunen überraschend ernst, Manfred fehlt mir als Mensch, nicht als Mann, falls du den Unterschied verstehst. Und was die alten Geschichten betrifft: Ja, es hat mir damals gefallen, mit den Bonzen zu flirten und zu sehen, was ein bisschen Augenklimbern und Arschwackeln mit vorgeblich klugen Männern macht.

Nein, Kathrin bleibt stehen und blickt David direkt ins Gesicht, im Grunde meines Herzens bin ich froh, dieses ganze erotische Gedöns los zu sein. Und, fügt sie schnell hinzu, bevor du weiter fragst, ja ich wollte dich damals und ich wollte ein Kind von dir und von keinem anderen, und wirklich bist du ein guter Liebhaber und ein guter Vater gewesen, so wie Manfred später zu einer anderen Zeit mein allerbester Mann und Partner gewesen ist, und ja, ich vermisse ihn, und ja, ich habe wirklich grosses Glück gehabt mit meinen Männern, wie überhaupt mit allem in meinem Leben, und jetzt bin ich eine überglückliche Grossmutter und geniesse dieses Glück in vollen Zügen.

Zu allem, was Kathrin da fast bekenntnisartig aus sich heraus stösst, nickt David wie automatisch, äussert sich aber nicht weiter dazu. Später erst wundert er sich, warum Kathrin ihn nicht im Gegenzug danach gefragt hat, wie es denn um sein Lebensglück und sein Glück mit den Frauen stehe. Und er versucht sich selbst in einer Antwort, dass der Glücksgrad bei ihm sich vermutlich nach dem Grad der Intensität seines Begehrens richte. Bilder von der jungen Kathrin, der jungen Petra, von Kima und Izar tauchen in ihm auf und von jener geheimnisvollen Frau aus seinen Träumen, die so plötzlich in Gestalt von Etta leibhaftig in sein Leben getreten ist, ein Gedanke, der ihn lustvoll und peinlich zugleich durchzuckt und den er bemüht ist, schnellstens wieder aus dem Bewusstsein zu streichen.

41
Wie von Tomas angekündigt, wartet jede Menge Arbeit auf David, der Sturm hat einige Dächer in der Umgebung beschädigt, die grössten Schäden sind jedoch durch umgestürzte Bäume entstanden. Eine schwere Tanne ist auf einen Geräteschuppen gefallen und hat den Dachstuhl in der Mitte gespalten, so dass der Besitzer mit dem Gedanken spielt, den Schuppen komplett abzureissen und neu

aufzubauen. David begutachtet den Schaden
und bewundert anerkennend die vorzügliche
Qualität des Holzes und des Baus, dessen
Zerstörung ihm in der Seele weh tun würde.
Es sei fraglich, ob sie in der heutigen Zeit
einen Neubau von ähnlich guter Qualität
zustande bringen könnten, meint er zum
Besitzer. So tüftelt er eine Lösung zum Erhalt
des Schuppens aus und es gelingt ihm, den
Besitzer davon zu überzeugen, allein dieser
Auftrag beschäftigt ihn über Wochen.

Eines Abends Ende Februar wird David ans
Telefon gerufen, wo zu seiner Überraschung
Unai ihm freudig erklärt, er sei wieder im
Wald, der Chef habe ihn gebeten, die Leitung
eines Räumtrupps zu übernehmen, auch die
Bezahlung sei sehr gut, noch besser als sonst,
wahrscheinlich werde er etwa drei Monate
bleiben. Mehr besorgt als erfreut hört David
das seinen Freund am Telefon sagen, eine
Besorgnis, die noch durch Andres Reaktion
verstärkt wird, der, als David ihm davon
erzählt, zornig meint, ja, er habe schon
Gerüchte gehört, dass die Forstbetriebe darauf
drängten, so schnell wie möglich die Wege frei
zu bekommen, um das Bruchholz aus dem
Wald zu schaffen und sich ans
Wiederaufforsten machen zu können. Das ist
unverantwortlich, es ist noch viel zu früh, um

im Wald mit den schweren Maschinen herumzufuhrwerken, Unfälle sind da vorprogrammiert, aber die Forstindustrie ist mächtig und macht gewaltigen Druck auf die Behörden, die mal wieder klein beigeben, schimpft er weiter.

Immer wieder wandern Davids Gedanken in den nächsten Wochen zu dem Basken im Wald inständig hoffend, dass ihm mithilfe seiner grossen Erfahrung, Umsicht und Klugheit schon nichts passieren wird. Am letzten Sonntag im März, einem kühlen sonnigen Tag, fährt David mit dem Zug hinein in die Vogesen, in den Wald, der längst nicht mehr sein Wald ist, das fühlt und weiss er inwendig, alles wird anders sein. Unai hat ein Auto organisiert und holt ihn am Bahnhof ab, um ihm das ganze Ausmass der Zerstörung vor Augen zu bringen. Wegen vielerlei Sperrungen müssen sie einige Umwege in Kauf nehmen, bis sie zu einer recht hoch gelegenen Kuppe gelangen, von wo sie gut weite Teile des Waldes überschauen können.

Was sich auch immer David vorgestellt haben mag, was er beim Anblick dessen, was der Sturm mit dem Wald angerichtet hat, empfände, niemals wäre er auf die Idee gekommen, dass die Bilder, die er ringsum erblickt, in ihm das Gefühl grandioser Schönheit auslösen könnten. Liegt es am besonderen hellen Licht dieses klaren Tages, liegt es an ihrer abgehobenen Position weit über dem Schauplatz, nicht Schrecken oder Entsetzen oder Trauer, sondern eine Art staunender Jubel oder kindliches Entzücken am wilden Durcheinander erfüllen ihn beim Anblick dessen, was er sieht. Und noch etwas erschliesst sich ihm nach einigen Minuten stillen Schauens und Atmens. In die kühle Luft mischt sich ein ihm anfangs kaum wahrnehmbarer würziger, harziger Geruch, der ungemein belebend auf die Sinne wirkt und nicht nur das Atmen leichter und freier macht, sondern auch das Denken und Fühlen zu schärfen scheint. Unai, der ihn von der Seite her genau beobachtet, sagt nach einer langen Zeit des Schweigens nur ein kurzes fragendes Und? Worauf David eher verlegen als überzeugt als Antwort stottert, es ist die Luft, die Luft riecht so ganz anders.

Unai nickt zustimmend, das ist das Blut der toten Bäume, das die Luft belebt, um Raum zu schaffen für neue Ideen und neue Möglichkeiten, deshalb hat der Wald den Sturm gerufen. David glaubt, sich verhört zu haben und schaut Unai ganz entgeistert an, du meinst...? Es war einfach an der Zeit, das Alte

hat sich erschöpft, und jetzt kann sich in Ruhe
etwas Neues entwickeln, könnte, wenn wir
Menschen dies zu liessen, wonach es leider
nicht aussieht, seufzt der Baske bedauernd.
David hakt weiter nach, weil er noch nicht
wirklich versteht, Also du glaubst, die vielen
abertausenden von Bäumen wollten auf diese
Weise sterben? Ja, damit der Wald eine
Chance hat, sich zu erneuern und damit
weiterzuleben.

Sein Freund deutet auf eine in der Ferne sich
erstreckende Hügelkette, deren Silhouette sich
am Horizont gestochen klar abzeichnet. Siehst
du die beiden Hügel, die durch eine tief
eingeschnittene Mulde voneinander getrennt
sind? David fasst die Hügelkette scharf ins
Auge, und als er den Eindruck hat zu wissen,
um welche beide Hügel es sich handelt, nickt
er bejahend. Nun schau dir den Rechten der
Beiden an, was siehst du? Der Hügel scheint
vollkommen kahl zu sein bis auf ein paar
dünne Wedel, die in den Himmel ragen, Keine
Ahnung, was das sein könnte, Sendemasten
vielleicht oder Masten einer Flutlichtanlage,
aber in dieser Höhe und an dieser
abgeschiedenen Stelle wird es wohl kaum ein
Sportstadion geben. Unai zieht aus seiner
Jackentasche ein kleines Fernglas, das er
kommentarlos David reicht. Dieser nimmt es,

setzt es an die Augen, hantiert eine Weile
ungeschickt herum, bis er den Mechanismus
so genau eingestellt hat, dass der Hügel zum
Greifen nah vor seinen Augen erscheint. Die
Wedel, die er für Masten gehalten hat,
entpuppen sich als Bäume, er zählt, Zwei, drei,
vier, vier vielleicht fünf Bäume.

Genau, bestätigt Unai, nimmt von David das
Fernglas und steckt es zurück in die Jacke.
Verstehst du? Immer gibt es Überlebende.
David schaut ihn ratlos an, doch Unai hat sich
schon umgedreht und schweigend gehen sie
zurück zum Auto. Erst dort bricht der Baske
erneut das Schweigen und kommt ins
Erzählen. Nachdem meine Frau gestorben
war, habe ich, wie du ja weisst, als Fischer auf
einem Boot gearbeitet, jahrelang. In all diesen
Jahren habe ich nie von meiner Frau geträumt,
kein einziges Mal, bis eines Nachts sie dann
doch im Traum zu mir gekommen ist, genauso
jung, lebendig und schön wie ich sie zu ihren
Lebzeiten gekannt habe, und mich an der
Hand genommen hat. Die ganze Nacht lang
sind wir so Hand in Hand gewandert, bis wir
zu dem Dorf gekommen sind, wo wir früher
zusammen gelebt hatten, dort hat sie mich
verlassen und ich bin erwacht. Sofort am
nächsten Tag habe ich den Job auf dem
Fischerboot gekündigt und bin zurück zum

Hof von Izar und Kima, wo wir seither wie eine Familie zusammenleben.

Für einen Augenblick unterbricht Unai seinen Erzählfluss und David ahnt plötzlich, was nun folgen wird. An Weihnachten, in jener Nacht vor dem Sturm, ist meine Frau mir ein zweites Mal im Traum erschienen. Und wieder hat sie mich an der Hand genommen und wieder sind wir Hand in Hand losgezogen. Doch dieses Mal war es nicht Nacht, sondern ein heller warmer Sonnentag. Auch sind wir nicht gewandert, sondern wie Kinder barfuss über einen wunderschönen Strand gerannt. Wieder fällt Unai in ein kurzes Schweigen, um dann in seiner Erzählung fortzufahren. Und seltsam, einige Tage nach dem Sturm, zu Anfang des neuen Jahres, als alles wieder seinen gewohnten Gang ging, mussten Kima und ich nach Biarritz fahren, um Behördenkram zu erledigen. Dort habe ich einen Kumpel getroffen, der mit mir auf dem Fischerboot gearbeitet hatte und jetzt einen Campingplatz betreibt und Boots- und Ausflugsfahrten für Touristen organisiert. Er hat mich gefragt, ob ich nicht Lust hätte, bei ihm miteinzusteigen, die Dinge liefen gut für ihn und er könnte dringend einen Mann wie mich gebrauchen, und ohne Zögern habe ich Ja gesagt. Ich werde also zukünftig im Sommer Touristen durch die

Biskaya schippern und im Winter mich um die Boote und die Campingplatzanlagen kümmern. Bis Ende Mai werde ich noch hier arbeiten, doch dann ist Schluss und ich werde nicht mehr zurückkommen.

Während dieser langen Rede Unais muss David zum wiederholten Mal über die Ähnlichkeit staunen, die dieser kleine Mann mit Izar hat. Wieder und wieder malen sich in Unais Gesicht die Züge Izars so lebhaft, dass David mehrmals nahe daran ist, Unai feurig zu umarmen, ein Impuls, den er dann doch unterdrückt. Stattdessen klopft er ihm nur zustimmend auf die Schulter und beglückwünscht ihn zu dieser neuen Wendung in seinem Leben und diesem tollen Angebot. Die Frage, ob die drei wenigstens noch einmal zur Weinlese im Herbst kommen werden, spart er sich auch, da sich die Antwort von selbst ergibt, denn es ist sehr unwahrscheinlich, dass Izar und Kima ohne Unai kommen werden. Am Bahnhof verabschieden sich die beiden Freunde mit einem kurzen herzhaften Händedruck und David verspricht Unai, ihn vor seiner Abreise noch einmal im Mai besuchen zu kommen, ein Versprechen, das er nicht halten wird.

42

In den Wochen danach schläft David, der
sonst einen so guten Schlaf hat, äusserst
unruhig. Traumbilder, worin Unai, Izar und
Etta wirr durcheinander und ineinander
flirren, erregen ihn, so dass er öfters nass
geschwitzt und nass gespritzt erwacht,
nächtliche Samenergüsse von einer Stärke und
Intensität, wie er sie seit den Pubertätsjahren
nicht mehr von sich kennt. Mitten in diese
sinnlich aufgeladene Schwüle hinein platzt an
einem sonnigen Maitag Andre mit der
Nachricht, soeben habe jemand aus dem Wald
angerufen, es sei zu einem schweren Unfall bei
den Rodungsarbeiten gekommen mit zwei
Toten, einer davon sei Unai, das Ganze sei
schon vor zwei oder drei Tagen passiert.
Andre bietet David an, sofort gemeinsam mit
dem Auto in den Wald hinaufzufahren, was
dieser kopfnickend annimmt. Ruhig, ja
beinahe andächtig, verstaut er das von ihm
gebrauchte Handwerkszeug dort, wo es
hingehört, so wie er das Abend für Abend
nach getaner Arbeit gewöhnlich tut.

Bis auf gelegentliches leieses Fluchen Andres
verläuft die Fahrt schweigend. Zuerst stört
sich David an dem leuchtend strahlenden Tag,
eigentlich, denkt er, müsste es in Strömen
giessen, doch beim weiteren Nachsinnen

findet er, dass dieses helle Licht mit dem klaren, tiefblauen Himmel, gut zu Unai und dessen klarer Entschlossenheit und tiefer Verbundenheit mit dem Wald passt. Ständig kommen Satzfetzen in Unais typisch rauem, kehligem Singsang in sein Ohr, Bruchstücke aus den vielen gemeinsamen Gesprächen, dazwischen wie als Refrain eingestreut wieder und wieder jener eine Satz aus ihrem letzten Gespräch oben im Wald, deshalb hat der Wald den Sturm gerufen, wo der Baske bloss solche Sätze her nimmt? Hast also auch du, mein Freund, den Tod im Wald gerufen? Aber diesem Gedanken kann und will David jetzt nicht folgen.

Noch ist die Unfallstelle abgesperrt und noch sind die weiteren Arbeiten im Wald vorerst eingestellt, doch der Sachverhalt ist klar, ein Fremdverschulden liege nicht vor. Unais Gruppe habe Feierabend gemacht und sei auf dem Rückweg gewesen, als plötzlich Unai losgerannt sei hin zu einer anderen Gruppe, die er laut rufend gewarnt habe, drei davon seien sofort weg gesprungen, doch Einer, ein ganz junger Franzose, sei zu nah an den Bäumen dran gewesen und Unai habe es nicht mehr geschafft, ihn in letzter Sekunde aus dem Gefahrenbereich zu stossen. Unai habe wohl erkannt, dass sich der zu fällende Baum im letzten Moment noch gedreht habe, so dass er zwei weitere dich daneben stehende Bäume, die vermutlich auch vom Sturm beschädigt gewesen seien, obwohl sie ganz unverletzt wirkten, mit umgerissen habe, die beiden Männer hätten keine Chance gehabt. Hätte Unai die Situation nicht so klar erkannt und so entschlossen gehandelt, wäre wohl die ganze Gruppe zu Schaden gekommen.

David versucht, sich den Ort bis auf jede Einzelheit detailgenau einzuprägen, als er sich mit einem Mal jenes herben, würzigen Geruchs gewahr wird, der zäh zwischen den Bäumen hängt, das Blut der Bäume hat Unai ihn genannt, in das sich jetzt sein eigenes Blut mischt. Plötzlich nimmt David aus den Augenwinkeln eine schattenhaft flatternde Bewegung wahr, als flöge etwas nach oben davon. Anfangs hält er es für ein Insekt, der schraubend rotierenden Flugbewegung nach eine kleine Libelle vielleicht, doch dann erkennt er sehr genau, dass es sich um ein Samenkorn irgendeines Baumes handelt, das immer schneller nach oben schwirrt, obwohl er das Gefühl hat, dass es momentan gar keinen Wind gibt, der es so rasch nach oben tragen könnte.

Am Abend fasst sich David ein Herz und ruft
bei Izar und Kima an. Ruhig berichtet Kima, ja
Unais Chef habe gleich nach dem Unfall noch
am selben Abend angerufen. Verlegen bietet
David seine Hilfe an, doch Kima geht gar nicht
darauf ein. Weisst du, was merkwürdig ist?
Vor Jahren schon, als Unai mit den
Waldarbeiten in den Vogesen angefangen hat,
hat er eine Lebensversicherung abgeschlossen,
seltsam nicht? Keiner von uns wusste etwas
davon, erst jetzt, bevor er im Februar wieder
weggefahren ist, hat er uns das gesagt und uns
die Unterlagen gezeigt. David zögert, Du
meinst...? Ja, Unai hat etwas geahnt, ganz
sicher, vielleicht, jetzt ist es Kima, die zögert
weiterzusprechen, vielleicht hat er nur
deswegen überhaupt dort angefangen zu
arbeiten. Der frühe Tod seiner Frau hat ihn
sehr, wie soll ich sagen, verändert. David nickt
dazu und denkt sich, also doch, alter Freund,
hast du deinen Tod gerufen, dann erzählt er
Kima von Unais Traum und dem Jobangebot
des ehemaligen Arbeitskollegen. Jetzt herrscht
auf Kimas Seite langes Schweigen, bis sie sehr
leise sagt, Nein, von einem neuen Job hat er
uns nichts gesagt, aber dieser Traum... Wieder
schweigt Kima und führt ihren Gedankengang
nicht zu Ende. Aber so ist Unai, selbst im Tod
hilft er noch Anderen. Ja, denkt David, was

hatte Unai oben im Wald noch gesagt? Immer
gibt es Überlebende.

Die Wochen und Monate nach Unais Tod
verbringt David im ständigen inneren
Zwiegespräch mit dem toten Freund, die
Aussenwelt gerinnt ihm zu einem von der
heissen Wüstensonne ausgebleichten Gerippe,
das sinn- und zeitlos in einen ewig blauen
Himmel starrt. Vom Wein wechselt er wieder
zu Wodka und so verbringt er die langen
Abende trinkend, rauchend, schweigend. Der
Sommer geht an ihm vorbei, der Herbst mit
der Weinlese, die er vollständig ignoriert, der
Winter, auch Weihnachten ignoriert er, zum
ersten Mal seit Jahren fährt er nicht nach
Norddeutschland. Gewissenhaft wie eh und je
verrichtet er seine Arbeiten, in den
Wintermonaten kann er endlich die
liegengebliebene Arbeit am Dachstuhl des
Gutsgebäudes wieder aufnehmen und fertig
stellen. Mit Unais Tod hören abrupt die
sinnlich erregenden Träume auf, Nacht für
Nacht fällt er in einen grau bleiernen Schlaf,
worin gleichfalls nur Öde, Leere und
Schweigen herrschen.

Bis weit in den März hinein zieht sich der
Winter hin mit Nässe und Kälte, erst um den
Frühlingsanfang herum setzt sich milderes

und freundlicheres Wetter durch. Mit dem Wetterwechsel ändert sich auch Davids Stimmung, die bleierne Lethargie, die ihn monatelang niedergedrückt hat, weicht einer immer stärker werdenden Unruhe. Mehrmals hat er vergeblich versucht, sich aufzuraffen, um noch einmal die Stelle im Wald aufzusuchen, wo Unai gestorben war, als warte dort etwas auf ihn, das ihm weiter helfen könnte. Jetzt wird dieser Drang unwiderstehlich, und so bittet David die Brüder um Urlaub auf unbestimmte Zeit, sobald er wisse, wie es mit ihm weitergehe, würde er sich bei ihnen melden.

Unmissverständlich klar äussert dieser Drang auch, dass er den Weg in den Wald zu Fuss zu machen habe. Also packt er in geübter Routine den Rucksack mit dem Nötigsten inklusive Schlafsack und Zelt, frei möchte er sein und unabhängig und über seine Zeit verfügen, wie es ihm gerade zupass kommt. Tage später mitten im Wald und kurz vor seinem Ziel bleibt David unvermittelt stehen, als hindere ihn etwas am Weitergehen. Er hält ruhig nach allen Seiten Umschau, schnuppert die würzige Luft, lauscht den Geräuschen des Waldes, dreht sich in einem plötzlichen Entschluss um und geht den ganzen langen Weg durch den Wald zurück, quert die Rebberge und die

Ebene und wechselt auf die andere Rheinseite.
All dies geschieht völlig spontan, ohne
Nachdenken seinerseits überlässt er sich ganz
diesem scheinbar blinden Drang, der ihn aus
Frankreich hinüber nach Deutschland treibt.

Kaum auf der deutschen Seite wechselt das
Wetter, das schöne milde Frühlingswetter, das
ihn tagelang begleitet hat, schlägt um in
typisch launisches Aprilwetter. Ohne klares
Ziel wendet David sich zuerst südwärts, dann
in einem langgezogenen Bogen nordostwärts
weit in den südlichen Schwarzwald hinein.
Als es Ende April deutlich kälter wird und die
gelegentlichen Schauer in kalten Dauerregen
ausarten, sucht er dann doch Unterschlupf in
einer kleinen Ferienwohnung auf einem
Bauernhof, wo er über zwei Wochen lang
bleibt. Erst Mitte Mai kommt der Frühling
zurück, so dass David seine Wanderung
endlich fortsetzen kann. Tag für Tag wird es
etwas wärmer, bis Ende des Monats, als er sich
langsam wieder dem Rheintal nähert,
sommerliche Temperaturen herrschen.

Eines späten Nachmittags tritt er aus dem
kühlenden Schatten des Waldes in ein an den
Wald angrenzendes Grundstück, auf dem eine
grosse Holzhütte steht. Seit geraumer Zeit ist
er einem Bachlauf gefolgt, von dem ein schmal

eingefasster Kanal abzweigt, der sich bis zur Hütte erstreckt, wo er in eine kleine Zisterne mündet, die vermutlich als Wasserreservoire dient. Neugierig betrachtet er die Hütte, deren Grundriss sich gut auf fünf Meter an der Breitseite und sechs Meter an der Längsseite bemisst, schätzt er. Ohne Frage eine gute Arbeit und, obwohl alt, noch hervorragend erhalten. Das Grundstück, das hauptsächlich aus grossen alten Buchen und Tannen besteht, macht keinen besonders gepflegten, aber auch keinen vernachlässigten Eindruck, jemand scheint sich ab und an um das Notwendigste zu kümmern. Besonders fasziniert ihn die grossartige Aussicht aufs Rheintal von hier oben, das Grundstück liegt in südwestlicher Richtung, so dass sich einem ein herrlicher Blick über die ins Tal abfallenden Obst- und Weinterrassen und die langgezogene Rheinebene bietet.

Vor der nach Westen weisenden Seite der Hütte steht eine alte, handgezimmerte, wie er sofort bemerkt, Bank, worauf sich David setzt, um sich auszuruhen und den weiten freien Blick zu geniessen. Wenn mir die Hütte gehören würde, würde ich an dieser Stelle einen kleinen Wintergarten anfügen, um auch im Winter und bei schlechtem Wetter hier sitzen und die Aussicht geniessen zu können.

Ihm kommt der schöne Wintergarten, den er
für Petras Familie gebaut hat in den Sinn,
vielleicht sollte ich mal wieder ein Haus
bauen, am besten ganz aus Holz, plötzlich hat
er grosse Lust dazu. Als es ihm zu heiß wird,
steht er auf, um zurück in den schattigen Wald
zu gehen, er ist völlig verschwitzt und braucht
dringend eine Abkühlung. Er folgt noch ein
kurzes Stück dem Bach, der sich weiter
talabwärts schlängelt, bis er eine Stelle im
Bach entdeckt, wo er sich zu einem kleinen
natürlichen Bassin gestaut hat, er schätzt die
Stelle knietief, tief genug jedenfalls, um sich
vielleicht hineinsetzen zu können. Rasch
entschlossen streift er sich die Kleider vom
Leib und steigt nackt in den Bach, dessen
Wasser kühler als erwartet ist, ihn aber desto
mehr erfrischt. Kindlich ausgelassen planscht
David in dieser winzigen Wanne, unversehens
steigt eine Erregung in ihm auf, sei es wegen
seines Nacktseins oder seines Alleinseins im
Wald oder des plätschernden Wassers, so
dass sein Glied anschwillt und er minutenlang
gegen den mächtigen Drang ankämpft, sich
ins Wasser zu ergiessen. Mit hart ragendem
Glied springt er aus dem Bach, umsichtig nach
allen Seiten spähend, dass ja keiner ihn in
diesem Zustand sähe. Mit einem kleinen
Handtuch reibt er sich flüchtig trocken,
zwängt sich in die durchgeschwitzten Kleider

und wendet sich zurück zur Hütte, um noch einmal die schöne Aussicht zu geniessen.

Als er zum zweiten Mal das Grundstück vom Wald her betritt, löst sich fast gleichzeitig aus dem Schatten einer grossen Buche, die direkt am Eingang zum Grundstück steht, der schlicht durch eine einfache Kette markiert ist, eine Gestalt, die sich beim Näherkommen als eine schmale, zierliche Frau entpuppt. die ihn freundlich im alemannischen Dialekt begrüsst und fragt, So, machen Sie eine Wanderung bei dem schönen Wetter? David nickt und zeigt auf die Hütte, Ein schönes Anwesen ist das hier oben. Ja, die Hütte hat noch mein Grossvater gebaut, er war Schreiner, fügt sie erklärend hinzu. Das sieht man, eine vorzügliche Arbeit, alles noch bestens erhalten, keine morsche Stelle, soviel ich sehen kann. Kennen Sie sich denn aus damit? Wieder nickt David, Ja ich bin auch vom Fach. Die Frau lädt ihn ein, sich gemeinsam auf die Bank zu setzen, wo David in kurzen Zügen ihr von seinem Leben erzählt, das er in den letzten zehn Jahren geführt hat.

Lydia, so stellt sich die Frau vor, hört ihm aufmerksam zu und erzählt dann, vielleicht angesteckt von seinem offenherzigen Bericht, ebenfalls von sich und ihrem Leben, dass sie seit drei Jahren verwitwet sei, dass sie zwei Söhne habe, Volker, der ältere, sei Filialleiter einer Bank in der Nähe von Offenburg, sei verheiratet und habe drei Kinder, der jüngere, Jan, arbeite als Kameramann beim Fernsehen in Baden-Baden, sei auch verheiratet, jedoch kinderlos. Mein Mann hat sich noch um das Grundstück gekümmert, aber seit seinem Tod komme ich nur noch selten hier rauf, um nach dem Rechten zu sehen und halt das Nötigste zu tun, damit das Grundstück nicht total verloddert, die beiden Buben haben gar kein Interesse, die leben in einer anderen Welt, schade zwar, aber so ist nun mal der Lauf der Dinge, seufzt sie und zuckt die Schultern, keine Ahnung, was daraus wird, wenn ich einmal nicht mehr da bin. Für so ein schönes Grundstück findet sich immer ein Abnehmer, meint David. Ja, so wird es wohl kommen.

Spontan lädt Lydia David zum Abendessen ein, was dieser sehr gern annimmt. Auf dem etwa zwanzig minütigen Weg hinunter ins Dorf erzählt sie weiter, dass Walter, ihr verstorbener Mann, von Beruf Maurer und Vorarbeiter bei einer grossen Baufirma gewesen sei. Seine Familie waren Flüchtlinge, wie man damals nach dem Krieg hier gesagt hat, also Leute aus dem Osten, fügt sie erklärend hinzu, als sei sie sich nicht sicher, ob

David diesen Ausdruck kenne. Sie waren evangelisch, wir katholisch, Sie können sich also vorstellen, dass meine Eltern von meinen Heiratsplänen überhaupt nicht angetan waren, dazu war Walter fast zehn Jahre älter, also das ganze Dorf hat über diese Heirat nur die Köpfe geschüttelt, aber ich habe mich durchgesetzt, musste evangelisch werden, ja so war das damals, anders hätten sie es nicht gemacht, aber ich wusste, das ist der Richtige für mich, und ich habe meine Entscheidung nie bereut, keinen einzigen Tag.

Als sie die ersten Häuser des Dorfes erreichen, führt Lydia David zu einem Häuschen, das deutlich kleiner als die Häuser drum herum, aber ebenso wie die anderen von einem terrassierten Garten umgeben ist. Klein, aber fein, meint Lydia lächelnd, mehr war damals für uns finanziell einfach nicht drin, Walter hat das Haus praktisch ganz allein gebaut, sonst hätten wir es uns sowieso nicht leisten können. Was David auffällt, sind die recht grosszügig gehaltenen Fenster am ganzen Haus, Ja, Walter wollte es immer hell im Haus haben, er mochte es sonnig. Was ich gut verstehen kann, bestätigt David.

43

Unten, erklärt Lydia beim Betreten, befinden
sich Küche, Ess- und Wohnzimmer und ein
kleines Bad, oben drei Zimmer und ein grosses
Bad, das war meinem Mann wichtig, ein Bad
mit viel Platz. Sie verschwindet in der Küche,
während David auf einem Stuhl am Esstisch
Platz nimmt, der an der Wandseite von einer
Eckbank umrahmt wird, die unterhalb zweier
Fenster verläuft, so dass er einen weitläufigen
Blick auf den Garten und die umliegenden
Nachbarhäuser hat. Im Handumdrehen
zaubert Lydia das Abendessen auf den Tisch,
Saltinbocca mit Pasta – selbstgemacht, wie sie
betont – und einer köstlich riechenden
Kräutersauce. Erst beim Essen merkt David,
wie ausgehungert er ist und wie sehr er das
liebevoll zubereitete Essen geniesst, nicht nur,
weil er seit Stunden nichts gegessen hat,
sondern weil er seit Wochen nur von der
Hand in den Mund lebt. Mit sichtlicher Freude
verfolgt Lydia, wie gut David das Essen
schmeckt, und serviert als Dessert noch frische
Erdbeeren – aus dem eigenen Garten – mit
einer intensiv nach Vanille duftenden
Pannacotta.

Lydia, die alles mit raschen, flinken
Bewegungen zu erledigen scheint, ist auch
während des Essens in ständiger Bewegung,

sie redet viel und lacht gern, steht mehrmals auf, um noch dies und jenes zu holen, eine Pfeffermühle, ein Stück Brot, eine Karaffe mit Wasser, Sesamkörner für den Salat. Im Gegensatz zu dem zierlichen Körperbau wirkt ihr Kopf mit den grauen Locken, in die sich Strähnen aus Schwarz und Weiss fügen, den ausgeprägten Wangenknochen und dem Mund mit den vollen Lippen und kräftigen Zähnen gross und mächtig. Manchmal bekommt ihre Stimme einen rauen, kehligen Klang, der David sofort an Unais Stimme erinnert und der ihm durch Mark und Bein geht.

Im dunkler werdenden Licht des Abends führen die tanzenden blauen Schatten ein Gaukelspiel auf Lydias Gesicht auf, das sich ständig wandelt, mal in das Gesicht eines jungen Mädchens, mal in das runzlige einer uralten Frau, mal in das einer jungen Japanerin, mal in das einer alten Indianerin. Dann mischen sich plötzlich die Züge Izars und Kimas hinein und, ausgelöst vielleicht durch den ähnlichen Klang der Stimme, diejenigen Unais, und einmal für einen kurzen erregenden Moment, eine Erregung, die er nicht wahrhaben will und weit von sich weist, die Züge Ettas.

In diese zunehmende Dunkelheit und diese ansteigende sinnliche Irritation Davids hinein steht Lydia auf, um, wie David annimmt, Licht anzumachen. Stattdessen tritt sie nah an seinen Stuhl und sagt noch eine Spur kehliger, rauer, so dass er jetzt wahrhaftig glaubt, Unai spreche zu ihm, Ich habe dich oben gesehen, im Bach, du bist, sie stockt einen Moment, ein schöner Mann. Ist es dieser abrupte Wechsel zum Du, ist es dieser sinnlich heisere Klang ihrer Stimme, ist es die Dunkelheit, die sie beide jetzt vollkommen einhüllt, ist es diese so nüchtern vorgetragene Feststellung der Frau – David kann sich nicht erinnern, dass jemals eine Frau so etwas zu ihm gesagt hätte -, plötzlich knistert die Luft um ihn wie elektrisch aufgeladen.

Was nun folgt, das begehrlich züngelnde Küssen, das fortwährend neues Begehren schafft, das Lösen der Kleider, das Fassen und Streicheln von Haut und Haaren, das Vibrieren und Zittern, Stammeln und Stöhnen, Hart und Feuchtwerden, geschieht zugleich atemberaubend schnell und zeitlupenhaft langsam. Erst als Lydia Davids Glied behutsam in sich hinein gleiten lässt, sich dann nach vorn zu ihm hinab beugt und mit ihren kleinen Brüsten mit den grossen harten Nippeln und ihrem Lockenkopf mit einem leisen singenden Stöhnen zum Liegen kommt, hält die Schwärze ungewiss wie lange den Atem an. Irgendwann schiebt Lydia ihre Arme unter Davids Rücken, hebt den Oberkörper, löst den Ring, mit dem ihr Schoss sein Glied in sich hält und bindet, und stösst mit aller Kraft zu, wieder und wieder, bis diese Kraft sich nach und nach in zahllosen Explosionen verbraucht und verausgabt. Zum Schluss bittet sie David mit zitternder Stimme, die Beine zu spreizen, was dieser zögernd tut, so dass sie mit aller männlichen Kraft, die noch in ihr ist, in ihn stösst – für einen Moment glaubt er Unais Augen über sich glänzen zu sehen -, bis sie in einem langgezogenen lauten Stöhnen auf ihn niedersinkt.

Nur das Pochen zweier Herzen füllt jetzt die schwärzliche Stille, bis Lydia sich von ihm löst, hinaus ins Bad geht, sich duscht, während David weiter benommen und schweiss überströmt döst und einschläft. Als er am nächsten Morgen erwacht, duftet es im Haus schon nach Kaffee und von irgendwoher tönt Musik aus einem Radio, zu der Lydia singt. David liegt in einem schmalen Bett, unverkennbar das Bett eines Jugendlichen, und ist nackt unter der Bettdecke. Es klopft an der Tür und Lydia schlüpft rasch herein, als sie bemerkt, dass er wach ist, setzt sie sich an den Bettrand und gibt ihm einen kurzen Kuss auf den Mund. David weicht etwas zur Seite, um ihr Platz zu machen, wobei die Decke verrutscht, so dass sie Davids geschwollenes Glied zu sehen bekommt, das unter ihrem Blick schnell noch härter wird. Oh, der ist ja schon wieder gross oder noch immer? lacht sie, streift sich im Nu die Kleider ab, setzt sich auf ihn und stülpt ihre schon ganz feucht Mitte über seine Härte. Wieder bekommt jetzt ihre Stimme diese kehlige Färbung, die David so sehr erregt, in der sie ihn wie am Abend zuvor bittet, die Beine zu spreizen, so dass er noch deutlicher den Eindruck hat, Unai liege auf ihm, und dringt tiefer und tiefer in ihn hinein, bis in kurzen Abständen drei oder vier Lustwellen sie erfassen, über sie hinwegrollen und sich ausperlen, bis sie genug hat, sich rasch von ihm löst und sich aufrichtet.

Jetzt hat David die Gelegenheit, Lydias nackten Körper und ihr Geschlecht bei Tageslicht zu besehen. Bis auf ein scharf umrissenes, kurzhaariges, blauschwarzes Dreieck, das den Schamhügel schmückt, ist ihr Geschlecht haarlos. Ja, kommentiert sie seinen Blick, unten bin ich noch ganz schwarz und meinem Mann hat es so geschnitten besser gefallen, andernfalls hätte ich einen wild wuchernden Urwald da unten. Weit offen steht ihr Geschlecht, das in Nässe schwimmt und glänzt und zwei dunkle, fast violette, weit ausgeschwungene Lippen zeigt, die an den Rändern dunkelgrau auslaufen und in einen so grossen Kitzler münden, wie ihn David noch bei keiner anderen Frau gesehen hat, fast Fingernagel gross, ebenfalls violett, eingefasst von einer schwärzlich grauen Kappe.

Du meine Güte, das ist ja ein richtiggehender kleiner Vulkan, den du da hast, meint David auf ihr Geschlecht deutend. Na ja, du bist aber auch noch ganz gut in Schuss, sie mag ihn jedenfalls sehr, jetzt deutet Lydia auf sein Glied. Einer plötzlichen Eingebung folgend fragt David, ob sie einen Namen für ihre Süsse habe, und errötend antwortet Lydia, Ja, das ist meine Katz, meine schwarze Katz mit der scharfen Zunge, scharf ist sie nämlich immer gewesen, musst du wissen, und immer hat sie mit ihren Männern Glück gehabt. Der Tonfall, in dem Lydia das sagt, lässt David aufhorchen, Männer? Ich dachte, du bist nur ein Mal verheiratet gewesen. Wohl, wohl, verheiratet mit Einem, aber es gab insgesamt vier Männer in meinem Leben. Wenn du magst, erzähls mir, bittet David, was Lydia dann auch tut.

44

Nach der Schule habe ich eine Ausbildung als
Schneiderin gemacht und bin dann einige Zeit
nach dem Lehrabschluss in ein anderes Atelier
in Offenburg gewechselt. Der Mann meiner
Chefin dort hatte einen Freund, der uns oft
besuchen kam. Er war ein grosser, stattlicher
Mann, wie man damals so sagte, mit
wunderbar weichen Händen, der unglaublich
gut roch. Jedesmal wenn ich ihn sah,
durchfuhr es mich, und ihm ging es, glaube
ich, genauso mit mir. Trotzdem hat es lange
gedauert, bis wir eines Tages endlich
zusammengekommen sind, ich war damals
schon 21 und hatte noch nie etwas mit einem
Mann gehabt, so war halt unsere Erziehung in
jener Zeit. Zwei Jahre lang haben wir uns
getroffen, meistens im Atelier, wenn ich
angeblich noch Überstunden machte, ich habe
ja noch zuhause gewohnt und er ist verheiratet
gewesen. Er war ein wunderbarer Liebhaber,
leidenschaftlich und zärtlich, wie ich es mir
immer vorgestellt hatte. Und warum ist es zu
Ende gegangen? fragt David. Er war
Angestellter bei einer Versicherung und
bekam plötzlich das Angebot, in eine leitende
Position zu wechseln, wofür er aber nach
Stuttgart umziehen musste, was er dann auch
tat, und das war das Ende, und das war auch
gut so, denn früher oder später hätte ich ihn

sowieso verlassen, weil ich ja selbst eine
Familie gründen wollte, das ist auch immer
klar ausgesprochen zwischen uns gewesen. Es
ist wirklich eine wilde leidenschaftliche Affäre
gewesen und er hat mich und meine Katz nach
Strich und Faden verwöhnt und mich als Frau
und meine Art zu lieben bedingungslos
akzeptiert, das hat mir sehr gut getan und das
vergesse ich nie.

Der Zweite ist eine Zufallsbekanntschaft im
Zug gewesen, ein Student aus Freiburg, von
vornherein nichts Ernsthaftes, eine kurze
Liebelei, vielleicht auch, weil es im Sommer
war und wir uns draussen treffen konnten,
was alles einfacher machte. Auch er hat seine
Sache gut gemacht, gefallen hat mir, dass er
ein ganz Lustiger war, wir haben dauernd
gelacht und uns jede Menge Blödsinn
ausgedacht. Im Winter habe ich ihn noch ein
paar Mal in Freiburg besucht, das hatte zwar
etwas Abenteuerliches an sich, weil ja
Damenbesuch streng verboten war, auch hat
es Spass gemacht, den Vermieter
auszutricksen, trotzdem ist die Sache bald im
Sand verlaufen. Und kurz danach habe ich
schon Walter kennengelernt und wusste
sofort, das ist der Richtige, auch wenn er
Flüchtling, evangelisch und zehn Jahre älter

war und alle aus meiner Familie gegen diese
Verbindung waren.

Hattest du nie Sorge, schwanger zu werden,
die Pille gab es ja damals noch nicht?
Energisch schüttelt Lydia den Lockenkopf,
Zum Glück bin ich da immer ganz klar
gewesen, ohne Gummi läuft nichts.
Ausserdem hatte ich immer einen ganz
präzisen Zyklus, da konnte ich die Uhr danach
stellen, und ich habe genau gespürt, wann die
kritische Zeit des Eisprungs war. Einmal habe
ich mich, da war ich noch ganz jung, sechzehn
oder so, im Freibad heimlich ins Männerklo
geschlichen und habe mir aus dem Automat
ein Päckchen Kondome rausgelassen, Fromms,
für eine Mark glaube ich. Du kannst dir nicht
vorstellen, wie aufgeregt ich gewesen bin, und
habe dann an einer Banane geübt, wie man die
Dinger richtig überzieht, damit ich im Falle
eines Falles Bescheid wusste, was zu tun war,
Jungs hätte ich da nicht wirklich vertraut. Bis
dahin hat es dann zwar noch fünf Jahre
gedauert, aber, ob du es glaubst oder nicht,
von da an hatte ich immer ein Päckchen in
meiner Tasche dabei. Auch während unserer
Ehe haben Walter und ich an den kritischen
Tagen mit Gummis verhütet, so konnten wir
uns mit den Kindern Zeit lassen, bis Walter in
aller Ruhe das Haus fertig gebaut hatte.

Und wer war dein vierter Mann? Jetzt lacht
Lydia laut heraus, Der bist du. Für einen
Moment stutzt David und lacht dann mit, Also
zählst du mich auch zu deinen guten
Liebhabern? Sag ich doch, ich habe mit allen
meinen Männern Glück gehabt. Und du bist in
deiner Ehe nie untreu gewesen? David
erinnert sich kurz an Kathrins Affären, was
ihm einen flüchtigen Stich versetzt. Zögerlich
schüttelt Lydia den Kopf, Untreu nicht, aber
zwei Mal war ich nahe dran. Das erste Mal ist
es auf der Hochzeit eines Kollegen meines
Mannes passiert, eine echte italienische
Hochzeit, die richtig gross gefeiert wurde. Ich
habe immer gern getanzt, Walter dagegen gar
nicht, und so habe ich den ganzen Abend lang
mit einem älteren Italiener getanzt, ein toller
Tänzer, der mich richtig scharf gemacht hat.
Immer wenn er mich eng an sich gepresst hat,
was er oft getan hat, habe ich gespürt, dass er
hart war, was mich ungemein erregt hat, so
dass ich mit ihm überall hingegangen wäre,
um es auf der Stelle mit ihm zu tun. Aber er
war ein echter Kavalier und hat die Situation
nicht ausgenutzt, obwohl er genau gemerkt
hat, wie es um mich steht und dass er mich
sofort haben könnte.

Das zweite Mal war im Urlaub in Italien, am Lago Maggiore, ich glaube, das war das erste Mal, dass wir im Ausland Urlaub gemacht haben. Wir haben in einer kleinen Pension gewohnt, wo es fünf oder sechs Ferienwohnungen gab, in allen wohnten Familien, nur in einer wohnte ein Mann allein, angeblich ein Witwer, dessen Frau vor kurzem gestorben war, ein starker, grosser, blonder Mann mit ganz traurigen hellblauen Augen, der irgendwo in Norddeutschland lebte, alles an ihm war gross, die Ohren, die Nase, der Mund, die Hände. Ausser Hallo sagen, haben wir nie ein Wort miteinander gewechselt, vielleicht hat er mir ein bisschen Leid getan, aber sonst war da nichts. Eines Nachmittags sind Walter und die beiden Buben ohne mich losgezogen, ich weiss nicht mehr, warum, ich habe mich auf dem Balkon gesonnt, nackt, als es plötzlich geläutet hat. Auf die Schnelle habe ich mir ein grosses Handtuch umgewickelt und bin zur Wohnungstür, wo die Vermieterin mir erklärte, es gäbe ein Problem mit dem Wasser, aber bis zum Abend müsste alles wieder in Ordnung sein. In diesem Moment ist zufällig Hans, ja so hiess dieser grosse norddeutsche Mann wirklich, auf dem Flur vorbeigegangen, wir haben uns kurz angeschaut, und da hat es mich plötzlich gepackt, von jetzt auf nachher hat alles in mir gelodert. Ihm muss es ähnlich gegangen sein, denn kaum war die Vermieterin weg, kam er wieder zurück, hat mich mit seinen hellen glänzenden Augen angeschaut und dann ging alles ganz schnell.

Er kam herein, hat die Tür hinter sich geschlossen, und dann haben wir uns wild und leidenschaftlich geküsst, natürlich hat sich dabei das Handtuch gelöst, so dass ich splitterfasernackt vor ihm stand, und dann waren seine Hände überall an mir und in mir, meine Katz explodierte vor Verlangen, und wie aus dem Nichts hatte ich plötzlich seinen grossen Penis, ich hätte mir gar nie vorstellen können, dass es so grosse Penisse überhaupt geben könne, in der Hand. Zum Glück waren wir beide dermassen erregt, dass wir Minuten später fast gleichzeitig gekommen sind, Einer in die Hand des Anderen, und so schnell es angefangen hatte, so schnell war es auch zu Ende. Im Moment bin ich wieder klar im Kopf gewesen, habe ihn und mich mit einem Taschentuch gesäubert, habe mein Handtuch geschnappt und um mich gewickelt und ihn sanft, aber bestimmt aus der Tür gedrängt und gesagt, Lieber, es geht nicht, bitte, irgendetwas in der Art, er hat nur stumm dazu genickt und ist gegangen.

Und dann? Es gibt kein dann, noch am selben Abend ist Hans abgereist. Und du hast nie den Wunsch gehabt, dich noch einmal mit ihm zu treffen, seine Adresse oder Telefonnummer ausfindig zu machen? Lydia schaut David ruhig in die Augen, Nein, nie, selbst wenn ich sie gewusst hätte, hätte ich mich niemals gemeldet, das Ganze hat nur fünf Minuten gedauert, und dann war es vorbei, für immer vorbei. Es war ja nicht so, dass ich mit Walter unzufrieden gewesen wäre, im Gegenteil, wir hatten immer ein erfülltes Liebesleben, wie man so sagt. Selbst nachdem Walter sich nach seinem ersten Herzinfarkt schonen sollte, haben wir uns weiter geliebt, nicht mehr so wild und stürmisch vielleicht, aber genauso intensiv und innig, wir waren wirklich bis zuletzt ein Liebespaar und einander in allem verbunden. Mit einem plötzlichen Ruck springt Lydia vom Bett, Jetzt wird's aber wirklich Zeit fürs Frühstück, ich habe einen Bärenhunger, auf Mann, erheb dich, gibt David einen Klaps auf den Oberschenkel und schlüpft aus dem Zimmer.

45
Oft in den kommenden Tagen sitzt David einfach nur da am Esstisch vor den beiden grossen Fenstern und schaut Lydia beim Arbeiten in der Küche oder draussen im

Garten zu. Stundenlang könnte er so da sitzen und diese Frau mit dem zarten Körper, dem prächtigen Lockenkopf und dem ausdrucksstarken Gesicht betrachten, wenn Lydia nur mal für einen Augenblick still sitzen und nicht gleich wieder aufspringen würde, um noch dies oder das zu erledigen. Beim Betrachten ihres Gesichtes, das je nach Lichteinfall so merkwürdig dem Unais und – was er sich weiterhin nicht eingestehen will – dem Ettas ähnelt, überrieselt ihn ein selten gekanntes Glücksgefühl, das ihn auf seinen Platz auf dem Stuhl fest bannt.

Frühmorgens, kaum dass es zu tagen beginnt, steht Lydia auf, um bei Wind und Wetter etwa eine Stunde lang eine Runde durch die Obst- und Weinhügel zu drehen, was sie „walken" nennt. Regelmässig geht sie ins „Aerobic" und in die Gymnastik für Seniorinnen und an zwei Nachmittagen in der Woche betreut sie als ehrenamtliche Helferin im Alten- und Pflegeheim des Nachbarortes alte Menschen, weiter ist sie bei den Landfrauen aktiv und singt in einem gemischten Chor. Da sie im Dorf einen ausgezeichneten Ruf als Kuchenbäckerin geniesst, ist sie an mindestens einem Tag in der Woche am Kuchenbacken. Jede freie Minute, die noch übrigbleibt, verbringt sie im Garten, der sie mit allen Arten

Kräutern, Obst und Gemüse versorgt, woraus
sie in ihrer Küche Marmeladen, Pestos und
Mixturen vielerlei Art kreiert.

Als Lydia ihn weder zum Gehen noch zum
Bleiben auffordert, macht sich David nach und
nach nützlich und repariert mal da, mal dort
kleinere Schäden im und am Haus, die seit
Walters Tod unbehoben geblieben sind.
Hauptsächlich aber betätigt er sich im Wald,
um Holz für den Winter zu machen, das Haus
wird fast zur Gänze von einem grossen
Kachelofen aus beheizt, der jede Menge Holz
verbraucht, so dass Lydia froh ist, wenn sich
jemand darum kümmert, bisher hat ein alter
Freund ihres Mannes ab und zu ausgeholfen,
die beiden Buben zeigen weder Lust noch
Geschick dazu. Auch zieht es David zur Hütte,
die er nun endlich von Innen besehen kann,
als er mit einer Taschenlampe auf einer
schmalen Leiter nach oben unters Dach steigt,
meint Lydia lachend, ausser Siebenschläfer
gäbe es da nichts zu sehen, doch er hat
Anderes im Sinn, genau prüft er den Zustand
der Balken, der Dachlatten und Ziegel und
findet zu seiner Zufriedenheit alles trocken
und dicht.

Der untere Raum der Hütte ist durch eine
Holzwand zweigeteilt, der rechte Teil dient als

Schuppen, worin Gerätschaften und Werkzeuge aller Art fein säuberlich geordnet aufbewahrt werden, David bemerkt zwei Motorsägen, eine Motorsense, zwei Handsensen, dazu vielerlei Beile, Äxte, Sägen. Der linke Teil dient als Essraum mit einem grossen, schweren Holztisch in der Mitte mit einer Handvoll Stühle drumherum, einem Schrank voll Geschirr, einem Spülbecken und einem Kanonenofen, und hat als einziger zwei kleine Fenster, die mit Holzläden fest verschlossen sind. Am Ende des Schuppens entdeckt David noch ein schmales uraltes Klo voller Spinnweben, das seit Jahrzehnten nicht mehr benutzt worden zu sein scheint, dann muss sich darunter wohl eine Art Sickergrube befinden, mutmasst er, doch Lydia weiss das nicht so genau, Wenn wir uns hier oben aufgehalten oder gefeiert haben, sind alle immer in den Wald gegangen, keiner hat je das Klo benützt.

Nachdem David schon gute zwei Wochen als Gast bei Lydia wohnt, kommen zuerst Jan, der jüngere Sohn, mit seiner Frau und einige Tage später Volker, der ältere Sohn, mit seiner Familie Lydia besuchen, wo sie David kennenlernen, den beide auf Anhieb sympathisch finden, vor allem als sie den grossen Holzstapel sehen, den er in der kurzen

Zeit seines Daseins schon vor dem Haus aufgetürmt hat, danach erst fragt Lydia ihn, was er denn für weitere Pläne habe und ob er sich vorstellen könne, bei ihr einzuziehen, sie jedenfalls würde sich sehr freuen, wenn er bleiben würde.

So findet David ein neues Zuhause, und als er Kathrin und Petra von diesem Umstand in Kenntnis setzt, erklären beide Frauen, die sonst in allem so unterschiedlicher Ansicht sind, unisono, wie froh sie seien, dass er endlich wieder etwas Festes habe. Und schon fängt Petra wieder mit ihren Rentengeschichten an, was David im Handumdrehen abwürgt, da kann er sich ja gleich einsargen lassen, stattdessen möchte er von ihr die ungefähre Summe seiner Ersparnisse wissen und staunt nicht schlecht, als sie ihm den Betrag nennt, Na ja, du hast in den letzten zehn Jahren nicht schlecht verdient und im Vergleich dazu wenig, genaugenommen sehr wenig, ausgegeben. Ausserdem haben die Brüder vom Weingut nach deinem Weggang noch einen ordentlichen Batzen Geld überwiesen, damit kommst du also locker ein paar Jährchen aus.

Auch wenn Lydia gar nichts davon hören will, Das Haus ist längst abbezahlt, Walter hat eine gute Rente gehabt, wir haben einiges sparen können, besteht David darauf, ihr Miete und einen Anteil an den Ess- und sonstigen Kosten zu bezahlen. Wenn ich diese Summe umrechne auf die Stunden, die du bis jetzt schon hier gearbeitet hast, kommst du nicht einmal auf drei Mark die Stunde, meint Lydia kopfschüttelnd, Und wenn ich all die Stunden, die du tagein, tagaus hier rumwerkelst, auf deine Rente umrechne, dürfte dabei auch nicht viel mehr herauskommen, also sind wir quitt, gibt David lachend zurück, womit das Thema erledigt ist.

So klar strukturiert Lydias Tagesablauf ist, so launenhaft zeigt sich ihre Katz. Tage-, ja wochenlang scheint sie in eine Art Tiefschlaf zu fallen und zeigt keinerlei Anzeichen von Spiellust, dann wieder fährt sie von jetzt auf nachher ihre scharfen Krallen aus, und statt abzunehmen, steigert sich ihr Verlangen von Tag zu Tag. Auch hat sie klare Vorlieben, was die Tageszeiten angeht, am schärfsten ist sie frühmorgens, wenn Lydia vom „Walken" zurückkommt, und liebt es, wenn David noch im Bett liegt, oder am Vormittag, zum Beispiel gleich nach dem Frühstück, seltener am Nachmittag und so gut wie gar nie abends oder nachts. Wenn Lydias Katz scharf ist, merkt David dies sofort am eigentümlich leuchtenden Glanz ihrer Augen und an jenem rauen, kehligen Klang, den ihre Stimme dann bekommt, beides elektrisiert und erregt ihn im Nu und schlagartig reagiert sein Glied, das in Sekundenschnelle hart wird.

Dann muss bei Lydia alles schnell gehen, kaum nimmt sie sich Zeit für Schmusen, Streicheln, Küssen, erst wenn sie sein Glied mit einem lauten wohligen Stöhnen tief in ihre Katz einführt und am richtigen Platz weiss, gönnt sie sich für einen Moment Ruhe. Manchmal überkommt David der Drang, die Rollen zu tauschen, dann dreht er sie mit einem raschen kräftigen Griff nach unten, so dass er über ihr zu liegen kommt, um sie mit starken Stössen zu nehmen, was Lydia willig geschehen lässt, doch schon eine Minute später scheint ihre Katz unter den Stössen vollkommen einzuschlafen und sie hört auf, zu schnurren und vor Lust zu vibrieren, so dass sein Glied wie taub wird und wachsweich erschlafft. Kaum aber drehen sie sich dann wieder um 180 Grad, beginnt das Spiel aufs Neue, ihre Katz brummt, schnurrt und schmatzt vor Verlangen und Vergnügen, und genauso schnell wie er erlahmte wird er wieder hart in ihr.

Im Abstand von zwei, drei, vier Minuten überrollen dann Wellen von Orgasmen Lydias zarten Körper, den sie regelrecht durchschütteln, manchmal sind es drei oder vier, oft aber sieben, acht und mehr, einmal zählt er sogar bis siebzehn. David spürt genau, wann das Ende dieser Wellen sich nähert, dann scheint Lydias Katz, genauso wie sie einmal gesagt hat, mit ihrer scharfen Zunge die Spitze seines Gliedes zu lecken, bis es in einer Gischt aus Sperma explodiert und die Wellen in einem letzten langgezogenen Höhepunkt verebben. Augenblicke später nur, sobald Lydias Katz verstummt und sein Glied erschlafft, löst Lydia sich von ihm, hält schützend eine Hand an die Öffnung ihres Geschlechts, huscht ins Bad und duscht sich. Voller Energie und Tatendrang stürzt sie sich in ihr Tagwerk, während David danach am liebsten noch weiter döst und, oft genug, wieder einschläft.

Am Ende des Sommers, nachdem David wochenlang gezeichnet, getüftelt und hin und her gerechnet hat, präsentiert er Lydia seine Idee vom Umbau der Hütte, die sie in Bausch und Bogen verwirft, Wozu soll das gut sein? Wozu dieser ganze Aufwand, von den Kosten ganz zu schweigen? Wenn ich einmal nicht mehr da bin, interessiert sich kein Mensch mehr für all das hier, meine Buben werden alles verkaufen und das wars dann. Doch David lässt nicht locker, hartnäckig verfolgt er seinen Plan weiter, zu sehr hat er sich schon in dieses Projekt und seine Vision der Hütte verguckt. Als sie dann eines Abends nochmals in Ruhe alles durchsprechen und miteinander die Kosten durchrechnen, die sich auf etwa zehntausend Mark belaufen werden, wovon er selbstverständlich die Hälfte übernehmen würde, was für Lydia aber gar nicht angeht, Schliesslich ist das mein Eigentum und ich bin allein dafür verantwortlich, ist sie weit kompromissbereiter gestimmt und verspricht, mal mit Volker, ihrem Ältesten, zu reden, was er davon hält, auch könnte der ja mal bei der Gemeinde anfragen, ob so ein Umbau rechtlich überhaupt möglich sei.

Ausser dem Wintergarten, der Teil vom Plan, den Lydia am meisten begeistert, möchte David mehr Fenster einbauen, insbesondere schwebt ihm ein grosses Dachfenster vor, um den ungenutzten Dachboden, worin man sich nur gebückt fortbewegen kann, in einen zeltartigen Schlafraum umzuwandeln, durch das man dann einen tollen Blick in den Nachthimmel hätte, natürlich müsste dieses Fenster zusätzlich gut gegen Sonne und Hagel geschützt werden. Weiter plant er die

Installation einer Solaranlage, um
Warmwasser und etwas Strom zu
produzieren, den Einbau einer kleinen Küche
und eines Bades mit Klo und Dusche, das
Abwasser könnte man mithilfe einer
Minikläranlage so reinigen, dass keine
Schadstoffe in den Erdgrund gelangen
können, Hilfe bräuchte ich nur beim Einbau
der Solaranlage, mit der Elektrik kenne ich
mich gar nicht aus, und beim Installieren der
Zu- und Abflüsse, alles andere schaffe ich
allein.

46
Zur Verwunderung Lydias lässt sich Volker
von Davids Begeisterung für den Umbau
anstecken und unterstützt seinen Plan,
baurechtliche Einwände der Gemeinde gäbe es
auch nicht, so dass auch sie zustimmt. Noch
einmal macht sich David an die genaue
Ausarbeitung seiner Pläne, Skizzen und
Berechnungen, jetzt im Winter hat er reichlich
Zeit dazu, mit den eigentlichen Arbeiten
beginnen möchte er im zeitigen Frühjahr.
Auch gibt ihm dies die Gelegenheit, mehrmals
ausführlich mit Bernd, der sich ja mit
regenerativen Energien gut auskennt, über die
Sache mit der Solar- und Minikläranlage zu
telefonieren und ganz nebenbei auch etwas
über Etta zu erfahren, doch alle seine in betont

belanglosem Ton vorgetragene Fragen blockt
Bernd mit nichtssagenden Floskeln ab. Petra
sagt ihm Hilfe beim Bau des Wintergartens
zu, so dass er dank der guten
Geschäftsverbindungen der Beiden die
benötigten Materialien viel günstiger
bekommen kann, als er ursprünglich in seiner
Planung kalkuliert hat, wie er Lydia
freudestrahlend verkündet.

Mit den ersten wärmeren Tagen im Februar
und März legt David in seiner umsichtigen
und bedächtigen Art los, er geniesst, ja
zelebriert förmlich jeden einzelnen Handgriff
nach dieser über einjährigen Pause und freut
sich wie ein Kind über sein neues Spielzeug
am Hantieren mit den verschiedenartigsten
Werkzeugen. Schnell findet er in seinen
gewohnt flüssigen Rhythmus und zügiger als
gedacht schreitet der Umbau voran, so dass
schon im Spätsommer die Solar- und
Minikläranlage installiert werden können.
Lydia hat bei Karlheinz, einem ehemaligen
Arbeitskollegen Walters, um Hilfe angefragt,
der auch sofort zusagte. Karlheinz, ein
rundlicher Mann in den Siebzigern mit Glatze
und weissem Flaum im Gesicht, der viel
schwitzt, gerne lacht und lieber Gutedel als
Wodka trinkt, entpuppt sich als passender
Partner Davids, der dessen Faible für knifflige

und unkonventionelle Aufgaben teilt und trotz seiner Körperfülle eine erstaunliche Wendigkeit an den Tag legt.

Als an einem verregneten Tag im September David Lydia zum ersten Mal die umgebaute Hütte vorführt, während der ganzen Zeit des Umbaues ist sie kein einziges Mal hier hoch gekommen, klatscht sie vor lauter Begeisterung in die Hände und kommt aus dem Staunen und Wundern nicht heraus, Nein, so habe ich mir das nicht vorstellen können, nur gut, dass ich auf dich und Volker gehört habe, das ist ja ein richtiges Schmuckstück geworden. Nah beieinander sitzen sie im Wintergarten auf der alten Bank, die David hat stehen lassen, und geben sich dem grandiosen Blick hinab ins Tal und in die Ebene hin, den man jetzt auch bei schlechtem Wetter geniessen kann. Als ihre Blicke sich kreuzen, strahlen Lydias Augen in jenem gewissen Funkeln, das David inzwischen so gut kennt und ihm zeigt, dass ihre Katz scharf ist und ihn will. Wortlos steigen sie über eine kleine Wendeltreppe, die David an Stelle der alten wackligen Holzleiter gebaut hat, hinauf ins Schlafzimmer, wo sie sich unter dem grossen Dachfenster im Rhythmus des prasselnden Regens lieben.

Auch wenn das nie so zwischen ihnen abgemacht oder besprochen worden ist, zieht David wie selbstverständlich in dieses schmucke Holzhaus ein, in das er die alte Hütte verwandelt hat und das er sich nach Lydias Ansicht wohl verdient hat. So findet David gänzlich unerwartet ein Zuhause und wird in den kommenden Monaten und Jahren nahezu täglich den Weg hinab ins Dorf gehen, um mit Lydia zu Mittag zu essen, Reparaturen am Haus vorzunehmen, das Holz zum Heizen aus dem Wald herbeizuschaffen und Einkäufe und Erledigungen im Dorf zu machen, weder wird er, auch wenn er es noch so oft verspricht, jemals wieder nach Norddeutschland fahren, um Petras Familie und sein Patenkind zu besuchen, noch an die Ostsee, um seine Kinder zu sehen, als sei er genug für den Rest seines Lebens gewandert, gefahren und in der Welt herumgekommen, beschränkt er sich auf den engen Umkreis des Dorfes.

Die Abende verbringt er zumeist allein im Wintergarten rauchend, Wodka trinkend, schweigend. Umgekehrt besucht Lydia ihn nur dann, wenn ihre Katz scharf ist, etwas, das im Lauf der Zeit immer seltener vorkommt, sommers lieben sie sich unter dem Dachfenster, winters vor dem Kaminofen, den

David statt des alten Kanonenofens eingebaut
hat, auf einem dicken Fell, das Lydia mit
einem dunkelblauen Stoff aus wunderbar
weichem Samt eingefasst und ihm einmal zum
Geburtstag geschenkt hat.

Lydias unruhiges Wesen, das sie kaum je
länger als viertelstundweise still sitzen lässt,
erfasst nach und nach ihren ganzen Körper
und zeigt sich in einem leisen Zittern der
Hände, das allmählich immer stärker und
sichtbarer wird, wie es David scheint. Auch
bei der Liebesumarmung nimmt er ein
ständiges Zittern und Vibrieren in Lydias
Körper wahr, das augenblicksweise nur mit
dem Verebben der letzten orgasmischen Welle
verstummt und sich seltsamerweise nach und
nach auf ihn überträgt, denn auch in seinem
Körper macht sich dieses Vibrieren
irgendwann bemerkbar, so dass insbesondere
seine rechte Hand von diesem Zittern ergriffen
wird, das manchmal so stark ist, dass er Mühe
hat, eine Feile, einen Schraubenziehr, einen
Stechbeitel, oder was auch immer, ruhig in der
Hand zu halten. Vielleicht kommt das aber
auch nur vom vielen Hantieren mit der
Motorsäge und der Motorsense, redet er sich
dann ein.

An einem sonnigen, seidig klaren Tag im Mai
feiert Lydia ihren siebzigsten Geburtstag bei
sich zu Hause gemeinsam mit ihrer Familie
und einigen Bekannten aus dem Dorf.
Tagelang vorher hat sie Kuchen und Torten
gebacken und serviert ein Essen, das wie
immer vorzüglich schmeckt und alle in beste
Laune versetzt. Fast alles hat sie allein besorgt
und organisiert, unermüdlich ist sie auf den
Beinen, immer gibt es etwas zu tun für sie.
Erst spät abends, nachdem alle Gäste
gegangen sind, gönnt sie sich endlich Ruhe, sie
sitzen warm eingehüllt von einer Decke im
Garten unter einem sternenübersäten Himmel,
zögernd fasst David mit der rechten ihre linke
Hand, was sie, die sonst solche Nähe scheut,
zu seiner Erleichterung dieses Mal duldet. Wie
ein gefangenes Vögelchen flattert die Hand
angstvoll in seiner, das Zittern, das Lydia
vollkommen zu ignorieren scheint und das in
seltsamem Gegensatz zum so ruhig über ihnen
fliessenden Licht der Sterne steht, bemächtigt
sich seines ganzen Körpers, so dass er später
beim Aufstieg zum Wald nicht nur des Weines
wegen Mühe hat, die Richtung zu halten.

Als David etwa eine Woche später wie
gewohnt zum Mittagessen kommt, findet er
überraschenderweise die Haustüre
verschlossen, etwas, das bisher noch nie

passiert ist. Trotz mehrmaligen Klingelns bleibt es im Haus still, so wendet er sich, um ins Holzhaus zurückzukehren, wahrscheinlich hat Lydia vergessen, ihm zu sagen, dass sie irgendwo einen Termin hat, als ihn wie aus dem Nichts eine starke innere Unruhe befällt, die seinen ganzen Körper durchbebt. Er hört Lydias Stimme sagen, das muss schon sehr lange her sein, dass sie für den Fall der Fälle, dass sie den Schlüssel vergesse und die Haustür verschlossen sei, am Eingang des Kellers einen Schlüssel für die Kellertür deponiert habe. Als er um die Ecke des Hauses biegt, um die wenigen Stufen nach unten zu gehen, flimmert die Luft um ihn wie an einem Hochsommertag, obwohl das Wetter eher kühl ist.

Nach einigem Suchen findet er den Schlüssel zur Kellertür in einem Metallkästchen in der Kiste, wo Lydia ihre Gartenschere und diverse Tütchen mit Samen aufbewahrt. Beim Versuch, den Schlüssel ins Schloss zu stecken, zittert seine rechte Hand so stark, dass er es erst nach mehreren vergeblichen Anläufen und nur mit Unterstützung der linken Hand schafft. In seiner Aufregung findet er den Lichtschalter nicht, auch hier in dem dunklen Kellergang flimmert die Luft eigentümlich grünlich gelb. Sich an der Wand entlang tastend findet er den Weg zur Treppe, die er mühsam Stufe um Stufe hochsteigt, als habe er Schuhe aus Blei an. Noch vor dem Öffnen der Kellertür hört er das Radio aus Lydias Küche, was ihn für einen Moment beruhigt.

Die Beine bis an den Bauch angezogen liegt Lydia auf dem gefliesten Küchenboden, sie trägt ihren grauen Jogging-Anzug und ist barfüssig, vermutlich wollte sie nach dem Aufstehen zu ihrem morgendlichen Walking starten. Aus dem Zittern des Körpers wird ein Schütteln, das David zwingt, sich neben Lydias Kopf auf die Fliesen plumpsen zu lassen. Zögerlich und behutsam, als habe er Angst, er könne etwas zerbrechen, fährt er mit der Hand über das lockige Haar, das sich strohig und stumpf anfühlt wahrscheinlich des Haarsprays wegen, den sie benützt. Lange bleibt er so sitzen, unfähig eine Entscheidung zu treffen, unfähig aufzustehen, während die ganze Zeit aus dem Radio aufgeregte Stimmen etwas von einer Regierungskrise nach einer verlorenen Landtagswahl plärren.
Irgendwann zwingt ihn die unbequeme Haltung dann doch zur Bewegung und zum Aufstehen, das Schütteln ist wieder zusammengeschnurrt zum Zittern.

Dank Lydias Ordnungssinn findet David am Telefon eine Liste, auf der fein säuberlich in akurater Schrift alle wichtigen Telefonnummern aufgeführt sind. Ungeübt in solchen Dingen wählt er mit zitternden Fingern instinktiv zuerst die Notfallnummer, wahrscheinlich muss man das immer tun, sagt er sich, erklärt mit brüchiger Stimme, wo und wer er sei und um was es sich handle, dann Volkers Nummer, wo zum Glück sofort dessen Frau am Apparat ist, die Volker im Büro anrufen und selbst so schnell wie möglich herkommen will.

47
Auch wenn Jan und Volker mehrfach erklären, selbstverständlich könne er weiterhin in der Hütte wohnen bleiben, sie würden sich da schon irgendwie arrangieren, das Waldgrundstück behielten sie auf jeden Fall, egal was aus dem Haus im Dorf würde, kann sich David ein Leben ohne Lydia hier nicht vorstellen, jeder Meter Erde, jeder Zentimeter Holz, jeder Millimeter seiner Haut atmet Lydia, und ihre Unruhe ist jetzt die seine geworden, keine fünf Minuten kann er still sitzen, selbst im Wintergarten nicht. Gehen muss er, beständig gehen, unzählige Male umrundet er die Hütte, mehrmals am Tag geht

er Lydias morgendlichen Walking-Weg, hin und her, immer wieder.

Diese Unruhe zwingt ihn eines Tages, seinen Rucksack hervorzukramen, das Zelt, den Schlafsack, nur das Notwendigste an Kleidung zusammenzupacken, schnell geht das bei ihm, schlafwandlerisch sitzt jeder Handgriff. In zwei kurzen Telefonaten erklärt er Volker und Petra, er brauche eine Auszeit, Zeit zum Nachdenken, wie es weitergehe mit ihm, das könne er am besten beim Wandern, vielleicht schaue er mal wieder rüber übern Rhein, alte Bekannte besuchen. Doch als David unten am Fluss ankommt, will er einfach nur noch mit der Strömung gehen dorthin, wo auch sie hingeht, immer so mit ihr gemeinsam gehen, einfach gehen, ohne Ziel, ohne Absicht, und wenn der Fluss eines Tages an sein Ende kommt, sich im Meer verströmt, irgendwo im fernen Holland, könnte er ja die Küste entlang immer weiter gehen ostwärts bis zu Petras Haus, durchzuckt ihn ein Gedanke, und dann würde man weitersehen.

Als David an einem heissen Tag im Juni in der Nähe von Karlsruhe ankommt, entdeckt er in einem schattigen Winkel versteckt die von Efeu und dornigem Gestrüpp überwucherten Überreste eines vermutlich wohl ehemaligen

Fischerhäuschens. Er bahnt sich einen Weg hinein, räumt mit ein paar Handgriffen Schutt und Geröll weg und baut in einer vor Wind und Wetter und den Augen der Welt geschützten Ecke das Zelt auf. Dann macht er sich mit seinem Rucksack auf den etwa eineinhalb stündigen Fussmarsch Richtung Stadt, um sich einige Lebensmittel und einen Camping-Kocher zu kaufen.

Ständig zwischen Stadt und Zelt hin und her pendelnd verbringt David den Sommer, den Herbst, den Winter, die Unruhe hält ihn auf Trapp, sobald er in der Stadt unter Menschen ist, zieht es ihn zu seinem einsamen Winkel, ist er dort, hält er das Alleinsein kaum eine Stunde aus und muss zurück unter die Leute. Für einen Moment zur Ruhe kommt er nur im Dampfbad, das er sich ein Mal pro Woche gönnt, dessen Feuchte sich watteweich um ihn legt und ihm minutenweise das Gefühl gibt, schwerelos zu schweben. Er, der sein Leben lang innigst tief geschlafen und intensiv geträumt hat, verbringt die Nächte jetzt mit stundenlangem Wachsein und ununterbrochenem Hin und Her-Wälzen, und kein Traumbild will sich mehr einstellen, das ihm am Morgen erinnerlich bleibt.

Obwohl der Winter eher mild verläuft, bleibt er einige Male abends noch in der Stadt und drängt sich zusammen mit anderen Gestalten, schattenhaft einsam wie er, in ein so genanntes Notquartier, lieber im dampfenden Gewühl als allein im Zelt oder in einem schäbigen Hotelzimmer, das er sich gerade noch leisten könnte, der Wodka, den er stets bei sich hat und reichlich spendiert, ist ein guter Kleister für stachlige Seelen und kürzt die schlaflose Nacht. Im März, redet er sich täglich, ja stündlich ein, im März mache ich mich wieder auf den Weg, vielleicht doch nach Frankreich, ins Elsass, in die Vogesen, die Franzosen schätzen noch immer einen wie mich, nicht achtend das dumpfe Vibrieren und Brummen tief innen und das Zittern der Hände.

In der Frühe des Morgens erhebt David sich steif gefroren von der Sitzschale, verlässt das eisige Kabuff und begibt sich langsam Schritt vor Schritt setzend in die Eingangshalle, keinerlei Gefühl hat er in den Beinen, ihm ist, als gehe er auf Stelzen, dafür aber, findet er, bewältigt er den Weg ganz gut. Kaffeeduft empfängt ihn dort, der ihm unvermittelt das Gefühl gibt, sehr hungrig zu sein. In der Halle herrscht schon reges Treiben, David stakst zu einem Bäckerei-Stand, um sich einen Kaffee zu bestellen. Kaum führt er den heissen

Plastikbecher zum Mund, überkommt ihn wieder dieses Würgen, rasch muss er den Becher abstellen und ist erleichtert, dass der Würgreiz so schnell verschwindet wie er gekommen ist und er sich nicht hier vor aller Augen übergeben muss. Das Hungergefühl ist verschwunden und so steht er lange Zeit am Tisch, unschlüssig, was tun, bis der Becher in seiner Hand keinerlei Wärme mehr abstrahlt.

Dem Strom der Menschen entgegen, der in die Halle flutet, bahnt sich David seinen Weg hinaus in die Kälte und in den dämmernden Tag. Als er das Zentrum erreicht, wölbt sich ein dunkelblauer Himmel über der Stadt, es verspricht, ein sonniger Tag zu werden, noch aber herrscht die Kälte. Wieder lockt ihn von irgendwoher Kaffeeduft, wieder gaukelt ihm Hunger Lust auf Frischgebackenes, wieder befällt ihn das Würgen beim Zummundführen des Bechers, wieder folgt das lange besinnungslose Stehen, die Hände festgekrallt am rasch kälter werdenden Plastik. Ungewiss wohin geht er seinen hölzernen Weg die Einkaufsstrassen, die sich zunehmend mit Menschen füllen, auf und ab und hin und her, bis die Sonne hoch am Mittag steht und dort, wo sie länger hinscheint, spürbar die Luft wärmt. Jeden besonnten Fleck nutzend, ballen

sich Menschen, einige stehend, manche schon
auf rasch herbeigeschafften Stühlen sitzend.

Besonders begehrt sind die von der Sonne
beschienenen Bänke im Schlosspark, über eine
Stunde wandert David umher, bis er endlich
eine freigewordene findet, die lange noch
Sonne und Wärme verspricht. Als endlich die
Wärme zu ihm durchdringt und seinen
durchgefrorenen Körper fühlbarer für ihn
werden lässt, öffnet er mit zitternden Händen
umständlich den Reisverschluss seines Parkas,
versenkt die Hände in die grossen Taschen
und fällt minutenweise in Schlaf, die
Märzsonne wird seine alte Kraft
zurückbringen und wieder wird er sich auf
den Weg machen wie in alten Tagen, dessen
ist er sich jetzt ganz sicher.

48
Von einem lauten Knall, als sei jemand auf
einen vertrockneten Ast getreten, geweckt,
schreckt David aus dem Schlaf. Noch immer
steht die Sonne hoch am Himmel, deutlich
wärmer ist es geworden, so warm, dass er
beschliesst, den Parka auszuziehen. Mit einem
entschlossenen Ruck steht er auf, zieht die
schwere Jacke aus, ja, seine Erwartung hat
nicht getrügt, die Wärme hat ihm seinen
Körper zurück gebracht und mit ihm die

Kraft, selbst Beine und Füsse, die vollständig abgestorben schienen, spürt er wieder, keine Spur mehr von Zittern oder Vibrieren, er streckt beide Hände aus, völlig ruhig schweben sie in der Luft vor ihm wie je. Trotz der noch hoch stehenden Sonne hat sich der Park geleert, nirgends ist eine Menschenseele zu sehen, keine alten Leute auf den Bänken, keine spielenden und schreienden Kinder, keine Mütter mit Kinderwagen, nur weit aus der Ferne ist leises Stimmengewirr zu vernehmen, das mehr einem Wispern und Flüstern gleicht.

Entschlossen strafft sich David, setzt Bein vor Bein, und wirklich, mit jedem Schritt festigt sich sein Gang, wird kräftiger, federnder, leichter. Unterwegs fällt ihm ein, dass er seinen Rucksack im Schliessfach vergessen hat, doch der kann warten, bei dem hohen Schritt-Tempo, das er jetzt erreicht hat, wird es ein Klacks sein, den Weg später noch einmal zu machen. Als er in die Nähe des Flusses kommt, biegt er nicht wie gewohnt ab zu dem Platz, wo das Zelt steht, sondern er geht weiter geradeaus zum Fluss, etwas zieht ihn dorthin, er hat das Gefühl, etwas Wichtiges warte dort auf ihn. Und dann entdeckt er auch schon den alten Kahn, mit dem er, ja, wann ist das bloss gewesen, heute morgen, gestern, vor einem

Jahr oder vor welch unvordenklich langer
Zeit, er kann sich einfach nicht recht besinnen,
hier an diesem Fleck angekommen ist. Der
Kahn ist zur Gänze an Land gezogen und in
ihm sitzt das Mädchen, mit dem zusammen er
den Fluss abwärts gefahren ist und das er von
irgendwoher zu kennen scheint.

Bei seinem Näherkommen springt das
Mädchen aus dem Kahn und rennt aufgeregt
winkend und rufend auf ihn zu, David, David,
da bist du ja endlich, Mann oh Mann, hast du
eine Ahnung, wie lange ich hier schon sitze
und auf dich warte? Aber ich bin doch nur
kurz mal … stottert er und hat im selben
Moment schon vergessen, was er hat sagen
wollen, denn jetzt fällt es ihm wie Schuppen
von den Augen und er erkennt das Mädchen,
Anja, brabbelt er in einem fort, Anja, Anja,
kein Zweifel ist möglich, es ist wirklich und
wahrhaftig Anja, mit der er einmal einen
ganzen langen Sommer verbracht hat, seine
Anja, seine erste grosse Liebe, alles ist ihm wie
herbei gezaubert auf einen Schlag wieder
gegenwärtig und jener Sommer verdichtet sich
zu einem einzigen Bild aus Sonne, Wärme,
unendlicher Bläue des Himmels, duftendem
Grün und unaussprechlichem Glück, wie hat
er all das nur so vollständig vergessen können,

als sei es mit einem grossen Radiergummi aus seinem Gedächtnis gelöscht worden.

Wie alt sind sie damals gewesen, zwölf oder dreizehn, Anja war einige Monate älter als er und hat im August ihren Geburtstag gefeiert, unzertrennlich sind sie gewesen, von Morgens bis Abends immer zusammen, so dass die anderen Kinder sie zuerst ausgelacht, dann beschimpft und schliesslich ganz gemieden haben. Anjas Eltern wohnten in einem Haus mit einem grossen Garten mit vielen Bäumen und viel Gebüsch, der ziemlich verwildert war und worin sie herrlich ungestört spielen konnten. Ihr Vater war ein hohes Tier, Leiter irgendeiner Behörde, der damals schon ein Auto hatte und den David kaum jemals zu Gesicht bekam. Deutlicher in Erinnerung geblieben ist ihm die Mutter, eine schlanke, knochige, blonde Frau, die dieselbe merkwürdig dunkel getönte Haut wie Anja hatte und dieselben grossen bernsteinfarbenen Augen, die viel rauchte, viel las und am liebsten Pfannkuchen und Waffeln buck.

Damals trug Anja die Haare kurz und war ein phänomenal gelenkiges und sportliches Mädchen, sie ging ins Ballett, konnte Spagat und aus der Brücke heraus den Rücken soweit durchbiegen, dass ihr Kopf zwischen den

Beinen zum Vorschein kam, und war ein Ass
im Bodenturnen, am Schwebebalken und an
den Ringen. Doch so sehr sie auch
stundenlang im Garten Radschlagen,
Handstand und Handstand-Überschlag übten,
nichts davon wollte David jemals gelingen,
was aber völlig unwichtig war, Hauptsache, er
war mit Anja zusammen und konnte ihre
erstaunliche Beweglichkeit und
Kunstfertigkeit bewundern. Als sie sich zum
ersten Mal küssten, ein echter Zungenkuss
musste es aber sein, darauf bestand Anja,
wurde er im selben Moment für Anja spürbar
und sichtbar hart, was kein Wunder war bei
dem spärlichen Sportzeug, das sie tagein
tagaus trugen, und was ihn vor Scham
erstarren liess, eine Scham, die sich ins
Unendliche steigerte, als Anja ihn an der Hand
fasste und unter einen dicht verhangenen
Busch, ihr Lieblingsversteck, zog und sagte,
als handle es sich um das Selbstverständlichste
der Welt, Komm, zeig mal, und dabei genauso
selbstverständlich mit einem einzigen raschen
Griff ihre Sport- und Unterhose abstreifte und
ihm das zu sehen gab, was bei ihr nicht gross
und hart, sondern weich, rosig und feucht
war. Alles, wovon er bis dahin keinen blassen
Schimmer hatte, wusste Anja ganz genau und
zeigte und erklärte ihm es ebenso ganz genau,
was man für tolle und erregende Dinge mit

den Fingern, mit der Zunge und mit dem, was sie ihre Goldie und seinen Pimo nannte, anstellen konnte, so dass es unglaublich wohl tuend kitzelte und einem Schauer durch den ganzen Körper fluteten und die Haut vor Lust gänsehäutig wurde.

Als sie einmal lachend meinte, im nächsten Jahr, wenn sie sich dann wieder in den Sommerferien träfen und wenn sie bis dahin ihre Blutung und er seinen Samenerguss habe, könnten sie, wenn sie wollten, schon selber Kinder machen, fand David das überhaupt nicht lustig und brummelte unwirsch etwas wie, Wir sind ja selber noch Kinder, doch davon wollte Anja nichts wissen und fand diese Vorstellung so komisch, dass sie sich in einen wahren Lachrausch hineinsteigerte und gar nicht mehr aufhören wollte mit Lachen. Danach, als sie sich wieder etwas beruhigt hatte, schwor sie ihm sehr ernsthaft, dass sie nur von ihm und sonst von niemand Kinder haben wolle, und umgekehrt musste auch er ihr dieses Versprechen geben, was ihn unsäglich stolz und glücklich machte, so dass er ihr diesen komischen Einfall gleich wieder verzieh.

Die Trennung kam so schnell wie der Sommer endete. Anjas Mutter hatte schon mehrfach

erwähnt, dass sie wohl bald umziehen
würden, ihr Vater würde einen noch
wichtigeren Posten, eine noch höhere
Leitungsfunktion in Berlin, Hauptstadt der
DDR, bekommen, wo Anja als zukünftige
grosse sportliche Hoffnung zudem besser und
intensiver gefördert werden konnte. Zwar
versprachen sie sich gegenseitig hoch und
heilig, sich so oft wie möglich zu schreiben
und sich ganz bestimmt im nächsten Sommer
wieder zu treffen, doch daraus wurde nichts,
nie erreichte ihn ein Brief Anjas mit ihrer
neuen Adresse. Erst einige Jahre später erfuhr
David zufällig, dass Anja im Alter von
sechzehn Jahren bei einem Autounfall ums
Leben gekommen sei.

49
Aber wer erzählt bloss solch hanebüchenen
Unsinn? Hier steht sie ja leibhaftig vor ihm,
quirrlig und lebendig wie eh und je, und
spricht mit ihm und umarmt und küsst ihn
und kann sich vor Freude nicht lassen, ihn
endlich wiederzusehen, immer wieder
ausrufend, Oh Mann, oh Mann, David, hat das
lange gedauert, was er nun wieder gar nicht
verstehen kann.

Hand in Hand ziehen sie los, weg vom Kahn,
weg vom Fluss, hinein in eine blühende Wiese,

die übersät ist von leuchtend farbigen Blumen, die in der Sonne so blitzen und funkeln, als seien sie auf eine intensive Art lebendig, wie David das vorher noch bei keiner Blume bemerkt hat. Warm ist es geworden, hochsommerlich warm, und Anja rennt übermütig los und schlägt ein Rad ums Andere, und David macht es ihr nach, und siehe da, jetzt gelingt es auch ihm so mühelos und einfach und fast wie von selbst, dass er Anja überglücklich zuruft, Schau, ich kann's, jetzt kann ich's auch, und dann geht sie auf den Händen und auch das macht er ihr nach und auch das klappt jetzt auf Anhieb, und dann zieht sie einen wilden Kreisel aus lauter rasend schnellen Flic-Flacs und auch das, selbst dieses Allerschwerste, was er nie zu hoffen gewagt hat, es jemals beherrschen zu können, gelingt, als schnelle er einer Metallfeder gleich auf und ab, und höher und höher hüpft und springt Anja und dreht Loopings und Saltos und immer ihr nach David, weich wie ein Trampolin ist der Erdboden und gibt Schwung und Kraft zu immer kühneren und gewagteren Pirouetten und Figuren, die sie mit funkelnder Brillanz in den leuchtend blauen Himmel malen, bis immer freier und losgelöster von der Erde sie Schwalben gleichen, Meister des Flugs, die um- und ineinander kreiseln, jagen, gleiten,

schweben, kopfüber, kopfunter, in schierer
Schwerelosigkeit Leuchtspuren ziehend,
unauslöschbar, bis sie selbst schmelzen zum
Leuchtpunkt, ununterscheidbar für
menschliche Augen Strahl unter Strahlen,
Lichtstäubchen unter Lichtstäubchen, Funken
unter Funken, die verzückt über Wasser
hüpfen, schlenzen, tanzen, oder, wäre es jetzt
Nacht, zwei Glühwürmchen gleich mählich
verglimmen im gleissenden Funkeln,
ununterscheidbar Stern unter Sternen.

Mit den länger und blauer werdenden
Schatten kehrt die Kälte zurück in den Park,
der nun rasch sich leert bis auf eine einzelne
dunkle, in sich zusammen gesunkene Gestalt,
die die Hände tief in den Taschen eines
geöffneten Parkas vergraben reglos und allein
auf einer einsamen Bank verharrt. Als es
vollends dunkel wird und in die Schwärze der
Nacht hinein die ersten Sterne beginnen zu
blinken, betritt ein weisshaariger, elegant
gekleideter Herr, gut gegen die Kälte mit
einem schokoladen farbenen Mantel aus
feinstem Kaschmir geschützt, mit einem an
der Leine geführten grauen, pudelähnlichen
Hund den Park, der ihn zielsicher zu der
dunklen Gestalt auf der einsamen Bank führt.
Lange bleibt der ältere Herr davor stehen,
schaut abwechselnd von dem auf der Bank

sitzenden Mann, aus dessen Mund kein Atem
sich wölkt, zum Hund, der völlig regungslos
in der Kälte neben seinem Herrchen steht aus
klugen Augen dessen fragenden Blick
erwidernd, zieht schliesslich leise lächelnd aus
seiner Manteltasche ein Gerät und gibt eine
Folge von Nummern ein, die man in solchen
Fällen zu wählen pflegt.